Hans Christoph Buch

Rede des toten Kolumbus am Tag des Jüngsten Gerichts

Roman

Suhrkamp

Erste Auflage 1992

Druck: Wilhelm Röck, Weinsberg
Printed in Germany

Rede des toten Kolumbus
am Tag des Jüngsten Gerichts

für meine Eltern

Prolog

»Ich bin der Siebenschläfer der ersten und letzten Dinge...«
(Francisco de Quevedo: *Los Sueños*)

I

Mein Name ist Christoph Kolumbus, und ich bin der Täter, der an den Tatort zurückkehrt. Ich bin seit 487 Jahren tot und geistere als ewiger Jude und fliegender Holländer auf den sieben Meeren herum. Dabei bin ich weder Jude noch Holländer, sondern Genuese von Geburt, obwohl einige meiner Biographen behaupten, daß eine jüdische Herkunft nicht auszuschließen sei; meine gebogene Nase und meine Geldgier deuten angeblich darauf hin. In dem Bericht über meine Entdeckungen, den ich Königin Isabella von Kastilien zusandte, soll das Wort GOLD weitaus häufiger vorkommen als der Name unseres Herrn und Heilands Jesus Christus. Für religiöse Fragen habe ich mich nie interessiert, für Politik auch nicht. Ich habe die deutsche Reformation verschlafen und die Französische Revolution. Nur bei der Enthauptung der unglücklichen Königin Maria Stuart war ich in Gestalt des englischen Dramatikers Christopher Marlowe zufällig anwesend. Damals glaubte ich noch, mich nur in Persönlichkeiten inkarnieren zu können, die mit Vornamen Christoph hießen. Erst meine tragische Rolle als Christophe I., König von Haïti, hat mich von dieser Illusion geheilt; Christopher Marlowes Freund William Shakespeare hätte seine Freude daran gehabt. Mein Auftritt im letzten Akt, als ich mir mit einer Pistole aus der Manufaktur von Versailles, die mir vom Direktorium der französischen Republik für besondere Verdienste verliehen worden war, eine goldene Kugel in den Kopf schoß, hätte gut in eins seiner Königsdramen gepaßt, oder noch besser in die Geschichte von Othello, dem traurigen Mohr von Venedig: meine Hautfarbe war nämlich schwarz, und ich war genauso unglücklich verliebt wie er, in eine weiße Frau, die mich mit ihrem Mann betrog. Die goldene Kugel, die ich mir in den Mund schoß, ist heute im historischen Museum von Port-au-Prince zu besichtigen, zusammen mit meinem zerschmetterten Kieferknochen und einer silbernen Locke, die von meinem Kopf stammen soll: mein zu Lebzeiten schwarzes Haar ist demnach im Augenblick meines Todes zu Lametta verblaßt. Seitdem habe ich mich nur noch in Romanfiguren inkarniert; das war einfacher und ersparte mir die Schmerzen des Geborenwerdens und Sterbenmüssens. Was dazwischen passiert, ist ohnehin nicht der Rede wert. Romanfiguren haben es leichter: nicht nur ihre Reden und Taten, selbst ihre geheimsten Gedanken und Gefühle werden vom Autor der Nachwelt übermittelt. Menschen wie ich dagegen, die wirklich gelebt haben, hinterlassen auf Erden nicht mehr als Taufschein und Totenschein und, wenn es hoch kommt, eine Heiratsurkunde oder ein gefälschtes Testament mit einer von einem bestechlichen Notar beglaubigten Unterschrift. Ich weiß, wovon ich rede, denn der von meinen Erben angestrengte Prozeß um den ihnen von Rechts wegen zustehenden Anteil an meinen Entdeckungen war nach dreihundert

Jahren noch immer nicht entschieden. Bis heute ist mir keine Gerechtigkeit widerfahren; mein Leben und Wirken war und ist schutzlos den Lügen der Gerichts- und Geschichtsschreiber ausgeliefert, zu denen auch der Autor des vorliegenden Buches gehört, der auf den gleichen Vornamen hört wie ich: der heilige Jakob von Compostela sei seiner verdammten Seele gnädig!

2

Obwohl mich dort, wo ich jetzt bin, nur selten ein Brief erreicht – die Post funktioniert heute auch nicht besser als zur Zeit Isabellas der Katholischen –, habe ich alle Einladungen zur Teilnahme an der Fünfhundertjahrfeier der Entdeckung Amerikas abgesagt. Ich sehe keine Veranlassung, all die Länder und Städte, die von sich behaupten, ich sei in ihren Mauern geboren oder gestorben, mit meiner Anwesenheit zu beehren. Das ist schon aus Gründen der Geographie unmöglich, denn in die meisten dieser Orte habe ich zu Lebzeiten nie einen Fuß gesetzt, ganz zu schweigen von der Chronologie: auch Tote haben nicht unbegrenzt Zeit. Als seefahrender Zombie bin ich nirgendwo polizeilich gemeldet und bei keinem Finanzamt registriert; meine Heimat ist das Meer, und das einzige Volk, das mir Bürgerrecht gewährt, ist das der Boat People, denen man in allen Häfen die Landung verwehrt. Deshalb habe ich keinen Grund, Stadtväter und Staatsmänner, deren Vorfahren mir das Leben schwer gemacht haben, durch einen Besuch aufzuwerten, der nur *ihrer* höheren Ehre dient, damit sie sich in der nächsten Legislaturperiode noch fettere Budgets und höhere Diäten bewilligen können. Zu meinen Lebzeiten haben diese Herrschaften mir nichts als Ärger eingebracht, indem sie meine Pläne hintertrieben, meine Ideen gestohlen und mich um die Früchte meiner Arbeit betrogen haben; ich vergesse alles, aber ich vergebe nichts. Die einzige Insel, die ich gerne besuchen würde, ist Hispaniola, aber seit ich die dortigen Gold- und Silberminen ausplündern ließ, sind auf Haïti die öffentlichen Kassen leer, und deshalb ist mit einer Einladung in nächster Zeit nicht zu rechnen. Andererseits habe ich wenig Lust, mich dem Chor meiner Kritiker zu stellen, die mich als Comprador entlarven oder als Conquistador an den Pranger stellen möchten, ohne genau zu wissen, worüber sie sich so selbstgerecht empören. Die meisten von ihnen sind Landratten, die Luv nicht von Lee und ein Topsegel nicht von einem Bramsegel unterscheiden können, hoffnungslose Grünschnäbel und hilflose Amateure, die keine Vorstellung davon haben, was es heißt, ohne Navigationsinstrumente den Ozean zu überqueren und nur mit Kreuz und Bibel bewaffnet einer Horde von Menschenfressern gegenüberzutreten.

3

Ich stamme aus dem hintersten Ligurien, der tiefsten Provinz. Mein Urgroßvater war Schafhirte, mein Großvater Wollweber, und mein Vater brachte es bis zum Wächter eines Stadttores in Genua, bevor er, oder vielmehr die Partei, der er angehörte, in Ungnade fiel.

Am Ende seines Lebens besaß er nichts außer einem abgetakelten Schiff, mit dem ich die von meiner Mutter und meiner Schwester gewebten Tuchballen bei den Aufkäufern an der Küste ablieferte. Wie alle großen Männer habe ich klein angefangen: an Stelle von gutem Geld brachte ich Schafskäse und Oliven von meinen Geschäftsreisen nach Hause. Ich begleitete eine Ladung Leinen nach Chios und kehrte mit Fässern voll Mastix und Malteserwein nach Genua zurück. Ich belagerte den Hafen von Tunis, schnappte den Rifpiraten eine spanische Galeere weg, überlebte eine Seeschlacht, erlitt Schiffbruch in der Mündung des Tejo und ging in Lissabon an Land mit nichts als den nassen Kleidern, die ich auf dem Leib trug. Ich heiratete Felipa Moniz, meine erste Liebe, die wie ich aus Italien stammte, und wurde seßhaft auf einer Insel vor der Küste von Madeira; von hier aus segelte ich mit einem portugiesischen Frachter nach Guinea, wo ich die Goldminen von El Mina besuchte, und an den Säulen des Herkules vorbei zu den Kanarischen Inseln, wo ich Beatriz de Bobadilla begegnete, der zweiten großen Liebe meines Lebens. Ich fuhr nach England und von dort ins Ultima Thule, nach Island, wo ich Erkundigungen einzog über das sagenhafte Vinland, das Erik der Rote von Grönland aus entdeckt haben soll, sofern man der Saga seines und meines Lebens glaubt. Aber ich will den Leser nicht mit der Geschichte meiner Entdeckungsreisen langweilen, die so oft erzählt worden ist, daß meine wirkliche Person hinter der inflationären Nennung meines Namens zur Unerkennbarkeit verblaßt. Generationen von nimmersatten Bücherwürmern haben sich mit nimmermüdem Fleiß über die spärlichen Zeugnisse meines Lebens hergemacht; jeden Fetzen Papier, der meine Initialen trägt, haben sie so lange wiedergekäut, bis er zuerst zu Papiermehl und dann zu Staub zerronnen ist. Unter dem Brennglas der Historiker habe ich mich in Rauch aufgelöst; es ist, als hätte es mich nie gegeben, und das ist mir recht so.

4

Ich bin ein Reisender, der nie am Ziel angekommen ist. Der Weg ist das Ziel, und ich war mein Leben lang unterwegs. Reisende soll man nicht aufhalten. Wenn einer eine Reise macht, hat er was zu erzählen. Ich habe nichts zu erzählen. Alles, was ich zu sagen hatte, habe ich in nüchternen Worten, unter Angabe des Datums und der mutmaßlichen nautischen Position ins Bordbuch eingetragen, wie sich das für den Kapitän eines Schiffes gehört. Ich bin Seemann und kein Schriftsteller. Obwohl mir außer einer einfachen Sanduhr und einem defekten Kompaß keinerlei exakte Meßinstrumente zur Verfügung standen und obwohl sich der Polarstern nächtelang hinter Wolken verbarg – der Sextant war noch nicht erfunden, die Seefahrt steckte damals noch in den Kinderschuhen –, habe ich mich bei der Bestimmung meiner geographischen Position nur um wenige Grade verrechnet. Ich konnte schon immer besser rechnen als schreiben. Aber obwohl ich mein Bordbuch wie meinen Augapfel hütete und eifersüchtig unter Verschluß hielt, war meine Entdeckung bald darauf in aller Munde, und Schiffe aus aller Herren Länder segelten auf dem von mir gebahn-

ten Weg wie auf einer vielbefahrenen Straße über den Ozean.
Die Gerichts- und Geschichtsschreiber haben mich nicht nur um den Lohn meines Lebens betrogen, indem sie mich nach und nach all meiner Ämter und Würden (und der damit verbundenen Besitztitel) enthoben – bis auf den pompösen, aber nichtssagenden Rang eines Admirals des ozeanischen Meeres, für den ich mir bei keinem Fischweib in Cadiz oder Sevilla etwas kaufen kann. Die professionellen Wortklauber haben mir so lange jedes Wort im Munde umgedreht, bis es das Gegenteil von dem bedeutete, was ich damit hatte sagen wollen, und ich es ausspie wie einen faulen Zahn – das Wort *Entdeckung* zum Beispiel: »Der Amerikaner, der den Kolumbus zuerst entdeckte, machte eine böse Entdeckung.« Was soll das heißen? War die Entdeckung Amerikas der Sündenfall, oder habe ich an Bord meiner Karavellen die Erbsünde von der alten in die neue Welt gebracht? Demnach müßten die von mir entdeckten Inseln das Paradies auf Erden und ihre Bewohner die reinsten Engel gewesen sein. Daß sie ihre Mitmenschen auf kleiner Flamme brieten, hat die Fürsprecher der edlen Wilden nicht gestört; der Schlaf der Vernunft produziert Monster, und auch die Aufklärung fordert bekanntlich Menschenopfer. Ich aber soll bis ans Ende aller Tage für alles geradestehen, was Conquistadoren und Kolonialherren nach meinem Tode und ohne mein Zutun in den von mir entdeckten Ländern angerichtet haben. Dabei habe ich für meine angeblichen Verfehlungen schon genug gebüßt, als der vom König ernannte neue Gouverneur, Francisco de Bobadilla, mich auf der Rückfahrt von meiner

zweiten Reise in Ketten legen ließ; im dunklen Schiffsbauch der *Gorda* festgeschmiedet, hatte ich Zeit, über die mir zur Last gelegten Verbrechen nachzudenken. Obwohl die Audiencia Real mich später von allen Anklagen freisprach, habe ich die Hand- und Fußeisen bis zu meinem Lebensende als *memento mori* an meinen gichtgeschwollenen Gelenken getragen.

5

Als ich nach dem Auslaufen aus dem Hafen von La Gomera zum ersten Mal Wasser und nichts als Wasser um mich sah, stellte ich mir, allein auf der Brücke stehend, die bange Frage: Gibt es ein Leben nach dem Tod? Heute, fünfhundert Jahre später, frage ich mich umgekehrt: Gab es ein Leben vor dem Tod? Die Antwort ist nein, und es wäre besser für mich gewesen, gar nicht erst geboren zu sein, wie es bei Seneca heißt, dessen Anleitung zum glücklichen Leben ich als Klosterschüler in Genua studierte. Da ich aber *nolens volens,* wie der Lateiner sagt, gelebt habe und gestorben bin, muß ich versuchen, aus meiner mißlungenen Existenz nachträglich das Beste zu machen. Wie alle Toten habe ich genug Zeit, über alles nachzudenken, was ich im Leben falschgemacht oder im richtigen Augenblick zu tun unterlassen habe, denn es gibt nur ein Leben im Falschen, ein richtiges Leben gibt es nicht. Aber ich will den Leser nicht mit meinen posthumen Gedanken behelligen: die Menschheit lernt nie aus, und hinterher sind wir alle klüger.

Später, zu Beginn meiner dritten Reise, als meine

Schiffe bei Windstille in der Saragossasee festlagen, war ich mir nicht mehr sicher, ob ich noch am Leben oder nicht schon gestorben war. Über mir wölbte sich der von keinem Fixstern erleuchtete, nachtschwarze Himmel, unter mir wogte die bodenlose See, auf deren langgezogener Dünung Knäuel von Tang trieben, die sich wie die Haare ertrunkener Mädchen um das Steuerruder schlangen, als wollten sie mich und meine Matrosen in die Tiefe hinabziehen. Vielleicht, sagte ich mir, ist mein Namenspatron gar nicht der heilige Christophorus, der das Christuskind über das Wasser trägt, sondern der Fährmann Charon, der auf seinem Floß die Seelen der Verstorbenen über den Fluß des Vergessens transportiert? Und vielleicht ist das von Seeungeheuern und Sirenen bevölkerte ozeanische Meer in Wahrheit der Styx, an dessen jenseitigem Ufer mich, als Lohn für mein sündhaftes Leben, ewige Verdammnis erwartet? Um gegen solche Überraschungen gefeit zu sein, hatte ich das Flaggschiff der Flotte auf den Namen *Santa Maria* getauft und mich und meine Karavellen unter den Schutz der Heiligen Jungfrau von Guadelupe gestellt; mein Leben lang bin ich regelmäßig in die Messe und zur Beichte gegangen, und um ganz sicher zu gehen, daß ich im Paradies und nicht in der Hölle landen würde, ließ ich mir auf dem Sterbebett von meinem Freund Diego Deza, Prior des Franziskanerklosters und Erzbischof von Sevilla, die letzte Ölung erteilen – aber es hat alles nichts genutzt.
In Wahrheit habe ich nämlich weder Indien noch Amerika entdeckt, sondern den Eingang zur Unterwelt, der sich am Wendekreis des Krebses befindet, südwestlich des Bermuda-Dreiecks, wo das warme

Wasser des Golfstroms sich mit dem kalten Wasser des Nordatlantiks mischt, eine brodelnde Hexenküche, deren aufgestauter Überdruck sich in periodisch ausbrechenden Orkanen entlädt. In der Nacht vom 11. zum 12. September 1492 gerieten meine Karavellen in einen Sturm, der den Sternenhimmel verdunkelte und schwere Brecher auf Deck niedergehen ließ. Der Hurrikan blies die Schiffe von der Ober- in die Unterwelt; ohne es zu merken, fuhren wir mit den Köpfen nach unten auf der Innenseite der Erde entlang, vom Mahlstrom getrieben, der die sieben Kreise der Hölle bewegt. Den Matrosen im Ausguck, der um Mitternacht einen Feuerschein meldete, hatte ein Irrlicht getäuscht; deshalb behielt ich die vom König ausgesetzten zehntausend Maravedis Belohnung für mich. Am nächsten Morgen kam Land in Sicht. Die Insel, die ich zum Dank für unsere Rettung auf den Namen San Salvador taufte, war von den Seelen der Verstorbenen bevölkert, die Gott zur Strafe für ihre Sünden in Affen und Papageien, Schildkröten und Schlangen verwandelt hat; Verschwender, die auf zu großem Fuß leben, laufen auf Riesenfüßen herum, und Völler, deren Hauptsorge ihrem Magen gilt, tragen ihr Gesicht auf dem Bauch; Geizkragen werden zu Aasgeiern, die an Stelle von Gold im Kot herumstochern, und Klatschbasen und alte Jungfern hängen als Strickstrümpfe von den Bäumen. Die Tränen der Verdammten speisen das nie versiegende Wasser des großen Ozeans. Die Hölle aber ist nur die Rückseite des Gartens Eden, aus dem der süße Quell der ewigen Jugend sich ins Meer ergießt. Aber ich will den modernen Leser nicht mit mittelalterlichen Mythen langweilen, obgleich ich selbst schon zu meinen Lebzeiten zur frommen Legende geworden bin. Vielleicht hat mein Namenspatron, der heilige Christophorus, mich zu meiner Mission prädestiniert: ich bin der Christusträger, der mit dem Jesuskind auf dem Rücken durchs Wasser watet und als Seefahrer die Weite des Meeres durchschifft, um an einer von Heiden bewohnten, fernen Küste das Kreuz des Erlösers aufzupflanzen; ich bin Herakles, der an Stelle des Nemeischen Löwen das Lamm Gottes auf den Schultern trägt, und ich bin Atlas, der sich die neue Welt in den Nacken stemmt, eine goldene Kugel, die rings von Wasser umflossen ist.

6

Sevilla, Santo Domingo und Havanna streiten sich um die Ehre, meine sterbliche Hülle zu beherbergen. Dabei bin ich mir nicht einmal sicher, wie und woran ich gestorben bin. Vielleicht war es einfach nur Müdigkeit. Ich habe meinen Tod vergessen, so wie man eine unangenehme Erinnerung aus dem Gedächtnis verdrängt. Ich bin mir auch nicht mehr sicher, ob es meine eigenen Gebeine waren, die meines Sohnes Diego oder die meines Enkelsohns Luis, die 1795 aus der Kathedrale von Santo Domingo nach Havanna umgebettet worden sind, damit die gottlosen Jakobiner von Haïti, deren Seelen noch schwärzer als ihre Körper sind, meine christlichen Knochen nicht zu Voodoozauber mißbrauchen und den Entdecker Amerikas in eine Zombiepuppe verwandeln konnten! Ich weiß nicht einmal mehr, wie und wann meine sterblichen Überreste aus dem Kloster von Valladolid nach Sevilla und von dort nach Santo Domingo überführt worden sind und ob die Asche, die man zu meiner Seligsprechung nach Pavia und nach Genua geschickt hat, wirklich aus meinem Grab stammt? Die fortschreitende Erosion, die das Unterste zuoberst kehrt, hat meine zerfallenden Knochen mit denen meiner legitimen und illegitimen Kinder, meiner Freunde und Feinde, meiner Vorfahren und Nachfahren durcheinandergewirbelt, und das ist gut so. Asche zu Asche und Staub zu Staub. Der Zahn der Zeit hat alles gründlich zernagt; und während der von Papst Pius IX. angestrengte Prozeß meiner Seligsprechung am Ende abschlägig entschieden worden ist, weil ich mit Beatriz de Arana, der Mutter meines Sohnes Fernando, ohne den Segen der Kirche zusammenlebte (und nicht etwa, weil ich die Bewohner der von mir entdeckten Inseln versklavte), haben diese mich ohne Formalitäten ins Pantheon ihrer heidnischen Religion aufgenommen. Ich bin der alte Donnergott Damballah, der bei den Griechen Zeus, bei den Germanen Thor, in Polen Perkuhn und in Brasilien Xango genannt wird; ich bin Legba, der Herr der Kreuzwege und Türschwellen, Maître Agoué, der auf dem Grund des Meeres wohnt, und der Feuergeist Papa Ogoun; ich bin der Vulkan, der Asche und Lava speit, ich bin das Poltern des Erdbebens und die grüne Stille im Auge des Hurrikans; und ich bin Quetzalcóatl, die gefiederte Schlange, die sich als Regenbogen über Länder und Meere wölbt.

Aber ich will die Geschichte vom Ende her erzählen, so wie sie sich niemals zugetragen hat.

ERSTES BUCH

Das Licht am Anfang des Tunnels

I. Port-au-Prince, November 1987

»Er ist nicht tot – er schläft nur.
Er schläft nicht nur – er ist tot.«
(Anonyme Grabschrift)

1

In Haïti bin ich meinem eigenen Tod begegnet. Der Tod ist ein Transvestit; sein Gesicht ist schwarz und weiß geschminkt, und er trägt einen schwarzen Frack mit weißer Weste, unter der sich die Brüste einer Frau abzeichnen, einen steifen Hut und glänzende Lackschuhe, wie sie im vorigen Jahrhundert Mode waren. Zwischen den mit blitzenden Ringen geschmückten Fingern seiner rechten Hand wirbelt er einen Spazierstock, während er mit der linken den Hut zieht und lächelnd die Zähne zeigt, um die Teilnehmer des Karnevalszuges zu begrüßen, an dessen Spitze er als Tambourmajor marschiert unter einem Transparent mit der Aufschrift: »Le peuple s'amuse *trop*!«, gefolgt von Friedhofswärtern und Totengräbern, die mit Schaufeln und leeren Eimern eine ohrenbetäubende Musik veranstalten. Sein Name ist Baron Samedi, und er ist der Herr des närrischen Treibens, ein König, in dessen Reich die Sonne ständig auf- und untergeht, weil in Haïti Tag und Nacht Karneval gefeiert wird, ein rauschendes Fest, bei dem es an Stelle von Karamelbonbons und Konfetti Blut und Kot regnet, bis ein tropischer Regenguß den Dreck in den Ausguß spült und der schwangere Tod unter dem Beifall des Publikums

viele klitzekleine Tode gebiert, damit der Reigen von Tod und Geburt von neuem beginnen kann.
Aber ich habe die Geschichte nicht richtig erzählt. Der Tod, dem ich in Haïti begegnet bin, hat nicht nur eines, sondern viele Gesichter: er ist die alterslose Hure, die mit schwingenden Hüften die knarrende Holztreppe hochsteigt und mich im Hinterzimmer einer schäbigen Absteige mit Syphilis infiziert; er ist der aidskranke Strichjunge, der mich auf dem Rücksitz des Taxis seinen erigierten Penis betasten läßt; er wallt vom Boden auf als öliger, fetter Rauch und hängt als schwarze Fahne über der Stadt, eine tintenfarbige Wolke, die das Licht der Sonne verdunkelt und das Land mit trockenem Staub überzieht, der wie Treibsand zwischen den Zähnen knirscht, Rohre und Wasserhähne verstopft, aus denen an Stelle von Wasser eine bräunliche Brühe rinnt, die sich als Giftschlamm auf den Stränden ablagert und die karibische See in ein totes Meer verwandelt, in dem verendete Fische und ertrunkene Boat-People neben ihren gekenterten Booten auf den Wellen treiben.

2

Im Traum gehe ich immer wieder die gleiche, steil ansteigende Straße hoch. Ein olivgrüner Lastwagen kommt mir entgegen; auf der Ladefläche Soldaten in gefleckten Kampfanzügen, entsicherte MPs zwischen den Knien, die mit Tarnnetzen versehenen Stahlhelme, an denen sie grüne Olivenzweige befestigt haben, tief ins Gesicht gezogen; auf dem Trittbrett ein Zivilist im hellen Sommeranzug, die Augen hinter dunklen Brillengläsern verborgen, der mir mit gezogenem Revolver signalisiert, die Straße freizumachen.

In Wirklichkeit war alles ganz anders: ich fuhr im Leerlauf die steil abfallende Straße hinunter, als ein Militärlastwagen von der Avenue Martin Luther King auf die Rue Panaméricaine einbog und mir, laut hupend, entgegenkam. Ich mußte bremsen, um ihn vorbeizulassen; im Rückspiegel sah ich die lachenden Gesichter der Soldaten und den Tonton Macoute auf dem Trittbrett, der mir mit seiner Pistole zuwinkte: erst später, als ich die plattgedrückte Kugel entdeckte, die Kofferraum und Rücksitz durchschlagen hatte und im Armaturenbrett steckengeblieben war, begriff ich, daß die Detonation, die ich im Vorbeifahren gehört hatte, keine Fehlzündung gewesen war. Kurz hinter der Verkehrsampel Ecke Avenue Martin Luther King/Rue Panaméricaine, vor der ausgebrannten Shell-Tankstelle, lag ein Toter auf der Straße. Er konnte noch nicht lange tot sein, denn unter dem Bettlaken, das jemand über den Leichnam gebreitet hatte, sickerte Blut hervor und bildete eine zähflüssige Pfütze auf dem mit Glassplittern und Patronenhülsen bedeckten Asphalt.

3

Sie hatten noch viel vorgehabt an diesem Tag. Es war der 29. November, ein Sonntag. Die ganze Nacht hindurch hatten die Hunde gebellt, wie sie dies sonst nur bei Vollmond tun. Lange vor Sonnenaufgang begannen die Hähne zu krähen; die Bauern erhoben sich schlaftrunken von ihren Nachtlagern und stiegen, mit Körben und Bündeln beladen, in der Dunkelheit von den Hügeln herab. Um halb sechs, pünktlich wie an jedem Morgen, war dann die Sonne über den Bergen erschienen und hatte die Schatten der Nacht aus den Tälern vertrieben; oberhalb der Stadt, an den Nordhängen und Westflanken der Berge, hielten sich die Schatten noch etwas länger. Die Reichen, die hier in ihren Luxusvillen residierten, ließen sich von den durch die Ritzen der Jalousie dringenden Sonnenstrahlen die Nasenlöcher kitzeln und schlugen gähnend die Morgenzeitung auf, die ihnen zusammen mit dem Frühstück auf einem silbernen Tablett serviert wurde. Die fettgedruckte Schlagzeile wies auf die bevorstehenden Präsidentschaftswahlen hin; der Sprecher der regierenden Militärjunta verbat sich jede ausländische Einmischung in die inneren Angelegenheiten des Landes und rief die Bevölkerung zu Besonnenheit und Disziplin auf; er warnte die Wähler davor, Aufwieglern und Unruhestiftern Gehör zu schenken. In einem redaktionellen Kommentar wurde die Hoffnung geäußert, daß die Wahlen störungsfrei und ohne Zwischenfälle verlaufen würden. Währenddessen standen die Bewohner der ärmeren Viertel im Süden der Stadt vor den geschlossenen Wahllokalen Schlange, die um acht Uhr geöffnet werden sollten: Arbeitslose aus den Slums und analphabetische Bauern, kleine Angestellte, Schüler und Studenten mit Basttaschen und Schulmappen, Frühstücksproviant und Gesangbücher unter dem Arm, die von den Wahlkomitees ausgestellten neuen Ausweise in der Hand. Nach der Wahl würden sie die Messe besuchen und anschließend bis zum

Abend mit leeren Mägen auf Parkbänken sitzen, die politischen Ereignisse diskutieren oder ihre Lehrbücher studieren, um die Zeit totzuschlagen und sich auf das Unterrichtspensum der nächsten Woche vorzubereiten, weil es in ihren Hütten weder Wasser noch elektrischen Strom gab; jetzt standen sie in Gruppen um den Besitzer eines Transistorradios herum und hörten die Frühnachrichten des katholischen Senders *Radio Soleil,* in denen von nächtlichen Überfällen und Brandanschlägen auf Wahllokale die Rede war.

4

Der Lastwagen hielt mit quietschenden Bremsen. Der Zivilist auf dem Trittbrett, der einen hellen Anzug und eine dunkle Sonnenbrille trug, gab den Soldaten auf der Laderampe mit erhobener Pistole ein Zeichen; vielleicht schoß er auch in die Luft. Die Männer, die nach Aussagen von Augenzeugen in gefleckten Kampfanzügen oder olivgrünen Uniformen steckten – andere sprechen von Söldnern im *military look* –, sprangen von der Ladefläche und brachten ihre automatischen Gewehre in Anschlag; vielleicht haben sie auch sofort, ohne Anruf und Vorwarnung, das Feuer eröffnet. Zuerst waren nur ein paar trockene Detonationen zu hören, die harmlos klangen, wie Knallfrösche oder explodierende Sektkorken. Die Menschen, die vor dem Wahllokal in der *Rue des Écoles* Schlange standen, zumeist Schülerinnen und Studenten, die hier zur Schule gingen oder studierten, blickten überrascht auf; alles ging so schnell, daß sie keine Zeit fanden, in Deckung zu gehen. Als sie sich zu Boden warfen, war es zu spät; ihre Kommilitonen wälzten sich bereits in ihrem Blut. Eine gespannte Stille lag über dem Platz, deren Feierlichkeit von den dumpf detonierenden Schüssen eher gesteigert als gestört wurde: dann war ein immer lauter werdender Entsetzensschrei zu hören, der sich durch die Reihen der in regelloser Flucht auseinanderstiebenden, übereinanderstürzenden Menschen fortpflanzte und plötzlich abbrach, erstickt vom Dauerfeuer der Maschinenpistolen und automatischen Gewehre, deren Geschoßsalven die Fliehenden niedermähten wie Gras.

5

Sie hatten noch viel vorgehabt an diesem Tag. Jetzt schliefen sie; nein, sie schliefen nicht, sie waren tot. Ihre Augen standen weit offen, aber sie blickten an mir vorbei ins Nichts oder in eine andere Welt. In Wirklichkeit sehen Tote anders aus als im Film oder auf dem Theater: ihre Züge sind nicht verzerrt, ihre Bewegungen nicht im Krampf erstarrt. In Wirklichkeit ist der Tod weder obszön noch grausam, nicht einmal grotesk. Der Tod löst den Krampf, verklärt die Gesichtszüge und gibt dem Toten seine im Todeskampf, der besser Lebenskampf hieße, verlorene Würde zurück. Tote bluten nicht; nur Lebende bluten oder verbluten, so lange, bis der Tod eintritt. Danach hört das Blut auf zu fließen, die Wunden schließen sich.
Obwohl alles mit Blut besudelt war, der Schulhof, die Treppe, der Korridor überhäuft mit blutverschmierten

Kleidern und Schuhen, Schulheften, Mappen und Büchern, deren herausgerissene und zusammengeknüllte Seiten nicht mit roter Tinte, sondern mit Blut bekleckst waren, sogar die grüngestrichenen Wände des Klassenzimmers waren bis zur Decke mit Blut bespritzt, hätte man jeden einzelnen genau betrachten und untersuchen müssen, um die Wunde zu finden, die seinen Tod verursacht hatte. Die Menschen hier hatten keine Zeit gehabt, sich auf das Sterben vorzubereiten, alles war zu schnell gegangen und zu plötzlich, der Tod war aus heiterem Himmel über sie gekommen, unangemeldet, ohne Vorwarnung hatte er ihrem Leben ein Ende gesetzt. Obwohl sie noch viel vorgehabt hatten an diesem Tag, sahen sie aus, als hätten sie mit dem Leben abgeschlossen und ihren Frieden gemacht mit dem Tod, der sie auf offener Straße ereilt hatte; nicht aber mit ihren Mördern, die jeden, der noch röchelte, stöhnte oder kaum hörbar um Gnade bettelte, mit einem Hieb der Machete oder einem Revolverschuß liquidierten. Nach getaner Arbeit standen sie rauchend in Gruppen beisammen und verscheuchten, mit ihren Waffen gestikulierend, die Fotografen, während Sanitäter in blutbefleckten Kitteln die Toten an Händen und Füßen packten und, wie Sardinen übereinander geschichtet, in einen Kastenwagen luden, der, ein schmales Rinnsal von Blut hinter sich her ziehend, mit unbekanntem Ziel davonfuhr.

6

Der Soldat befahl mir niederzuknien. Seltsamerweise hatte ich keine Angst verspürt, als ich an der ausgebrannten Shell-Tankstelle vorbeifuhr und in die mit Glassplittern und Patronenhülsen übersäte Straße einbog, die sich als Sackgasse entpuppte: ein quergestelltes Auto mit zerschossener Windschutzscheibe blockierte die Fahrbahn. Vor mir lag das grünweiß gestrichene Schulgebäude, eine viktorianische Villa, deren Auffahrt von Soldaten mit entsicherten MPs bewacht wurde, während Sanitäter im Schulhof einen Kastenwagen beluden; im Rückspiegel sah ich eine zerbeulte Tanksäule und den mit einem Laken bedeckten Toten, über den öliger Rauch hinstrich. Ich legte den Rückwärtsgang ein und wollte Gas geben, aber ein Soldat, der drohend mit seiner MP fuchtelte, befahl mir, anzuhalten und auszusteigen. Um seinen Worten Nachdruck zu verleihen, gab er mehrere Warnschüsse ab. Seine Kameraden sahen grinsend herüber, als ich ihm meine Papiere aushändigte, in denen er ratlos herumblätterte; er schien Analphabet zu sein. Auf der Suche nach Waffen oder Geld durchwühlte er das Innere des Autos. Ich mußte Kühlerhaube und Kofferraum aufklappen und das Handschuhfach ausräumen. Nachdem ich meine Hosentaschen umgestülpt und ihren Inhalt auf dem Boden ausgebreitet hatte, dirigierte der Soldat mich zu einer von frischen Einschußlöchern zerfurchten Hauswand, wo er mir befahl, mit im Nakken verschränkten Händen niederzuknien. Ich hörte ein metallisches Klicken und sah, aus den Augenwinkeln heraus, wie er ein volles Magazin in den Ladestutzen seiner MP schob. Es war eine leichte israelische Maschinenpistole, Marke Guzi. Seltsamerweise hatte ich noch immer keine Angst. Ein Offizier, der sich aus der Gruppe der Uniformierten gelöst hatte, ließ sich von dem Posten meine Brieftasche aushändigen. Er steckte die Dollarnoten in die Tasche und schenkte seinem Untergebenen das Kleingeld. Dann gab er mir Paß und Travellerschecks zurück und signalisierte mir mit einer Kopfbewegung, ich solle mich schleunigst davonmachen. Ich ließ den Motor an, gab Gas und fuhr mit eingezogenem Kopf rückwärts aus der Einbahnstraße. Als ich auf die Hauptstraße einbog, zerbarst die Windschutzscheibe unter dem Feuerstoß einer Maschinenpistole. Ein Regen von Glaswürfeln überschüttete mich. Ich duckte mich hinter das Armaturenbrett, legte den Vorwärtsgang ein und fuhr, ohne mich umzusehen, zum Hotel zurück. Erst später, als ich in der Hotelhalle den belgischen Journalisten traf, mit dem ich zum Mittagessen verabredet war, spürte ich, wie meine Knie weich wurden und wie die Beine unter mir nachgaben. Jemand bestellte einen doppelten Whisky für mich.

7

Das also ist der Ort, an den man die Toten bringt. Rechts in der Hitze flimmernde, kahle Hügel, links, hinter den Luftwurzeln der Mangroven, von denen rosa Flamingos aufflattern, blaut das Meer, vor mir, schnurgerade bis zum Horizont, der gewellte, von Schlaglöchern durchbrochene Asphalt der Nationalstraße eins, im Rücken die rauchenden Schlote der Zementfabrik, die alles mit mehligem Staub überzieht. Zwischen Bergen und Meer erstreckt sich, parallel zur Küste, eine mit Kakteen bewachsene Salzwüste mit einer Schwefelquelle, *Source Puante* genannt, in der mein Großvater zu baden pflegte: hinterher verfütterte er, im Straßengraben sitzend neben seinem Ford, Baujahr 1927, den mitgebrachten Imbiß an Kinder und hungrige Hunde. Jetzt ist hier ein Müllplatz mit schwelenden Autoreifen, deren stinkender Qualm mir Tränen in die Augen treibt, Schrotthalden aus rostigem Eisen und in der Sonne blitzendem Aluminium, in denen zerlumpte Anwohner nach wiederverwendbaren Metallteilen stochern, während magere Rinder das Salzgras der umliegenden Savanne abweiden. Am tiefsten Punkt einer unter Meeresniveau liegenden Senke ragt ein verwittertes Holzkreuz aus dem mit Kleiderfetzen und Gummisandalen bedeckten Boden. Ein bittersüßer Geruch steigt aus der frisch gepflügten Erde auf, in die ich bei jedem Schritt tiefer einsinke, ein ekelerregendes Miasma, dem ich schon einmal, beim Besuch der Morgue, begegnet bin. Ein Dunst von Tod und Verwesung umfängt mich. Dies ist ein Massengrab, eine Schädelstätte; die Erde hier ist mit Leichen gedüngt. Streunende Hunde haben tiefe Löcher gegraben und die Überreste der Toten über das umliegende Gelände verstreut: Schenkelknochen, Gelenkpfannen, Unterkiefer mit Zähnen und von der Sonne ausgebleichte Schädel in verschiedenen Stadien des Zerfalls. Ein neuer Hamlet könnte hier poetische Betrachtungen anstellen über die Vergänglichkeit alles Irdischen, aber beim Anblick des mit Kraushaar bewachsenen

Kopfes, der, halb verscharrt, aus dem Boden ragt, müßte ihm die Lust vergehen.

Jeden Freitagfrüh, vor Sonnenaufgang, liefert ein Lastwagen der Stadtreinigung eine Ladung Leichen hier an: Obdachlose und Bettler, Kinder und Greise, Opfer gewöhnlicher und politischer Verbrechen, die keine Angehörigen haben oder von Staats wegen anonym bleiben sollen. Die Toten werden in eine Grube geworfen und von einem Bulldozer, der über dem Leichenhaufen hin und herfährt, unter die Erde gepreßt. Sie enden dort, wo die meisten von ihnen schon zu Lebzeiten waren: auf dem Müll, als Schrott ohne Wiederverwendungswert.

II. Im Innern des Wals

»Call me Ishmael...«
(Melville: *Moby Dick*)

1

Nehmen wir zu meinen Ungunsten an, ich sei derjenige, als der ich mich ausgebe und für den man mich nicht hält. Mein Name sei Israel, denn meine christlichen Namenspatrone hätten mir kein Glück gebracht: weder hätte der heilige Christophorus mich vor Sturm und Schiffbruch, noch hätte der heilige Georg mich vor Drachen und Monstern bewahrt. Auf der Suche nach einer neuen Identität, die mich immun machen sollte gegen Monster und Schiffbruch, besann ich mich auf die Religion meiner sephardischen Vorfahren; aber um nicht wie sie aus Spanien vertrieben zu werden, siedelte ich mich östlich der Elbe an, in einem Land, das rassisch und religiös Verfolgten Zuflucht bot und jeden nach seiner Fasson selig werden ließ. Juden und Christen lebten hier seit jeher harmonisch zusammen, ohne die anderswo üblichen Pogrome, und abgesehen davon, daß Juden keine Regierungsämter und Offiziersstellen bekleiden durften, standen ihnen alle Türen offen. Hier fühlte ich mich sicher vor den Streitwagen des Pharao und den Sturmfluten des Roten Meeres, die seit der Flucht aus Ägypten das Volk Israel bedrohten: zwar hatte der für seine Toleranz gerühmte Herrscher des kleinen ostelbischen Landes sich geweigert, den Philosophen Moses Mendelssohn in die Akademie aufzunehmen, aber das hatte er mit dessen Freund Lessing auch getan, und vielleicht hatte der Philosophenkönig seine philosophischen Gründe dafür. Kein Grund zur Panik, die Geschichte wiederholt sich nicht, der Fortschritt ist ein irreversibler Prozeß, und ein barbarischer Akt wie die von meiner einstigen Gönnerin, Isabella der Katholischen, befohlene Vertreibung der Juden aus Kastilien und Aragon, ein solcher Rückfall ins finsterste Mittelalter ist ganz und gar undenkbar in dem aufgeklärten 20. Jahrhundert, von dem hier die Rede ist.

2

Meine Geschichte beginnt und endet mit hellem Licht. Zwar war es nicht der Stern von Bethlehem, der bei meiner Geburt Pate stand, sondern der Halleysche Komet, dem die meisten Menschen höchstens einmal im Leben begegnen, während seine Umlaufbahn sich zweimal mit meiner kreuzte, als ich in der Wiege und als ich auf der Bahre lag. Beide Male sträubten sich mir die Haare, meine Kopfhaut knisterte und sprühte Funken wie unter einem Föhn oder einem Heiligenschein, was auf dasselbe hinausläuft, obwohl ich alles andere als ein Heiliger gewesen bin. Sechsundsiebzig Jahre benötigte der Komet für seine von dem Astronomen Halley berechnete Umlaufbahn, bevor er erneut in mein Leben eintrat und mir, im Angesicht des Todes, noch einmal die Haare zu Berge stehen ließ. In dieser Zeit passierten viele weltbewegende Dinge, im Vergleich zu denen die Ereignisse meines Lebens nur eine kleingedruckte Fußnote sind; das wenige, was ich nicht schon zu Lebzeiten aus dem Gedächtnis verdrängt habe – was wir Erinnerung nennen, ist nur eine subtilere Art des Vergessens –, habe ich, vom Sterbebett aus, einem deutschen Schriftsteller diktiert, der sich mit seinem Tonbandgerät in meinem Schlafzimmer zu schaffen machte. Das war im Februar 1986, in meinem Haus in La Boule, an der Straße von Pétionville nach Kenskoff, das ich mit hohen Mauern, Voodoo-Fetischen und elektrisch geladenem Stacheldraht in eine uneinnehmbare Festung verwandelt hatte, um meine Sammlung präkolumbianischer Kunst und haïtianischer Malerei vor Einbrechern zu schützen und vor dem revolutionären Mob, der plündernd durch die Straßen zog. Aber alle Vorsichtsmaßregeln waren umsonst, denn das Chaos, das ich hinter fest verschlossene Türen und herabgelassene Rolläden auszusperren versuchte, hatte sich längst als Krebsgeschwür in meinem Innern eingenistet: ein bittersüßer Geruch nach Tod und Verwesung erfüllte das Haus, der aus meinem seit Tagen nicht mehr gereinigten, künstlichen Darmausgang strömte; aus dem Nebenzimmer war das Stöhnen meiner geistesgestörten Frau zu hören, die von ihrer Pflegerin Annaïse mit einer Morphiumspritze beruhigt wurde, und durch die geschlossenen Jalousien drangen Sprechchöre von Demonstranten, die den Rücktritt der Regierung von Baby Doc forderten. Der deutsche Schriftsteller hielt sich ein Tempotaschentuch vor die Nase, während er das Tonbandgerät an- und abschaltete, in der vergeblichen Hoffnung, von einem Sterbenden Aufschluß zu bekommen über jene längst vergangene Epoche, in der sein Großvater eine Parkbank gestiftet hatte zur hundertsten Wiederkehr des Tages, an dem die Republik Haïti ihre Unabhängigkeit von Frankreich erklärte; die ostdeutschen Grenzsoldaten aus Zinn oder Blei, die er mir später zuschickte, gingen unausgepackt in den Besitz meiner beiden Söhne über, die meine kunsthistorische und archäologische Sammlung weit unter Wert an einen Antiquitätenhändler in Puerto Rico verhökerten. Aber das geschah nach meinem Tod und gehört jetzt nicht hierher.

3

Nicht nur der Halleysche Komet, auch alles übrige hat sich in meinem Leben zweimal ereignet: ich hatte zwei Nationalitäten und zwei Religionen, zwei Muttersprachen und zwei Vaterländer, habe zwei Kinder gezeugt und zwei Weltkriege und zwei Revolutionen erlebt, die beide am neunten November stattfanden: das eine Mal, als der Kaiser abdankte und der neue Reichspräsident Ebert seinen Bluthund Noske auf streikende Arbeiter und meuternde Matrosen hetzte, und das zweite Mal, als die Schaufenster jüdischer Geschäfte zu Bruch und die Synagogen in Flammen aufgingen; die dritte deutsche Revolution, an der Freudentränen flossen an Stelle von Blut, fand, ebenfalls am neunten November, ohne mein Zutun statt; damals war ich schon tot.
Obwohl ich mir meine Geburtsstadt nicht ausgesucht habe und später mit Gewalt aus ihr vertrieben worden bin, kann ich einen gewissen Lokalpatriotismus nicht verhehlen. Mein Herz schlug höher, als ich in der Spät-

ausgabe der *Tagesschau,* die *live* ins Jenseits übertragen wird, sah, wie lachende und weinende Menschen in einem Regen von billigem Sekt auf dem mit Graffiti besprühten Beton herumtanzten und vor überfüllten Supermärkten Schlange standen, um ihren Hunger nach Bananen zu stillen. Ich selbst bekam die erste Banane meines Lebens mit vier Jahren von meinem Onkel Alois zum Geburtstag geschenkt. Da ich mit der gelben Frucht nichts anzufangen wußte, die, nach den Worten meines Onkels, ein paar Tage nachreifen sollte, ließ ich sie solange liegen, bis sie schwarz geworden war. Das war im Juli 1914, und danach bekam ich zwölf Jahre lang keine Banane mehr zu Gesicht, außer im Film, wo Josephine Baker ihre berühmte Bananennummer vorführte und dazu »Yes, we have no bananas today« sang, während ich heimlich im dunklen Kinosaal meine steifgewordene Banane rieb. Damals ließ ich mir nicht träumen, daß das Land, wo die Bananen blühn, eines nicht allzu fernen Tages zu meiner zweiten Heimat werden sollte. Aber ich will die Geschichte von Anfang an erzählen, so, wie sie sich wirklich zugetragen hat.

4

Die Vorfahren meines Vaters stammten aus Ägypten, die meiner Mutter aus England. Von den einen habe ich die lange Nase, von den andern die Kurzsichtigkeit geerbt. In Wirklichkeit waren beide Familien jüdisch, aber das wußte ich damals noch nicht, weil niemand danach fragte in der guten alten Zeit, bevor in Sarajewo der Funke gezündet wurde, der das europäische Pulverfaß explodieren ließ. Nicht weit davon entfernt, in Bosnien, hatte mein Vater in den siebziger Jahren als Rekrut der k. u. k.-Armee einen nationalistischen Aufstand niedergeschlagen; das Soldatenleben gefiel ihm so gut, daß er, um Offizier werden zu können, zum Katholizismus übertrat. Weil er eine gute Figur abgab mit seinen langen Beinen, seiner stattlichen Nase und seinem glänzenden Schnurrbart, wurde er in die Leibgarde des Kaisers Franz Joseph aufgenommen, der sich, ähnlich wie mein Vater, besser auf Pferdeköpfe als auf menschliche Physiognomien verstand. Am Ende seiner dreißigjährigen Dienstzeit war mein Vater mit allen Wiener Droschkengäulen per du, die zusammen mit ihm in der Kavallerie gedient hatten und ihren Regimentskameraden freudig wiehernd begrüßten; beim Anblick der vierbeinigen Veteranen, die auf der Straße ihr Gnadenbrot verzehrten, sollen ihm, wie Nietzsche in Turin, die Tränen gekommen sein. Meinem Vater gegenüber zeigte sich der Kaiser erkenntlicher: nachdem er zum Rittmeister befördert, mit einem Orden belohnt und, kurz vor der Pensionierung, in den Adelsstand erhoben worden war, schied er in Ehren aus dem aktiven Dienst. Er heiratete eine reiche Jüdin, deren Stiefvater als Finanzier von Cecil Rhodes in Afrika ein Vermögen gemacht hatte – hinter jedem Conquistador steckt ein Comprador – und ließ sich als Rittmeister a. D. in Berlin nieder, wo er noch immer die Blicke der Frauen auf sich zog, wenn er zu Kaisers Geburtstag in der österreichischen Gesandtschaft vorsprach. An solchen Tagen pflegte er seine alte Paradeuniform anzulegen, deren bis zu den Oberschenkeln reichende Stiefel so steif waren, daß er in ihnen nur stehen, aber nicht sitzen konnte; der Roßschweif auf seinem silbernen Kürassierhelm ließ die Kristallüster klirren und wedelte den Staub von den Kronleuchtern. Über der mit goldenen Tressen bestickten Uniform trug er einen bis zum Boden herabreichenden, weißen Mantel, den er eigenhändig zu bürsten und mit Zahnpasta einzucremen pflegte; als während des ersten Weltkriegs die Zahnpasta knapp wurde, benutzte er Kalkpulver, das ihm die Lungen zerfraß. Vielleicht ist mein Vater deshalb im letzten Kriegsjahr an Tuberkulose gestorben und hat, abgesehen von einer schemenhaften Gestalt in einer schneeweißen Galauniform, kein deutliches Bild in meinem Gedächtnis hinterlassen.

Obwohl sie zehn Jahre jünger war als er, hat sich meine Mutter vom frühen Tod ihres Mannes nicht mehr erholt. In meiner Erinnerung war sie immer schon eine kurzsichtige alte Frau; je weniger sie sehen konnte, desto frommer wurde sie. Anstatt sich auf die Religion ihrer Vorfahren zu besinnen, ging sie sonntags in die Kirche und spendete Geld für die irische Mission; über ihrem Bett hing ein Bild des Erzbischofs von Canterbury, den sie wie einen Heiligen verehrte, und auf dem Nachttisch lag ein anglikanisches Gesangbuch, dessen Lieder sie leise vor sich hinsummte; alles Jüdische war aus ihrem Haushalt verbannt, abgesehen vom Geld, das knapp und deshalb doppelt willkommen war. Ihre reichen Verwandten schickten Dollarschecks und britische Pfundnoten von London nach Berlin, die ein Vermögen einbrachten auf dem schwarzen Markt, wo ein Pfund Schwarzbrot eine Million Mark kostete.

Während die Preise auf astronomische Höhen kletterten, fielen die Aktien in einen bodenlosen Abgrund und die bankrotten Aktionäre stürzten hinterher. Am schwarzen Freitag öffnete sich in der Häuserschlucht der Wallstreet ein schwarzes Loch, das zusammen mit ihren Millionen auch die Millionäre verschlang. Das Rote Meer färbte sich schwarz von arabischem Kaffee, der auf dem Weltmarkt nicht abgesetzt werden konnte, und in Rußland hielt die Schwarze Reichswehr geheime Manöver ab zusammen mit der Roten Armee, während Nazis und Kommunisten gemeinsam die Berliner Verkehrsbetriebe bestreikten. Zur gleichen Zeit übersetzte ich Caesar und Cicero, besuchte die Tanzstunde und spazierte Arm in Arm mit meiner ersten Freundin über den Kurfürstendamm. Wir aßen Erbsensuppe bei Aschinger, tranken Eiskaffee im Romanischen Café und drückten uns die Nasen platt an den Schaufenstern der Tauentzienstraße, in denen Jerseyröcke, Kaschmirpullover und karierte Knickerbokker ausgestellt waren. Zum Abschied gab ich meiner Freundin einen Kuß, ehe sie am Wittenbergplatz in die U-Bahn stieg. Ihr Name ist mir entfallen, aber das Aroma ihres Himbeermunds liegt mir noch heute auf der Zunge.

5

Zu Lebzeiten meines Vaters war ich Österreicher. Nach dem Krieg wechselte ich mit einem Federstrich die Staatsangehörigkeit und ging zusammen mit der Stadt Triest, in der mein Vater bis zu seinem Tod polizeilich gemeldet war, in den Besitz des Königs Vittorio Emmanuele über. Von nun an mußte meine Mutter Jahr für Jahr in der italienischen Gesandtschaft um die Verlängerung des Passes für sich und ihren Sohn nachsuchen, bis der Botschafter des Duce eines Tages entschied, daß die kurzsichtige alte Dame nicht länger würdig sei, das faschistische Italien zu repräsentieren. Da ich, anders als meine Eltern, in Berlin geboren war, hätte ich für die deutsche Staatsangehörigkeit optieren können, aber, aus einer instinktiven Abneigung gegen Staaten im allgemeinen und gegen Deutschland im besonderen, zog ich es vor, staatenlos zu bleiben. Zwar wurde mir auf diese Weise der bald darauf wieder eingeführte Militärdienst erspart, aber dafür handelte ich mir eine Menge anderer Unannehmlichkeiten ein. Inzwischen hatte nämlich ein neuer Wagenlenker die schleifenden Zügel der Staatskarosse an sich gerissen und schickte sich an, das durch den Schandfrieden von Versailles geknechtete Reich einer strahlenden Zukunft entgegenzuführen. Eine große Zeit war angebrochen, noch größer als die im November 1918 zu Grabe getragene, und niemand mochte abseits stehen, alle reihten sich begeistert ein in das große Werk. Nur ich stand mißmutig daneben und lümmelte dumm herum, weil ich in dem allgemeinen Aufbruch für mich persönlich keine Perspektive sah. Nennen Sie mich ruhig einen Spielverderber. Nach dem Abitur, das ich mit Ach und Krach absolviert hatte, sagte ich der Arbeitsteilung den Kampf an und beschloß, die Utopie des nicht entfremdeten Lebens zumindest für mich selbst zu verwirklichen. Wie ich es bei Marx gelesen hatte, betätigte ich mich morgens als Künstler und nachmittags als Kritiker: abends verliebte ich mich, und nachts ging ich auf die Jagd. Daneben spielte ich Tennis und Klavier, russisch Roulette und Schach – lauter brotlose Künste, die mir außer Schulden nichts einbrachten. Nachdem ich für Pferdewetten und Fußballtoto mein letztes Geld verbraucht hatte, trat ich ins Büro eines Börsenmaklers ein, der mit Aktien handelte, so wie gewöhnliche Kaufleute mit Weizen oder Kupfer, Baumwolle oder Kaffee. Sein wichtigstes Betriebskapital, abgesehen von Telefon und Telegraf, war sein Adreßbuch und seine gute Spürnase, die den neuen Machthabern nicht gefiel, weil sie jüdisch war. Nachdem SA-Leute ein Schild mit der Aufschrift: »Deutsche! Kauft nicht bei Juden!« an seiner Bürotür befestigt hatten, wurde Herr Nathan, so hieß mein neuer Chef, auf die Polizeiwache bestellt, zu seinem eigenen Schutz, wie es hieß. Als er nach ein paar Stunden mit zerbrochener Brille von dort zurückkehrte, war Herr Nathan nicht sehr gesprächig; er überschrieb sein Vermögen seiner arischen Frau, die sich bald darauf von ihm scheiden ließ, und verreiste mit unbekanntem Ziel, nachdem er mir für die Dauer seiner Abwesenheit die Weiterführung seines Geschäftes übertragen hatte. Leider war es mir unmöglich, mich des in mich gesetzten Vertrauens würdig zu erweisen und meine Börsenkenntnis nutzbringend anzuwenden, denn ein paar Tage später wurde ich ohne Angabe von Gründen verhaftet: als staatenloses Subjekt stand ich im Verdacht, im Auftrag eines jüdischen Schiebers Steuern hinterzogen und Devisen illegal ins Ausland transferiert zu haben. Wie ich nachträglich herausfand, hatte Frau Nathan mich denunziert. Um sich von dem Makel reinzuwaschen, eine Judenhure zu sein, lieferte sie ihren Mann der Gestapo ans Messer; nachdem er sich telefonisch bei ihr gemeldet hatte, wurde Herr Nathan beim Versuch, illegal die holländische Grenze zu überschreiten, von der Polizei gestellt und auf der Flucht erschossen. Nach nächtelangen Verhören, in deren Verlauf ich grün und blau geschlagen wurde, ordnete der Untersuchungsrichter aus Mangel an Beweisen die Einstellung des Verfahrens und meine sofortige Freilassung an. »Tut mir leid«, sagte der Justizbeamte, der mir meine Papiere aushändigte, »wenn man Ihnen Unannehmlichkeiten gemacht hat. Hier muß eine Verwechslung vorliegen. Ich weiß, Sie kommen aus einer guten Familie. Ich habe Ihren Herrn Vater gekannt.« »Ich fürchte«, sagte ich leise, »daß keine Verwechslung vorliegt. Ich bin Jude.« »Unsinn«, meinte der Beamte, »was reden Sie da! So wie sie aussehen, könnten Sie auf der Stelle in die Partei eintreten. Oder noch besser in die SA. Hier ist ein Antragsformular. Sie brauchen bloß zu unterschreiben, alles andere erledige ich für Sie.« »Danke«, sagte ich und schlug gehorsam die Hacken zusammen, »heute lieber nicht. Vielleicht ein andermal.«

6

Ich zog mich aus dem Börsengeschäft zurück und besann mich auf meine alte Liebe, das Tennisspielen. Als die Sportclubs im Berliner Grunewald Juden auszuschließen begannen und das Betreten eines Tennisclubs nur noch mit Ariernachweis möglich war, besorgte ich mir ein Durchreisevisum für die Schweiz, packte meine sieben Sachen und fuhr mit dem Nachtexpreß nach Zürich, wo ich Monate zuvor einen Herrn Nathan gehörigen Koffer mit Devisen in einem Banksafe deponiert hatte. Trotz der Intervention einer in Genf lebenden Tante, die telegrafisch für meine Unbescholtenheit bürgte, erlaubten mir die Schweizer Behörden nicht, den Zug zu verlassen, und so reiste ich unverrichteter Dinge nach Frankreich weiter, von wo man mich postwendend nach Spanien abschob, das einzige Land Europas, dessen republikanische Regierung einem Staatenlosen wie mir ein befristetes Visum erteilte. Da ich kein Wort Spanisch sprach, meldete ich mich bei der deutschen Gesandtschaft in Madrid, deren Mitarbeiter angesichts meiner blauen Augen und meines adligen Familiennamens auf den sonst üblichen Ariernachweis verzichteten und mich als Tennislehrer für ihre Kinder anstellten. Hier brachte ich jungen Damen und Herren, die selbst beim Tennisspielen Braunhemden trugen, Vorhand und Rückhand, Schmetterbälle und Volleys bei. Als kommunistische Demonstranten den auf dem Botschaftsgelände gelegenen Sportplatz mit einem Hagel von Steinen überschütteten, nahm ich den Nazi-Nachwuchs schützend unter meine Fittiche und fing die Wurfgeschosse mit dem Tennisschläger auf. Undank ist der Welt Lohn, und so wurde ich trotz der Proteste der kleinen Hitler-Jungen und BDM-Mädchen fristlos entlassen, als eine Anfrage beim Auswärtigen Amt in Berlin meine jüdische Herkunft enthüllte.

Meine Aufenthaltsgenehmigung für Spanien war abgelaufen, und so setzte ich mich unverzüglich nach Wien in Marsch, wohin meine alte und kranke Mutter mit Genehmigung der Reichsregierung inzwischen übergesiedelt war. Da sie ihre bescheidenen Ersparnisse, als Unterpfand für die Ausreise, in Deutschland hatte zurücklassen müssen, stieg ich *nolens volens* zum Ernährer einer auf zwei Personen geschrumpften Familie auf.

Ein oder zwei Jahre lang hielt ich mich, mehr schlecht als recht, mit Gelegenheitsarbeiten über Wasser, die mir nichts einbrachten. Dann kam das Schicksal mir zu Hilfe in Gestalt eines meuternden Generals, der die vom spanischen Volk gewählte republikanische Regierung nicht anerkannte und die Iberische Halbinsel mit Krieg überzog. Während meines Aufenthalts in Madrid hatte ich ein bißchen Spanisch gelernt und galt in Wiener Caféhauskreisen als Stierkampfexperte. Ein arbeitsloser Sportreporter, der mit Prager Akzent Deutsch, aber kein Wort Spanisch sprach, machte mir den Vorschlag, die internationalen Nachrichtenagenturen mit Artikeln über den spanischen Bürgerkrieg zu bombardieren; er stellte sein Adreßbuch und sein journalistisches Know-how zur Verfügung, ich lieferte das Lokalkolorit. Im Hinterzimmer des Cafés Hawelka machten wir unser Büro auf; das Betriebskapital bestand aus einer Schreibmaschine und einem Radioapparat, der uns die neuesten Meldungen vom Kriegsschauplatz übermittelte. Da wir billiger waren als Ernest Hemingway, der sich seine Artikel in harten Dollars bezahlen ließ, fand unsere Kriegskorrespondenz reißenden Absatz und wurde von zahlreichen Zeitungen nachgedruckt, deren Leser wissen wollten, wer sich hinter dem Pseudonym Stubenhocker verbarg. Der Mut des unbekannten Reporters, der unter einem Madrider Caféhaustisch versteckt mitten im

Bombenhagel seine Berichte schrieb, erweckte allgemeine Bewunderung, und meine dramatische Schilderung des Luftangriffs der Legion Condor auf das Städtchen Guernica erregte dermaßen die Gemüter, daß es zu Protesten der aufgebrachten Bevölkerung vor der deutschen Botschaft kam.
Dann war auch das zu Ende. Während das letzte Aufgebot zur Verteidigung der spanischen Republik sich in Barcelona sammelte, überschritten deutsche Truppen die Grenze nach Österreich und zogen, ohne einen Schuß abzufeuern, in Wien ein, wo der neue Kanzler und Führer des großdeutschen Reiches sich auf dem Heldenplatz als Held feiern ließ. Der Anschluß war vollzogen, und wieder einmal hatte ich, wie Belsazar in Babylon, die Zeichen der Zeit nicht erkannt, die ein Fackelzug der SA mit Flammenschrift auf die nachtdunklen Straßen schrieb.

7

Seit die neuen Machthaber sie gezwungen hatten, ihrem arischen Nachnamen den jüdischen Vornamen Sarah voranzustellen, hatte meine Mutter die St. James-Bibel mit dem Talmud vertauscht und bekannte sich offen zur Religion ihrer Vorfahren, die sie aus ihrem bisherigen Leben ebenso erfolgreich verdrängt hatte wie ich. An meinem achtundzwanzigsten Geburtstag feierten wir das Passahfest, zu deutsch schonendes Vorübergehen – der Würgeengel des Pharao hatte uns beim Auszug aus Ägypten verschont und nur im Vorübergehen mit dem Schwert gestreift. Wir aßen ungesäuerte Brote und sangen Lieder und Gebete aus der Haggadah unter Anleitung eines Kantors der Synagoge namens Abramowitz, der sich seine Dienste in Naturalien bezahlen ließ und es mit dem talmudischen Ritual nicht mehr so genau nahm. An Stelle des Osterlamms – wegen ihrer schlechten Zähne aß meine Mutter kein Fleisch – kam eine Malakofftorte auf den Tisch, deren Ingredienzen ich mit dem Honorar meiner letzten Reportage aus dem belagerten Barcelona gekauft hatte. Ich war gerade dabei, den Tortenheber, das einzige Stück aus dem Familiensilber, das meine Mutter gerettet hatte, mit Wasser zu befeuchten und in die Torte zu tauchen, als es an der Tür klingelte. Nein, es klingelte nicht, es läutete Sturm, solange, bis der oder die Eindringlinge feststellten, daß die Haustür offenstand. Schwere Schritte polterten die Treppe hinauf und kamen vor unserer Wohnung zum Stillstand. »Aufmachen – was geht hier vor?« Als ich von meinem Kuchenteller aufblickte, sah ich an Stelle der mit Maraschinokirschen garnierten Malakofftorte das Koppelschloß einer SS-Uniform vor mir, in das der Wahlspruch »Meine Ehre heißt Treue« eingraviert war. Der Träger der Uniform fuchtelte mit einem entsicherten Revolver vor meiner Nase herum, während seine Untergebenen eine Schublade aus dem Büffet rissen und ihren Inhalt auf dem Teppich verstreuten. »Haussuchung – nichts anrühren. Die Wohnung wird hinterher versiegelt!« »Und wo ist der Durchsuchungsbefehl?« Statt einer Antwort erhielt ich einen Schlag auf den Kopf, der mich besinnungslos zu Boden warf. Als ich Stunden später aus meiner Betäubung erwachte, war mein Körper mit Blutergüssen bedeckt, und ich hatte eine Beule am Hinterkopf, die rasende Schmerzen verursachte und erst nach Tagen wieder abschwoll. Zum Glück war ich nicht mehr in der Gewalt der SS, sondern im Gewahrsam der Polizei, wo ich meine blauen Flecken amtlich registrieren und ärztlich behandeln ließ. Nach einer Intervention meines tschechischen Freundes, dem ein ähnliches Schicksal bevorstand wie mir, wurde ich zum unerwünschten Ausländer erklärt und mit der Auflage, Österreich auf schnellstem Wege zu verlassen, auf freien Fuß gesetzt. Aber wohin sollte ich gehen? Ich hatte kein Zuhause mehr. Die Wohnung in der Wiener Neustadt war noch immer versiegelt. Durch den Briefkastenschlitz warf ich einen verbotenen Blick ins Innere. Was ich sah, übertraf meine schlimmsten Erwartungen. Ich hatte gefürchtet oder gehofft, daß die blonden Bestien das Unterste zuoberst gekehrt und den Kaffeetisch in ein Schlachtfeld verwandelt hätten. Statt dessen war alles unberührt, sogar die Schublade befand sich wieder an ihrem angestammten Platz. Nicht einmal den Kuchen hatten die SS-Leute aufgegessen. Die Malakofftorte war nicht explodiert wie ein Molotowcocktail, den es damals noch nicht gab, sie war implodiert: der schneeweiße Luxusliner mit seinen Decksaufbauten aus Schlagsahne und Schiffsschornsteinen aus Löffelbiskuits hatte sich in ein giftgrünes Wrack verwandelt, aus dem an Stelle von Algen Schimmel wuchs. Ich hatte genug gesehen. Nie wieder würde ich mir von meinem selbstverdienten Geld eine Geburtstagstorte kaufen; und niemals, so schwor ich mir, würde ich vergeben oder vergessen, was die Verweser des tausendjährigen Reichs aus meiner Torte gemacht hatten, deren Verlust mir in diesem

Augenblick schlimmer als alles andere erschien, was dessen Schergen sonst noch angerichtet haben.
Als ich auf die Straße trat, wäre ich fast über den alten Kantor Abramowitz gestolpert, der, auf den Knien liegend in seinem zerschlissenen Kaftan, mit der Zahnbürste den Rinnstein reinigte. Meine Frage, wo und wann er meine Mutter zuletzt gesehen habe, beantwortete er mit einer hebräischen Litanei, von der ich kein Wort verstand; ich sah nur, daß der Irrsinn in seinen Augen flackerte. Erst später begriff ich, daß er den Kaddisch gesprochen hatte, das jüdische Totengebet. Obwohl ich alle Hebel in Bewegung setzte, sämtliche Freunde und Bekannte befragte und nichts unversucht ließ, um ihren Aufenthaltsort ausfindig zu machen, blieb meine Mutter verschwunden. Erst dreißig Jahre später entdeckte ich im Lagermuseum von Theresienstadt einen Pappkarton, auf dem mit Kreide ihr Name geschrieben stand; darin lag ein in Seidenpapier gewikkelter Tortenheber. Auf dem Weitertransport nach Auschwitz verliert sich ihre Spur.

8

Die Gnadenfrist lief ab. Nach drei Tagen – mehr Zeit hatten die Behörden mir nicht zugestanden – fieberhafter Suche, die nichts zutage förderte, verließ ich das ungastliche Österreich mit dem festen Vorsatz, nie wieder dorthin zurückzukehren. Mein Kompagnon, der Sportreporter aus dem Café Hawelka, hatte mir ein Visum für die Tschechoslowakei besorgt. In Prag trennten sich unsere Wege. Nachdem Hitler und Mussolini, Chamberlain und Daladier in München den Ausverkauf des tschechischen Staates besiegelt hatten, zog mein arbeitsloser Freund ins Vaterland aller Werktätigen, dessen Führer Josef W. Stalin jedem politisch Verfolgten Schutz und einen todsicheren Arbeitsplatz bot; daß dieser sich in einem sibirischen Straflager befand, ahnten wir damals noch nicht. Nachdem wir uns in der Hoffnung auf baldiges Wiedersehen am Bahnsteig voneinander verabschiedet hatten, reiste ich unter Umgehung des Landes, das mich und meinesgleichen zu unerwünschten Personen erklärt hatte, nach Paris, wo ich Jahre zuvor im Auftrag des Herrn Nathan einen weiteren Geldkoffer deponiert hatte. Diesmal klappte es besser als beim letzten Mal: das Schließfach des Crédit Lyonnais an der Gare de l'Est war unberührt, der Schlüssel paßte, und nach Zahlung der Mietgebühr war ich im Besitz eines kleinen Vermögens, das mir für die nächsten Wochen ein sorgenfreies Leben ermöglichen sollte. Ich aß zwei Dutzend Austern in der *Coupole* und, um meinen Triumph voll auszukosten, fuhr ich nach Mitternacht mit dem Taxi zu einem Établissement in der Nähe der Place Pigalle, das mir der Kellner augenzwinkernd empfohlen hatte. Das Lokal hieß *Sphinx* und war im ägyptischen Stil dekoriert; es bestand aus einem Empfangsraum mit hellerleuchteter Bar und separaten Boudoirs, in denen es finster war wie in einem Pharaonengrab. Ich bestellte Champagner und nahm an einem der Tische Platz. Das Établissement schien seinem Namen Ehre machen zu wollen, denn kaum hatte ich an meinem Glas genippt, da setzte sich eine leibhaftige Sphinx auf meinen Schoß, die außer mit einem goldenen Lendenschurz und hochhackigen Schuhen mit nichts bekleidet war. Die Venus von Milo hätte alt ausgesehen neben dieser schwarzen Liebesgöttin, die nicht nur zwei starke Arme, sondern auch sonst alles hatte, was zu einer Frau gehört. »Wie heißt du, Kleiner?« sagte die Sphinx mit tiefer Stimme, die meinen Penis wie einen Wachsoldaten Haltung annehmen ließ, »woher kommst du und wohin gehst du?« »You can make three guesses« sagte ich, in Gedanken daran, daß es sich um eine Sphinx handelte und daß sie mit mir Englisch sprach: »Dreimal darfst du raten.« »Ich will es versuchen«, sagte die Sphinx, »aber vorher mußt du mir einen Drink bestellen.« Sie tauchte ihren lackierten Fingernagel in mein Glas und leckte den Champagner ab: »Dein Englisch klingt barbarisch. Vermutlich kommst du aus Berlin, aber ich höre noch etwas anderes heraus. Du hast lange in Wien gelebt. Dein Vater war Ägypter und deine Mutter könnte Engländerin gewesen sein.« »How did you know?« »Das ist mein Betriebsgeheimnis«, sagte die Sphinx, »über das ich nicht sprechen darf. Du kannst heute Nacht bei mir bleiben, wenn du willst.«

Was dann passierte, war der größte Fehler meines Lebens. Die Sphinx entpuppte sich im Bett als Zwitterwesen, das sowohl eins, als auch doppelt war: halb Mensch und halb Tier, halb Mann und halb Frau – sofern jemand aus vier Hälften zugleich bestehen kann. In den Armen der Sphinx verausgabte ich nicht nur meine Manneskraft, sondern auch mein Vermögen und meinen Verstand. Irgendwann schlief ich vor Erschöpfung ein. Im Traum war ich Christoph Kolumbus, der Entdecker Amerikas. Durch hüfthohes Wasser watete ich ins gelobte Land. Am Ufer stand ein Kazike, der nur mit einem Lendenschurz und Sandalen bekleidet war. Er hatte das Gesicht der Sphinx. »Zeig mir dein Visum!« sagte er auf Spanisch und verbot mir mit erhobenem Zepter die Landung. »¿Eres judío?« »Bist du Jude?« »Nein«, sagte ich und errötete. »Er lügt«, sagte der Kazike lachend und zeigte mit seinem Zepter auf meinen beschnittenen Penis, der sich vor aller Augen verräterisch aufrichtete. Als ich erwachte, hatte ich eine schmerzhafte Erektion. Es war später Vormittag. Die Sphinx war verschwunden und mit ihr der Geldkoffer, den ich im Badezimmer versteckt hatte. Mein erster Gedanke war, was wohl mein Chef, Herr Nathan, dazu sagen würde, aber dann fiel mir ein, daß ich ihn selbst betrogen hatte und ein betrogener Betrüger war. Anzeige zu erstatten war zwecklos, denn die Leitung des Établissements steckte mit der Polizei unter einer Decke, und als Staatenloser hatte ich vor einem französischen Gericht keine Chance. Außerdem konnte ich weder über den gestohlenen Koffer, noch über die Diebin genaue Angaben machen, die mir außer ihrem Vornamen nichts hinterlassen hatte. Sie hieß Eva und stammte von einer Insel der Antillen, auf der sowohl Englisch, als auch Französisch gesprochen wurde. Immerhin hatte sie mich davon überzeugt, daß Adams Frau die Sünde auf die Welt gebracht hat und daß die ersten Menschen schwarz gewesen sein müssen. Bevor sie sich auf französisch verabschiedete, hatte Eva mir einen Metrofahrschein in die Tasche gesteckt, auf dessen Rückseite die Adresse einer lateinamerikanischen Botschaft gekritzelt war: Ambassade de la République Dominicaine, 21 Avenue Messine.

9

»Vous êtes juif, n'est-ce pas?« sagte der Konsularbeamte, der an Stelle eines Zepters einen goldenen Füllfederhalter schwang, mit dem er meinen Visumantrag unterschrieb. »Si Señor«, log ich wahrheitsgemäß, denn trotz meines beschnittenen Penis, der unter der Hose dezent errötete, hatte man mich evangelisch getauft. »Sie haben Glück, Monsieur, denn nach persönlicher Intervention unseres *jefe supremo*, des Generalissimus Rafael Leonidas Trujillo y Molinas, hat sich meine Regierung auf der internationalen Flüchtlingskonferenz in Evian bereiterklärt, deutsche und österreichische Juden sowie Flüchtlinge aus dem spanischen Bürgerkrieg in der Dominikanischen Republik aufzunehmen. Auf der Liste, die uns das jüdische Flüchtlingskomitee aus New York übermittelt hat, steht auch Ihr Name; wir brauchen nur noch ein paar persönliche Angaben, dann sind Ihre Einreisepapiere perfekt. Unterschreiben Sie hier, bitte!« Ich unterschrieb das ausgefüllte Formular, und der Konsularbeamte drückte einen Stempel mit dem Staatswappen der Dominikanischen Republik und der Aufschrift *¡Dios y Trujillo!* in meinen Paß. »Nur noch eine kleine Formalität, Monsieur. Sie müssen fünfhundert Dollar als Bürgschaft hinterlegen. Selbstverständlich erstatten wir Ihnen den Betrag bei Ihrer Einreise in die Dominikanische Republik zurück, abzüglich der Bearbeitungsgebühr.« »Ich habe kein Geld.« »Ach, wie schade! Ich wäre Ihnen so gerne behilflich gewesen. Au revoir, Monsieur.« Das Telefon klingelte, und der Konsularbeamte verschwand in einem angrenzenden Büro, aus dem er kurz darauf mit hochrotem Kopf wieder auftauchte, einen versiegelten Umschlag in der Hand. Ich hatte meinen Mantel angezogen und war im Begriff zu gehen. »Tut mir leid, Monsieur. Es ist mir peinlich, daß ich nicht von selbst darauf gekommen bin. Heute morgen hat jemand fünfhundert Dollar Kaution und eine Schiffspassage nach Ciudad Trujillo für Sie hinterlegt. Ihr Gönner möchte ungenannt bleiben. Die *Cherbourg* läuft morgen früh aus Le Havre aus. Sie müssen sich beeilen, Monsieur, sonst verpassen Sie Ihr Schiff!«

10

Vierundzwanzig Stunden später befand ich mich auf hoher See. Da ich dem Glück nicht traute, schloß ich mich in meine Kabine ein, die ich erst wieder verließ, als die französische Kanalküste, und mit ihr das alte Europa, hinter dem Wasserhorizont versunken war. Die *Cherbourg* war ein Frachtschiff, das nur wenige Passagiere beförderte, mit denen ich am Kapitänstisch meine Mahlzeiten einnahm. Ich saß zwischen einer schwedischen Gräfin, die mit einem nach Havanna versetzten französischen Diplomaten verheiratet war, und einem deutschen Kommunisten, der sich aus Bewunderung für Stalin Stahlmann nannte, aber mit richtigem Namen Goldmann hieß, wie ich der Passagierliste entnahm. Er hatte in Wien bei Sigmund Freud studiert, bevor er sich mit seinem Lehrer überwarf, weil dieser ihm zu unpolitisch war. »Was wir brauchen ist nicht die kleinbürgerliche Individualanalyse, sondern proletarische Klassenpsychologie«, sagte Stahlmann alias Goldmann. »Die Freudsche Theorie muß vom Kopf auf die Füße gestellt werden, wie Marx es uns mit Hegel vorexerziert hat. Der jüdische Sumpf der Wiener Bourgeoisie, in dem solche Nachtschattengewächse gedeihen, muß energisch trockengelegt, das ideologische Unkraut mit Stumpf und Stiel ausgerottet werden.« »Das haben die Nazis schon besorgt«, warf ich ein: »Und wenn Sie die Psychoanalyse vom Kopf auf die Füße stellen – haben Sie nicht Angst, daß dabei der Geist ausläuft?« »Sie müssen das dialektisch sehen, nicht mechanisch. Die marxistische Lehre vom Klassenkampf hat mit der Rassenideologie der Nazis nichts zu tun. Ich bin selbst Jude«, sagte Stahlmann, während die schwedische Gräfin mir zuflüsterte, daß sie mich unter vier Augen in ihrer Kabine sprechen wolle, und sich diskret empfahl. »Immer hereinspaziert«, sagte sie, als ich eine halbe Stunde später vor ihrer Kabine stand. »Die Tür ist offen. Setzen Sie sich. Ich heiße Solveig, und bei uns in Schweden duzt man sich. Rauchen Sie?« »Ich habe gehört«, fuhr sie fort, nachdem sie sich eine Zigarette angezündet hatte, »daß Herr Hitler die Juden schlecht behandeln soll. Ist das antideutsche Propaganda, oder ist an diesen Gerüchten etwas Wahres dran?« Sie goß mir einen Sherry ein. »Das ist ja furchtbar«, sagte sie mit Tränen in den Augen, nachdem ich ihr in kurzen Worten geschildert hatte, wie es meiner Mutter und mir seit der Machtergreifung der Nazis ergangen war. »Entschuldigen Sie meine Indiskretion. Ich war wirklich unverzeihlich naiv.« Sie drückte ihre Zigarette aus. Wir saßen nebeneinander auf dem Bett, und ich hatte den Kopf in die Hände gestützt. Solveig legte ihren Arm um mich und berührte mit der Zungenspitze mein Ohr. Sie preßte ihre Lippen auf meinen Mund und strich mit kreisender Zunge über mein Zahnfleisch. Ich versuchte, mich ihrer Umarmung zu entziehen, aber Solveig überlistete mich, indem sie sich nackt auszog. Sie knöpfte mir die Hose auf, setzte sich rittlings auf mich und vollführte immer schnellere, rhythmische Bewegungen, bis sie mit einem Stoßseufzer niedersank und mich mit den Worten »Mein Mann kann jeden Moment hiersein!« aus der Kabine wies.

Dieses Spiel wiederholten wir jeden Nachmittag, manchmal auch schon vormittags, während Solveigs Gatte auf Deck Tontauben schoß oder mit Stahlmann Schach spielte. Hinterher nahmen wir am Kapitänstisch Platz, »als sei nichts geschehen«, wie es in Kolportageromanen heißt, und vermieden es, einander in die Augen zu sehen; wenn sich zufällig unsere Blicke kreuzten, erröteten wir. Tagsüber lag ich in Solveigs Armen, nachts wälzte ich mich ruhelos in meiner Kabine, während das Schiff die Atlantikdünung durchpflügte. Im Traum stand ich an der Reling und warf meine Harpune auf einen vor der Bugwelle auftauchenden weißen Wal. Ich holte Schwung mit weit zurückgelehntem Oberkörper und schleuderte die Harpune mit solcher Kraft, daß ich das Gleichgewicht verlor. Die Leine wickelte sich um meine Beine und zog mich über Bord. Ich fiel kopfüber ins Wasser und verschwand im Atemloch des Wals, das sich luftdicht über mir verschloß, während das von der Harpune getroffene Tier, wütend vor Schmerz, in die Tiefe hinabschoß und mit konvulsivischen Bewegungen die Harpune abzuschütteln versuchte. Im Innern des Wals herrschte eine rosarote Dämmerung, es war warm und feucht wie im Mutterleib. Das Rauschen des Meeres war nur als dumpfes Brausen vernehmbar; vielleicht war es auch nur durch wachsenden Wasserdruck hervorgerufenes Ohrensausen. Eine rote Laterne wies mir den Weg durch unterirdische Kavernen, von deren gekrümmten Wänden Zapfen und Schläuche herabhingen, die sich wie Saugnäpfe schläfrig bewegten. Im Traum fiel mir das Wort Stalagmiten ein, aber ich war mir nicht sicher, ob es nicht Stalagtiten heißen mußte. Ganz gleich ob Mythen oder Titten, dachte ich, wichtig ist nur das Wort Stalag. Ich sauste wie auf einer Rutschbahn in die Tiefe und landete in einer mit Plüsch gepolsterten Kammer, deren Wände wie ein Pumpwerk pulsierten. »Das ist also der Traum der roten Kammer«, sagte ich mir und versuchte, den Tentakeln auszuweichen, die mich mit ihren Saugnäpfen umschlangen. Etwas benahm mir den Atem und legte sich wie Blei auf meine Brust. Ich spürte, wie meine Kräfte schwanden, da lockerte sich der Würgegriff, die Fangarme erschlafften und eine rote Flut tobte durch die gewundenen Gänge, alles niederreißend, was sich ihr in den Weg stellte. Auf dem Kamm der Welle reitend, wurde ich nach oben gedrückt und schoß mit einer blutigen Fontäne aus dem Atemloch ins Freie, das Schiff vor Augen, das im selben Augenblick wie von einem Torpedo getroffen zerbarst, während der Wal mit weißem Bauch auf den Wellen trieb, in einer rasch sich vergrößernden Blutlache, die von den Rückenflossen freßgieriger Haie durchfurcht wurde. Das letzte, was mir im Traum vor Augen stand, war die hagere Gestalt des Kapitäns, der, den Arm zum Hitlergruß erhoben, in einem Meer von Blut versank. Sein schmales Oberlippenbärtchen wölbte sich zu einem buschigen Schnurrbart, während das Wasser immer höher stieg und der Kapitän sich mit verschmitztem Lächeln eine Pfeife anzündete, bevor die Wellen über ihm zusammenschlugen.

11

»Ihr Traum ist zutiefst reaktionär«, sagte Stahlmann, während wir von Deckstühlen aus durchs Fernrohr die Wale beobachteten, die, Gischtfontänen versprühend, in respektvollem Abstand vorbeischwammen. »Die Gleichsetzung von Hitler und Stalin ist politisch verdächtig und ideologisch falsch. Kommunismus und Faschismus gehen wie Feuer und Wasser keine chemische Verbindung miteinander ein: mit dem einen löscht man das andere. Ein bürgerlicher Seelenarzt würde ihren Traum als infantile Regression interpretieren, als unbewußten Wunsch, aus der kalten und feindlichen Welt zurückzukehren in die warme Geborgenheit des Mutterleibs. Dahinter steht ein ungestilltes Bedürfnis nach Zärtlichkeit, das, wie das Ende ihres Traumes zeigt, leicht in Aggressivität umschlagen kann. Wahrscheinlich hat Ihre Mutter Sie zu früh der Brust entwöhnt und nur noch mit der Flasche gestillt. Aber der Nutzen dieser Theorie ist äußerst begrenzt. Wir Marxisten halten nichts vom Hokuspokus der Tiefenpsychologie, die den Klassenkampf durch das Geburtstrauma ersetzt. Wenn Sie vernünftig träumen wollen, lesen Sie dieses Buch, das vor kurzem in Moskau erschienen ist.« Und er drückte mir ein in Kaliko gebundenes Buch mit dem Titel »Kurzer Lehrgang zur Geschichte der KPdSU(B)« in die Hand.

Die Lektüre wirkte Wunder. Nachdem ich den »Moby Dick« beiseite gelegt und ein paar Stunden im »Kurzen Lehrgang« gelesen hatte, schlief ich vor Langeweile ein. In dieser Nacht hatte ich einen Traum, den ich, um Stahlmanns religiöse Gefühle nicht zu verletzen, lieber für mich behielt. Im Schlaf sah ich das Angesicht Gottes. Um meine Augen gegen die blendende Helligkeit abzuschirmen, trug ich eine dunkel getönte Brille und einen Schutzanzug, wie ihn Stahlschmelzer an Hochöfen tragen. Der Erzengel Michael stand neben mir und hielt mit seinem Flammenschwert die zigtausend Geister fern, die mich wie Nachtfalter umschwärmten und um meine Seele rangen – ein aussichtsloser Kampf. In Wahrheit waren es meine eigenen Gedanken, die sich, je nachdem ob sie gut oder böse waren, in Engel oder Dämonen verwandelten – manchmal auch in beides zugleich. Wie alle Geistwesen rasten sie in Sekundenbruchteilen von einem Ende der Welt zum andern, entflohen in die Zukunft und kehrten wieder in die Vergangenheit zurück – nur die Gegenwart blieb ihnen verschlossen.

Ich ging unverzüglich ans Werk. Anstatt das Angesicht Gottes zu vermessen, wie der Erzengel Michael es mir aufgetragen hatte, zerlegte ich es mit dem Schweißbrenner in Stücke. Das war eine Heidenarbeit, denn Gott ist groß. Die Entfernung von seinem rechten zu seinem linken Ohr beträgt dreitausend, der Umfang seines Kopfes sechstausend Meter. Gottes Hutgröße vermag ich nicht anzugeben. Sein Schnurrbart ist mehrere Kilometer lang. Jeder seiner Augäpfel wiegt mehrere Zentner, und sein Gehirn ist tonnenschwer. Seine Augen sind aus Gold, das Gehirn aus Silber, und der Rest besteht aus rostfreiem Edelstahl. Gott ist ein Sitzriese, d. h. sitzend wirkt er größer als stehend. Seine Schamhaare sind aus Stahlwolle, und sein Penis besteht aus Platin. »Sie überschreiten Ihre Kompetenz, mein Herr«, sagte der Erzengel Michael, dessen Gesicht plötzlich dem von Stahlmann glich. »Woher wollen Sie wissen, daß Gott einen Penis hat?«

12

Nach zwölftägiger Überfahrt erreichte die *Cherbourg* ihren Bestimmungsort. »Sind Sie Jude?« fragte der dominikanische Einwanderungsbeamte, der sich in der Offiziersmesse die Papiere der Passagiere vorlegen ließ: »¿Eres judío?« »Si Señor.« »Die Einreise für Juden kostet fünfhundert Dollar. Selbstverständlich bekommen Sie das Geld bei der Ausreise wieder zurück.« »Ich habe schon eine Visagebühr in Paris bezahlt.« »Wir sind hier nicht in Paris, Señor, sondern in Ciudad Trujillo, der Hauptstadt der Dominikanischen Republik. Entweder Sie zahlen fünfhundert Dollar, oder Sie zeigen mir Ihren Ariernachweis.« Er blätterte gelangweilt in meinem Paß, in den die deutschen Behörden ein J gestempelt hatten. Jemand berührte mich am Ellbogen. Es war Solveig, die, in eine Wolke von Parfüm gehüllt, am Arm ihres Gatten das Schiff ver-

ließ. Im Vorübergehen steckte sie mir einen Umschlag zu, den ich vor den Augen des Beamten öffnete. Er enthielt einen Scheck über fünfhundert Dollar und ein paar hastig geschriebene Zeilen, die ich mit einem Blick überflog: »Wir sehen uns nie wieder. Ich erwarte ein Kind von Dir. Tack så mycket. *Solveig*«
Beim Gang durch die Altstadt von Santo Domingo, das zu Ehren des regierenden Diktators in Ciudad Trujillo umbenannt worden war, hatte ich das Gefühl eines traumhaften *déjà vu.* Die engen Gassen mit ihrem buckligen Pflaster, die von Bougainvillea umrankten Mauern der Kirchen und Paläste, sogar die ausgelutschten Mangos und Apfelsinenschalen im Rinnstein – alles erschien mir fremd und doch vertraut, als sei ich in einem früheren Leben schon einmal an diesem Ort gewesen, und im Innenhof eines zerfallenen Forts glaubte ich, das Klirren spanischer Sporen und den Hufschlag von Pferden zu hören, die ihre Besitzer einst hier angebunden hatten. Selbst der Gestank von Fäulnis und Verwesung, der die mit Exkrementen übersäten Straßen erfüllte, störte mich nicht. Nur die Hitze machte mir zu schaffen; mein Hemd war naßgeschwitzt, und bei dem Gedanken, in einem Klima leben zu müssen, das mir bei jedem Schritt das Wasser aus den Poren trieb, fühlte ich, wie die Beine unter mir nachgaben. Schwer atmend lehnte ich mich an eine zerbröckelnde Hauswand, von der ein scharfer Geruch nach Urin aufstieg, und fächelte mir mit der Hutkrempe Luft zu, da öffnete sich neben mir eine Tür, und ein schwarzer Arm zog mich in einen dunklen Hausflur hinein. Ich wollte laut um Hilfe rufen, aber ein auf Mund und Nase gepreßter Lappen, der wahr-

scheinlich mit Chloroform getränkt war, erstickte meinen Schrei.

13

Als ich wieder zu mir kam, lag ich in einem frisch bezogenen Bett, vor dem ein Arzt im weißen Kittel auf und ab schritt, während eine dunkelhäutige Krankenschwester mir behutsam den Schweiß von der Stirn tupfte. »Dieses Land ist eine rassistische Schweinerei«, sagte Stahlmann, den ich erst jetzt an seiner Stimme erkannte. »Trujillo will mit Hilfe europäischer Juden und spanischer Emigranten die dominikanische Bevölkerung aufnorden. Tag für Tag werden haïtianische Zuckerrohrarbeiter von seiner faschistischen Miliz massakriert. Die Hearstpresse hüllt sich in Schweigen, und der Erzbischof von Santo Domingo segnet die Bajonette, mit denen Frauen, Kinder und Greise wie Kaninchen abgeschlachtet werden. Das Leben eines schwarzen Haïtianers ist der imperialistischen Bourgeoisie keinen Pfifferling wert. Aber das wird sich ändern! Der Streik in der Zuckerindustrie wird die für das Regime lebenswichtige Exportwirtschaft lahmlegen und ihm den Devisenhahn zudrehen; Trujillo steht so schon das Wasser bis zum Hals. Der Streik der Landarbeiter ist der Funke, der den Steppenbrand entfacht; das städtische Proletariat wird sich der Aktion seiner Klassenbrüder anschließen und den Diktator mit seinem korrupten Anhang zum Teufel jagen. Der Kampf der dominikanischen Arbeiter ist auch unser Kampf; wenn wir den Faschismus hier schlagen, besiegen wir ihn auch in Europa. Dazu ist revolutionäre Wachsamkeit nötig, unerschütterliche Treue zur Sowjetunion und Liebe zu Stalin, dessen Stern, eingeschreint ins Herz der Arbeiterklasse, die Nacht des Imperialismus überstrahlt.«

Ich glaube, ich litt immer noch am *déjà vu,* denn obwohl wir nur zu dritt im Zimmer waren, hörte ich Hochrufe und nicht endenwollenden Applaus. »Und welche Rolle haben Sie *mir* in diesem historischen Drama zugedacht?« sagte ich, nachdem der Beifall endlich abgeebbt war. »Sie sind unser Kurier, der die Streikkasse überbringt. Dreimal haben wir Ihnen geholfen, jetzt sind Sie dran! Für mich ist der Boden hier zu heiß. Ich werde überall steckbrieflich gesucht. Sie dagegen haben gültige Papiere und sind nirgendwo registriert. Besorgen Sie sich einen Revolver und ein Pferd. Geben Sie sich als Priester aus, das ist am sichersten. Dieser Koffer enthält alle nötigen Instruktionen und das gesamte Geld. Falls das Gepäckstück Ihnen bekannt vorkommt – wir haben es schon einmal im Namen der Revolution konfisziert. Sie können ruhig nachzählen: der Inhalt ist vollständig – abgesehen von dem geringen Betrag, den wir Ihnen für die Einreiseformalitäten auslegen mußten. Falls etwas schiefgehen sollte, wenden Sie sich ans Bureau d'Ethnologie in Port-au-Prince. Ihr Kontaktmann trägt den Decknamen Pierre Roumel, und das Codewort heißt Petersilie, spanisch *perejil.* Viel Glück!«

14

Wieder hatte ich das seltsame Gefühl des *déjà vu,* als ich den Lärm und Staub der Stadt hinter mir ließ und, meinen Instruktionen folgend, ins Innere der Insel ritt. Ich vermied die von den spanischen Eroberern ausgebauten Straßen und schlug statt dessen einen Saumpfad ins Gebirge ein – eine Vorsichtsmaßregel, die sich als nicht unbegründet erwies. Auf der nach Westen führenden Heerstraße waren Kolonnen von Jeeps und Militärlastwagen unterwegs, die, von oben betrachtet, wie eine Sandviper durch die staubtrockene Ebene krochen, den im Grenzgebiet zu Haïti gelegenen Zukkerrohrplantagen entgegen. Auf den Bergen wehte kühlere Luft. Schon nach kurzer Zeit hatte ich mich an das subtropische Klima gewöhnt, das mich immer dann, wenn die Hitze unerträglich wurde, mit einem erfrischenden Regenguß bis auf die Haut durchnäßte. Ich ritt durch verschlammte Flußbetten, in denen es von trägen Kaimanen wimmelte, die ich durch Revolverschüsse von ihren Ruheplätzen an der Uferböschung vertrieb; ich badete in schäumenden Wasserfällen, von krächzenden Papageien umschwirrt, und kehrte in palmstrohgedeckten Hütten ein, wo man mir ein einfaches, aber schmackhaftes Mahl aus gerösteten Maiskolben und gebratenen Bananen vorsetzte. Nach Sonnenuntergang, der hier genauso abrupt erfolgt wie der Sonnenaufgang, spannte ich unter den ausladenden Ästen einer Zeder oder eines Mahagonibaums meine Hängematte auf und schlief tief und traumlos bis zum nächsten Morgen. Ich glaubte mich ins Paradies versetzt; niemand verlangte ein Einreisevisum oder einen

Ariernachweis von mir. Zwar warfen schwarze und braune Kinder, die nie zuvor einen Weißen gesehen hatten, mit Steinen nach mir und nahmen bei meiner Annäherung schreiend Reißaus – ihr Ruf »blanc, blanc!« gellt mir noch jetzt in den Ohren –, aber ihre Eltern luden mich in ihre Häuser ein und baten mit Tränen in den Augen um Vergebung für ihre Sünden. Da ich mich als Priester ausgab, wurde ich aufgefordert, die Messe zu lesen, ein Hochzeitspaar zu trauen oder einen Säugling zu taufen; einmal predigte ich sogar in einer Dorfkirche.

Daß ich mich nicht im Paradies befand, sondern in einer von Sklaven urbar gemachten Kolonie, deren Ureinwohner mit Feuer und Schwert ausgerottet worden waren, begriff ich erst, als beißender Rauch in meine Nase stieg. Der Feuerschein brennender Zuckerrohrfelder rötete den Horizont, während ich über eine Bergflanke in die Ebene hinabritt, einer Postenkette entgegen, die mich nach Prüfung meiner Papiere anstandslos passieren ließ. Von allen Seiten scholl mir das spanische Wort »perejil« entgegen, das auf deutsch »Petersilie« bedeutet: »¡Diga perejil, coño!« – »Sag Petersilie, du Arschloch, nicht Persil oder Pelegil!« Alle, die den Sprachtest nicht bestanden, weil sie die spanischen Laute nicht richtig artikulieren konnten, wurden mit Gewehrkolben und Knüppeln auf wartende Lastwagen getrieben. Die Hütten der schwarzen Zuckerrohrarbeiter wurden dem Erdboden gleichgemacht, ihre fliehenden Einwohner mit Hunden in die angrenzenden Felder gehetzt, die, von allen vier Ecken zugleich angezündet, rasch in Flammen aufgingen. Brennendes Zuckerrohr stieg in den Himmel auf und trudelte glühend auf den Boden herab, wo es neue Brände entfachte. Schüsse, Schreie, Hundegebell waren zu hören, untermalt vom Prasseln der Flammen, vom Poltern der Lastwagen und vom Brüllen des in den Ställen eingeschlossenen Viehs. Die grüne Ebene verwandelte sich in ein rotes Meer, das ich, wie das Volk Israel bei der Flucht aus Ägypten, unversehrt durchquerte, ein Inferno von Glut und Tod, neben dem mir Dantes Hölle harmlos erschien. Rußgeschwärzt und von Funken angesengt, erreichte ich den Massakerfluß, der die Grenze zwischen der Dominikanischen Republik und Haïti bildet. Der Rio Masacre heißt wirklich so: vor zweihundert Jahren hatten aufständische Sklaven an dieser Stelle spanische Siedler massakriert. Diesmal war es umgekehrt; dominikanische Grenzposten machten Jagd auf fliehende Haïtianer, deren verstümmelte Leichen den Fluß hinuntertrieben. Sie hätten auch mich getötet, denn mit meinem verkohlten Gesicht sah ich wie ein haïtianischer Zuckerrohrarbeiter aus. Nur das Zauberwort Petersilie hat mich vor Trujillos Rache bewahrt.

15

»Wir haben Sie erwartet«, sagte Pierre Roumel, der mir an seinem Schreibtisch im Bureau d'Ethnologie unter einer Photographie des Präsidenten Vincent gegenübersaß. »Genosse Stahlmann hat mir Ihr Kommen avisiert. Sie können von Glück reden, daß Sie lebend dieser Hölle entronnen sind. Jemand hat unsere Pläne der Regierung verraten – Trujillo wußte Bescheid und ist uns zuvorgekommen. Ich habe vergeblich versucht, die Genossen zu warnen und die Aktion in letzter Minute abzublasen, aber es war zu spät, die Komintern-Zentrale in Moskau hatte bereits grünes Licht gegeben. Der Streik war ein blutiges Fiasko, das zwölf- bis fünfzehntausend Haïtianer das Leben gekostet hat. Das sind vorsichtige Schätzungen – in Wirklichkeit dürfte die Zahl der Todesopfer weit höher liegen. Aber ein Gutes hat diese Tragödie doch: das faschistische Regime hat seine Maske fallengelassen und der Welt sein wahres Gesicht gezeigt. Der Papst in Rom, der Kongreß in Washington und der Völkerbund in Genf haben gegen das Massaker protestiert. Unter dem Druck der internationalen Öffentlichkeit hat Trujillo der Entsendung einer Untersuchungskommission zugestimmt und sich bereit erklärt, die Opfer finanziell zu entschädigen: heute früh hat der Botschafter der Dominikanischen Republik im Präsidentenpalast von Port-au-Prince einen Scheck über 7500 Dollar überreicht – macht genau fünfzig Cents für jeden Getöteten. Mehr ist das Leben eines armen Haïtianers an der Wall Street nicht wert. *Nèg' riche c'est mulât', mulât' pauv' c'est nèg'*, sagt ein kreolisches Sprichwort. Das gilt auch für Sie als Weißer. Ohne Geld sind Sie in Haïti verloren. Behalten Sie vorläufig die Streikkasse. Ich werde rund um die Uhr von der Polizei observiert; in Ihren Händen ist das Geld sicherer als bei mir. Betrachten Sie es als Existenzgründungsdarlehen und zahlen Sie es mir gelegentlich mit Zinseszins zurück. Wenn Sie wollen, können Sie sich uns schon bald erkenntlich zeigen. Ich werde Ihnen erklären, worum es geht. Während Trujillos Miliz unsere

Brüder und Schwestern in den Zuckerrohrfeldern massakriert, führt die christliche Kirche einen Ausrottungsfeldzug gegen unsere autochthone Kultur: aufgehetzt von protestantischen Eiferern, die noch reaktionärer sind als ihre katholischen Amtsbrüder, läßt die Regierung die Voodootempel niederbrennen und zerstört damit die letzten Zeugnisse unserer an Bord der Sklavenschiffe aus Afrika mitgebrachten Religion, die dem Druck der Kolonialherrschaft jahrhundertelang erfolgreich widerstanden hat. Ich weiß, wovon ich rede, denn ich habe am Pariser *Musée de l'Homme* Ethnologie studiert. Helfen Sie uns, zu retten, was noch zu retten ist.«

16

In der Nacht konnte ich keinen Schlaf finden. Ich wälzte mich ruhelos unter dem Moskitonetz hin und her, unter einem sirrenden Ventilator, der vergeblich gegen die brütende Hitze ankämpfte. Um Mitternacht fiel die Elektrizität aus. Ich zündete eine Karbidlampe an, um zu lesen. Das einzige Buch, das ich in meinem Gepäck mitführte, war der »Kurze Lehrgang zur Geschichte der KPdSU(B)«, den mir Stahlmann zum Abschied geschenkt hatte. Aber wie sehr ich mich auch bemühte, im grellen Schein der Karbidlampe den auf billigem Papier gedruckten Text zu entziffern, es gelang mir nicht, seine im Befehlston vorgetragenen ewigen Wahrheiten auf irgendeine mir bekannte Realität, geschweige denn auf mein eigenes Leben, anzuwenden. Vielleicht war es gerade der drohende Unterton der abstrakten und apodiktischen Sätze, von dem eine Sogwirkung ausging, die mich wider Willen zum Weiterlesen zwang. Aber es war nicht allein die schwüle Hitze und das melodische Summen der Moskitos, die in dichtem Schwarm die Lampe umkreisten und in blauen Blitzen verglühten, es war etwas anderes, das es mir unmöglich machte, mich auf die vor meinen Augen verschwimmenden Buchstaben zu konzentrieren. Aus der Schwärze der Nacht drang fernes Trommeln an mein Ohr, das aus den in den tieferen Regionen der Stadt gelegenen Elendsvierteln aufstieg. Das rhythmisch auf- und abschwellende Geräusch, das sich im Lauf der Nacht eher zu verstärken als abzuschwächen schien, versetzte mich unwillkürlich in Trance. Ich wußte nicht, wie mir geschah. Ohne auf die Moskitos zu achten, die sich mit freudigem Surren auf mich stürzten, stand ich auf und lief, nur mit der Unterhose bekleidet, die ich an Stelle des Schlafanzugs trug, wie von einem unsichtbaren Faden gezogen durch die Nacht. Glühwürmchen wiesen mir den Weg. Ich watete durch einen Abwasserkanal, in dessen glucksendem Schlamm ich bis zu den Knien einsank. Blutegel saugten sich an meinen Waden fest und Vampirfledermäuse streiften mit schwarzen Schwingen meine Stirn. Ich lief die Rückseite der Häuser entlang, durch verwilderte Gärten mit breitblättrigen Pflanzen, die blutige Striemen in meine Haut ritzten, angelockt von der Glut eines Feuers, das wie ein tanzendes Irrlicht vor meinen Augen schwankte und sich eher zu entfernen, als näherzukommen schien. Der Klang der Trommeln wurde lauter, Rauch stieg mir in die Nase, und als ich einen überhängenden Zweig zur Seite bog, sah ich vor

mir mehrere, um eine Wellblechbaracke gruppierte Lehmhütten, zwischen denen ein Feuer loderte. Der Schein der Flammen beleuchtete die schweißglänzenden Gesichter der Trommler, deren Finger rasend schnell auf dem gespannten Fell vibrierten, die wirbelnden Brüste und die hüpfenden Hintern der Tänzerinnen, die mit gegrätschten Beinen durch die Luft sprangen und, eine nach der andern, mit verdrehten Augen und Schaum vorm Mund zusammenbrachen, während ein Priester in einer zerschlissenen Admiralsuniform über den am Boden zuckenden Leibern mit seinem Säbel herumfuchtelte. Beim Anblick des Fremden, der, von Fledermäusen umschwirrt und mit Blutegeln behangen, in den Lichtkreis der Hütten trat, gebot er dem Treiben mit erhobenem Säbel Einhalt. Die Trommeln verstummten. »Ich wußte, daß Sie kommen würden«, sagte der Priester, unter dessen mit Orden geschmückter Uniform sich der Busen einer Frau abzeichnete, mit einer tiefen Stimme, die mir bekannt vorkam. »Wir haben Sie schon seit Tagen erwartet. Es wird höchste Zeit.«
»Wo bin ich«, sagte ich und kniff mir ins Ohrläppchen, um festzustellen, ob ich wach war oder träumte, »und was suche ich hier? Sind wir uns schon einmal irgendwo begegnet? Wer sind Sie überhaupt?« »Meine Freunde nennen mich Eva, aber mein richtiger Name ist Baron Samedi. Ich bin eins und doppelt zugleich: weder Mann noch Frau, weder Fleisch noch Fisch – genau wie die Sphinx. Willkommen daheim!«
Obwohl ich kein Kreolisch sprach, verstand ich jedes Wort und war im voraus mit allem einverstanden, was geschah. Der Voodoopriester – oder handelte es sich

um eine Priesterin? – zog mir seine von Motten zerfressene Uniform über und setzte mir seinen Dreispitz auf. Er zündete sich eine Zigarre an und blies mir den Rauch in die Nasenlöcher. Dann goß er mir Rum zwischen die Zähne, der so scharf mit Pfeffer gewürzt war, daß ich ihn in hohem Bogen wieder ausspuckte. Man stopfte mir klebrigen Kuchen in den Mund und überschüttete mich mit billigem Parfum, dessen süßlicher Duft mir den Atem benahm. Damit war meine Verwandlung vollendet. Ich wurde neben einem mit Blumen geschmückten Altar aufgebahrt. Ein Trauerchor weißgekleideter Jungfrauen sang: »Freuet euch ihr Patienten, der Arzt ist euch ins Bett gelegt!« Dann setzte sich die Priesterin nackt auf mich, während sich der Deckel des Sarges für immer über uns schloß.

»Das Fieber fällt«, sagte Pierre Roumel, als ich in meinem Bett im Hotel Olofsson erwachte. »Die Krise ist vorbei. Ich gratuliere Ihnen. Sie haben Ihre Aufnahmeprüfung bestanden und sind in die Mysterien von Haïti initiiert.«

17

Nach zweiwöchiger Rekonvaleszenz – ich litt an einem durch die Strapazen der Überfahrt bedingten nervösen Erschöpfungszustand – brach ich zusammen mit Pierre Roumel zu einer Exkursion ins Innere der Insel auf. Er hatte nicht übertrieben; der von der Kirche ausgerufene »Kreuzzug gegen den Aberglauben« hatte wie ein Feuerteufel gewütet und landauf, landab die

Voodootempel niedergebrannt. Was nicht der religiösen Intoleranz der Katholiken zum Opfer gefallen war, hatte der fanatische Bekehrungseifer der Protestanten dem Erdboden gleichgemacht. Nur zögernd wagten sich die Voodoopriester aus ihren Verstecken und vertrauten uns wertvolle Kultgegenstände, die sie vor der Zerstörung gerettet hatten, zur Aufbewahrung an: Holzskulpturen und naive Gemälde, auf denen die Voodoogötter als katholische Heilige dargestellt waren, dem Donnergott Damballah geweihte Doppeläxte, den schmiedeeisernen Dreizack des Meeresgottes Agoué, mit Muscheln verzierte Flaschen und mit Lametta bestickte Fahnen, Fetische aus Krokodilsleder und Schlangenhaut, bunt bemalte Tonkrüge und Kalebassen, mit Kalbsfell bespannte Trommeln und mit Papayakörnern gefüllte Rasseln. Ein alter Voodoopriester schenkte mir eine mannshohe Pauke namens Assôtor, die, aus dem Stamm des Mapou-Baums geschnitzt, nur zu außergewöhnlichen Anlässen geschlagen wird, weil der Geist des Donnergottes in ihr wohnt. Auf diese Weise legte ich den Grundstock zu einer einzigartigen Sammlung präkolumbianischer und haïtianischer Kunst, die mir als Geschäftsgrundlage und Existenzsicherung zugleich diente und so das Angenehme mit dem Nützlichen verband: in den Augen der abergläubischen Bevölkerung galt ich als *Houngan,* als Voodoopriester, der in die Mysterien des afrikanischen Kults eingeweiht und deshalb stets vor Einbrechern und Dieben geschützt war. Ich hatte eine Marktlücke entdeckt, und nach kurzer Zeit konnte ich mich kaum noch retten vor Kunden, die sich vor meinem Haus im besten Viertel von Port-au-Prince, einer viktorianischen Villa in der Nähe des Präsidentenpalastes, die Türklinke in die Hand gaben, um Kunstwerke und Antiquitäten zu kaufen oder zu verkaufen. Der Name *Haiti Trading Company*, unter dem dieses gemeinnützige Unternehmen fungierte, wurde rasch über Haïti hinaus bekannt und hatte bald einen so guten Klang, daß ich nach 1945, als die kriegsbedingten Handelsbeschränkungen entfielen, in der Dominikanischen Republik und später auch auf Kuba und Puerto Rico Filialen eröffnete – aber ich bin im Begriff, den Ereignissen vorzugreifen.

Inzwischen hatte ich nämlich geheiratet und eine Familie gegründet. Da es auf Haïti keine Nürnberger Rassegesetze gab, stand dem nichts im Wege, auch wenn die kreolische Verwandtschaft meiner Frau und die europäische Oberschicht von Port-au-Prince ihre nicht allzu feinen Nasen rümpften über die Mésalliance zwischen einem Juden und einer Negerin. In Wirklichkeit war meine Frau nicht schwarz, sondern kaffeebraun, und die zwei Kinder, die sie mir gebar, hatten die Farbe von *café au lait*. Sie waren einfach allerliebst, und um die besten Jahre meines Lebens fortan meiner Familie zu widmen, anstatt sie mit Geldverdienen zu vergeuden, stellte ich einen Gehilfen ein. Pierre Roumel empfahl mir einen kurzsichtigen jungen Mann, der mir sofort sympathisch war, weil er mich an meine Mutter erinnerte. Er hatte in Michigan einige Semester Medizin studiert und sah trotz seiner Jugend ziemlich alt aus; er trug eine dunkel getönte Brille, ging am Stock und stotterte. Man nannte ihn scherzhaft Papa Doc, aber sein richtiger Name war François Duvalier, und er publizierte unter dem Pseudonym

Abderrahman in einer obskuren Zeitschrift apokryphe Artikel, in denen er sich abwechselnd auf Hitler und Stalin, de Gaulle und Mussolini, Jesus Christus und Mohammed berief und als Reinkarnation des siebten Kalifen von Cordoba bezeichnete, der demnächst die Weltherrschaft antreten werde. Roumel hatte im Bureau d'Ethnologie keine Verwendung für ihn und schickte den Sonderling deshalb zu mir.
Wie die meisten Haïtianer war Papa Doc äußerst abergläubisch. Jedesmal, wenn er die im Vestibül meines Hauses aufgestellte große Trommel Assôtor erblickte, bekreuzigte er sich nach Art der Voodooanhänger, indem er die linke Hand an die Stirn und den Zeigefinger der rechten an den linken Ellenbogen führte. Die ihm übertragenen Aufgaben erledigte er pünktlich und gewissenhaft, bis ich herausfand, daß er säumige Schuldner mit Hilfe von Schlägerkommandos, *Tontons Macoutes* genannt, zur Bezahlung ihrer Rechnungen veranlaßte. Ich wollte ihn fristlos entlassen, aber er kam mir zuvor, indem er kündigte; der neue Präsident Haïtis, Dumarsais Estimé, hatte ihm einen Posten in seinem Kabinett angeboten. Mit Hilfe der *Tontons Macoutes* stieg er vom Unterstaatssekretär zum Gesundheitsminister auf. Wo immer Papa Doc in seiner schwarzen Limousine vorfuhr, erwartete ihn eine singende und tanzende Menschenmenge, die er mit Zukkerrohrschnaps bei Laune halten ließ; war der Jubel nicht lautstark genug, halfen seine Leibwächter mit dem Knüppel nach. All das fiel nicht aus dem Rahmen dessen, was in der haïtianischen Politik üblich war. Ich wurde erst mißtrauisch, als Papa Doc mir heimlich aufgenommene Fotos vorlegte, auf denen Pierre Rou-

mel in einer von Homosexuellen frequentierten Bar zu sehen war. Der Präsident der Republik weigerte sich, von den kompromittierenden Fotos Gebrauch zu machen, weil er selbst schwul war, und schickte den Kommunistenführer, dessen Popularität der Regierung gefährlich zu werden drohte, als Botschafter nach Mexico, wo er sich auf Staatskosten mit jungen Männern amüsieren konnte. Bei seiner Rückkehr nach Haïti starb Pierre Roumel unter mysteriösen Umständen, nachdem er in der VIP-Lounge des Flughafens an einem Cocktail genippt hatte, den Papa Doc im Gesundheitsministerium für ihn hatte mixen lassen. Der Präsident ordnete Staatstrauer an, und der Gesundheitsminister hielt die Grabrede, in der er sich als Testamentsvollstrecker des Verstorbenen bezeichnete und dessen politischen Anhängern empfahl, sich um das revolutionäre Banner des Duvalierismus zu scharen, der die marxistische Lehre vom Klassenkampf auf das feste Fundament der haïtianischen Rasse und Nation gestellt habe; daß Pierre Roumel sich zu Lebzeiten geweigert hatte, Papa Docs konfuse Ideen in der Zeitschrift des Bureau d'Ethnologie zu veröffentlichen, verschwieg er wohlweislich.

Nach diesem Vorfall war klar, daß der zukünftige Präsident jeden, der sich seinem politischen Ehrgeiz entgegenstellte, aus dem Weg räumen und dabei über Leichen gehen würde. Der Satz, den er vor Jahren einmal im Gespräch mit mir geäußert hatte: »Ich habe eine Methode ersonnen, um zwanzigtausend Menschen über Nacht spurlos verschwinden zu lassen«, war ernst gemeint. Ich beschloß, mich bedeckt zu halten und die haïtianische Innenpolitik, ebenso wie das

Verkehrschaos von Port-au-Prince, den Einheimischen zu überlassen; aber das war leichter gesagt als getan, denn in seinem strategischen Plan hatte er auch für mich eine Rolle vorgesehen. Nach dem Sturz des Präsidenten Estimé ging Papa Doc in den Untergrund und dirigierte von hier aus seine Kampagne zur Eroberung der Macht. Dazu brauchte er Geld. Nach Mitternacht, während Port-au-Prince unter Ausgangssperre in totaler Finsternis lag, klingelte in meinem Haus am Chemin des Dalles wieder und wieder das Telefon. Ich brauchte den Hörer nicht abzunehmen, um zu wissen, wer sich mit näselnder Stimme melden und mich um eine bescheidene Beihilfe zu seinem Wahlkampf bitten würde. Im Lauf der Zeit bildete sich zwischen uns ein Code heraus. Je nachdem, ob Papa Doc mich mit den Worten »mon ami«, »mon cher ami« oder »mon très cher ami« anredete, erwartete er Zuwendungen von hundert, fünfhundert oder tausend Dollar von mir – Ansinnen, die ich, wie es im Mafiajargon heißt, nicht ablehnen konnte. Sein Wahlsieg war triumphal – in manchen Bezirken wurden mehr Stimmen für Papa Doc abgegeben, als dort Wähler registriert waren. Als ich ihn Jahre später um eine Spendenquittung bat – auf die Rückzahlung des Geldes hatte ich stillschweigend verzichtet –, meinte Papa Doc, Dankbarkeit sei eine Schwäche, die er sich als Präsident nicht leisten könne, und fragte mich, ob ich an einem Botschafterposten interessiert sei? Ich verstand den diskreten Hinweis auf das Ende von Pierre Roumel und lehnte dankend ab.

Inzwischen hatte er damit begonnen, sein Versprechen, zwanzigtausend Menschen spurlos verschwinden zu lassen, in die Tat umzusetzen. Als die Regierung in Washington, die Papa Doc anfangs unterstützte, weil er in den Vereinigten Staaten studiert hatte und Englisch sprach, ihren Irrtum erkannte, war es zu spät. Papa Doc ließ den Sohn des Kommandeurs der in Haïti stationierten Marines kidnappen und wies alle amerikanischen Militärberater aus. Der US-Botschafter mußte seine Koffer packen und stundenlang unter Polizeibewachung auf dem Flughafen von Port-au-Prince ausharren, bevor der Tower der wartenden Maschine die Starterlaubnis gab. Care-Pakete aus den USA wurden vom Zoll beschlagnahmt, amerikanische Touristen von *Tontons Macoutes* verhaftet und im Polizeigewahrsam zusammengeschlagen. Aber das war nur ein harmloses Vorspiel im Vergleich zu der Brutalität, mit der Papa Doc gegen die eigene Bevölkerung vorging. Meine Frau verlor den Verstand, als sie die Exekution ihres Bruders, der sich einer in den Bergen operierenden Widerstandsgruppe angeschlossen hatte, mitansehen mußte. Zusammen mit anderen Oppositionellen wurde er im Beisein von Schulkindern durch Fangschüsse liquidiert; die Hinrichtung der Widerstandskämpfer wurde wochenlang zur besten Sendezeit im Fernsehen gezeigt, ihre Bestattung den Angehörigen verwehrt. Die von Kugeln durchsiebten Leichen blieben zur Abschreckung so lange in der Sonne liegen, bis sie sich in stinkendes Aas verwandelt hatten. Weil mir das Pflaster in Haïti zu teuer und der Boden heiß zu werden begann – nach den geschilderten Vorfällen blieben die Touristen aus, mein Geschäft ging schlecht, und ich hatte keine Lust, die Mordtaten der *Macoutes* durch Geldspenden zu finanzieren –, setzte ich mich in aller Stille nach Florida ab, wo ich meine Frau in einem Pflegeheim und meine Kinder in einem Internat unterbrachte.

18

Unter den Emigranten aus Haïti, die sich im Februar 1959 in Miami versammelten, gab es nur ein Gesprächsthema: die kubanische Revolution. Ein junger Mann namens Rodrigo, der sich abwechselnd als Jude und Araber ausgab und wie eine Kreuzung aus Stahlmann und Pierre Roumel aussah, überredete mich, ihn nach Havanna zu begleiten. Von dort aus wollte er, nach dem Vorbild von Fidel Castros *Granma,* mit einem Boot voller kampferprobter Guerilleros nach Haïti aufbrechen und Duvalier und seine korrupte Clique zum Teufel jagen.
Auf dem Flughafen von Havanna herrschte Volksfeststimmung. Ein mit entsicherter MP herumfuchtelnder Comandante dirigierte uns durch die Paß- und Zollkontrolle ins Freie, wo uns eine singende und tanzende Menschenmenge erwartete mit überlebensgroßen Porträts bärtiger Männer, die an Zigarrenreklamen erinnerten, und unaufhörlich Sprechchöre skandierte wie: »In Kuba ist jeder ein Revolutionär!« und »In Kuba ist immer der 26.!« – an diesem Tag hatten Fidel Castros Anhänger die Moncada-Kaserne in Santiago de Cuba zu erstürmen versucht. Der Comandante nannte uns die Adresse eines drittklassigen Hotels, in dem die haïtianischen Genossen abgestiegen seien, um, wie er sich ausdrückte, die Revolution vorzubereiten. Das Hotel

lag in einem heruntergekommenen Viertel zwischen Prado und Capitol und wimmelte von Besuchern wie ein Bienenschwarm; es hieß *Hotel Possible,* weil hier alles möglich war: tagsüber fungierte es als Hauptquartier der Revolution, nachts als Bordell. Trauben aufgeregter Menschen unterschiedlichster Rasse und Nationalität drängten sich um eine Generalstabskarte und stritten mehrsprachig darüber, von welchem Punkt der Küste Haïtis aus die geplante Invasion erfolgen sollte. Jeder war der Gründer seiner eigenen revolutionären Partei und kommandierte im Geiste seine eigene Guerilla-Armee, obwohl die meisten, wie ich schnell herausfand, von militärischer Strategie noch weniger verstanden als von Politik. Ich schlief auf dem Fußboden in einem überbelegten Mehrbettzimmer, dessen mit Zigarrenrauch, Alkohol und Sperma geschwängerte Luft nur mit Mühe atembar war. Neben mir stöhnte Rodrigo in den Armen einer grell geschminkten Hure namens Juanita, die sich nach jedem Orgasmus heftig bekreuzigte. Dann war ich an der Reihe. »Ich habe kein Geld«, sagte ich, aber in Wahrheit hatte ich keine Lust. »Macht nichts«, sagte Juanita und bekreuzigte sich, »ich nehme dich umsonst – im Namen der Revolution.«
Am nächsten Morgen besichtigten wir das von den Guerilleros erbeutete Waffenarsenal des Batista-Regimes, das in Lagerhallen am Hafen vor sich hin rostete: Lastwagen und Jeeps, Maschinengewehre, Handgranaten und Bazookas – eine Geburtstagsüberraschung für das Kind, das in jedem Revolutionär steckt. Jeder konnte sich aussuchen, was er haben wollte, und es gab alles umsonst – mit Bordkanonen bestückte Schif-

fe und sogar Flugzeuge. Anschließend gingen wir mit Juanita ins Stadion, tranken *Cuba libre*, rauchten Havannas, die es ebenfalls umsonst gab, und sahen zu, wie Batistas einstige Gefolgsleute von Exekutionskommandos erschossen wurden. Auf den Rängen wurden Süßigkeiten und scharf gewürzte Speisen verkauft, und die Zuschauer tobten und klatschten Beifall, wenn ein Offizier der Nationalgarde sich mit dem Ruf »¡Viva Batista!« oder »¡Viva Cuba!« unsterblich machte, bevor er von einer MP-Salve in Stücke gerissen wurde. Ich fühlte mich an spanische Stierkämpfe erinnert, bei denen es ähnlich lautstark und blutig zugeht: die kubanische Revolution gleicht einer Corrida mit Picadores und Pferden, denen der Stier den Bauch aufschlitzt; hinterher schenkt der Torero der Dame seines Herzens die Ohren und den Schwanz und läßt sich die Hoden des Stiers gebraten zum Frühstück servieren. Die haïtianische Revolution dagegen ähnelt der Bartholomäusnacht: das Morden geschieht lautlos, im Schutz der Dunkelheit, und wenn die Leichen weggeräumt sind, feiert das Volk auf den blutbesudelten Straßen Karneval.
Am nächsten Tag empfing uns Fidel Castro in seinem Hauptquartier, das aus dem Havanna Hilton ins Campo Columbia verlegt worden war. Die Schmierenkomödie, die das selbsternannte Direktorat der haïtianischen Revolution hier aufführte, übertraf meine schlimmsten Erwartungen; jeder überbot den anderen an schlechtem Geschmack. »¡Patria o muerte!« rief der eine, »Vivre libre ou mourir!« der andere, »Freiheit oder Brot!« der dritte, »nein, das ist eine konterrevolutionäre Losung«, rief der vierte dazwischen, »Freiheit

und Brot lautet die politisch korrekte Formulierung!«; und anstatt sich zu einer Einheitsfront zusammenzuschließen zum Sturz der Diktatur, denunzierten sie sich gegenseitig als bürgerliche Reaktionäre und Verräter der Revolution. »Auf die Gefahr hin, lächerlich zu erscheinen«, sagte Ernesto »Che« Guevara, der seine Enttäuschung nur schwer verhehlen konnte, »möchte ich sagen, daß der Revolutionär von einer großen Liebe zur Menschheit erfüllt sein muß«, und Fidel Castro fügte auf Spanisch hinzu: »El deber de un revolucionario es hacer la revolución. ¡Nada mas!« »Und wer ist dieser Typ?« sagte Fidel Castros Bruder Raoul, der sich während des Gesprächs zu uns gesellt hatte, und zeigte mit seiner Zigarre auf mich. »Ein weißer Tonton Macoute!« rief Rodrigo, und alle Anwesenden stimmten in sein Gelächter mit ein, während ich rot wurde vor Scham und wie ein begossener Pudel davonschlich.

19

Ich wählte einen anderen Weg als Rodrigo, der nach der Landung in Port-de-Paix von *Tontons Macoutes* verhaftet und zu Tode gefoltert worden war, und kehrte mit der Linienmaschine der Panam von Miami nach Port-au-Prince zurück. Kurz nach Mitternacht klingelte in meiner Wohnung das Telefon. »Mon très, très, très cher ami«, sagte eine näselnde Stimme am anderen Ende der Leitung, »wo stecken Sie bloß? Wir haben uns Sorgen um Sie gemacht!« »Hallo Doc«, sagte ich, »wieviel darf es diesmal sein? Zehntausend Dollar –

oder wären Sie auch mit fünftausend einverstanden? Meine Geschäfte gehen schlecht, wissen Sie.« »Wo denken Sie hin? Ich möchte Sie nur um einen kleinen Gefallen bitten, unter Freunden, versteht sich. Ich erwarte Sie morgen früh um sieben im Präsidentenpalast.«

»Mon cher ami«, sagte Papa Doc, der mir an einem Mahagonischreibtisch unter der Marmorbüste des Staatsgründers Dessalines gegenübersaß, »falls mir etwas zustoßen sollte – könnten Sie sich vorstellen, an meiner Stelle Präsident der Republik zu sein?« »Ich glaube nicht, daß ich das Zeug dazu hätte«, sagte ich und dachte an einen Bekannten, der dieselbe Frage mit ja beantwortet hatte und am nächsten Tag ermordet aufgefunden worden war: »Ich verstehe nichts von Politik.« »Und wie wäre es mit dem Posten des Außenministers oder des Bürgermeisters von Port-au-Prince? Sie könnten uns helfen, die Wirtschaft anzukurbeln, indem Sie ausländische Investoren und Touristen ins Land holen.«

»Wie soll ich die haïtianische Wirtschaft sanieren, wenn ich nicht einmal meinen eigenen Betrieb führen kann? Ich stecke in den roten Zahlen, Doc!«

»Also gut, mon cher. Ich bitte Sie um einen Freundschaftsdienst, den Sie mir unmöglich abschlagen können. Um die internationale Isolierung zu durchbrechen, in der sich mein Land derzeit befindet, habe ich beschlossen, den General de Gaulle zu einem Staatsbesuch nach Haïti einzuladen. Sie werden ihm meine Einladung überbringen, zusammen mit einem Gastgeschenk, das der Würde des historischen Augenblicks angemessen ist.«

»Woran denken Sie dabei?«

»Ich weiß, daß Sie das Schwert Karls des Großen besitzen.«

»Wie bitte?«

»Es ist zweifellos das kostbarste Stück in Ihrer Sammlung. Aber wenn das Vaterland es verlangt, müssen Sie jedes Opfer bringen!«

»Und wer ersetzt mir meine Auslagen? Ich muß der Bedeutung meiner Mission entsprechend gekleidet und ausgestattet sein. Schließlich kann ich nicht im Straßenanzug vor de Gaulle treten.«

»Ich schenke Ihnen das Wertvollste, das Sie besitzen: Ihr Leben. Alles andere ist Ihr Problem, mon cher. Als Sie sich mit meinem Todfeind Fidel Castro verbrüderten, trugen Sie nur ein T-Shirt und Bluejeans.«

20

Vierundzwanzig Stunden später bestieg ich mit dem Schwert Karls des Großen unter dem Arm die Linienmaschine der Air France nach Paris. Damals gab es noch keine Flugzeugentführungen; mein Handgepäck passierte unbeanstandet den Zoll und erregte keinerlei Verdacht. Daß in dem mit rotem Samt ausgeschlagenen Instrumentenkoffer nicht nur der Kavalleriesäbel meines Vaters steckte, der mich um die halbe Welt begleitet hatte, sondern hunderttausend Dollar in bar, die ich am Vortag von der Bank abgehoben hatte, wußte niemand außer mir. Ich verließ die Maschine während einer Zwischenlandung auf Martinique und flog weiter nach San Juan, wo ich mit dem mitgebrachten Geld und den Antiquitäten, die ich vorsorglich nach Puerto Rico ausgelagert hatte, eine neue Existenz gründete. Mehr als zehn Jahre lang vermied ich es, Haïti zu besuchen. Soviel Zeit verstrich, ehe Papa Doc endlich das Zeitliche segnete, nachdem er sich selbst zum Präsidenten auf Lebenszeit und seinen Sohn Baby Doc zum Thronfolger ernannt hatte. »Niemand sollte sich wundern, wenn ein Duvalier das Erbe eines Duvalier antritt« – diese kühne Prophezeiung wurde wahrgemacht, als sich der achtzehnjährige Jean-Claude zum Präsidenten der Republik küren ließ, wozu eigens die Verfassung geändert werden mußte, weil der neue Staatschef minderjährig war. »Mein Vater hat die politische Revolution gemacht, ich mache die wirtschaftliche Revolution!« Mit diesen Worten erklärte der jugendliche Playboy, der sich mehr für Sportwagen und Blondinen interessierte als für Politik, die Nacht der langen Messer für beendet und öffnete die Grenzen von Haïti für ausländisches Kapital. Nach längerem Zögern kehrte auch ich nach Port-au-Prince zurück. Ausschlaggebend für diesen Entschluß war die Tatsache, daß die österreichische Regierung mich in einem verspäteten Akt der Wiedergutmachung zu ihrem Honorarkonsul auf Hispaniola ernannt hatte; die diplomatische Immunität bot mir vor den dortigen Parteikämpfen Schutz. Erst als ein gewisser Dr. Waldheim sich zum österreichischen Bundespräsidenten wählen ließ, schickte ich meine Ernennungsurkunde zurück; selbst eine Einladung zur Malakofftorte in der Wiener Hofburg vermochte mich nicht umzustimmen. Das war kurz vor meinem Tod. Meine erwachsen gewordenen Kinder hatten mich längst verlassen, und meine

Frau war aus ihrer geistigen Umnachtung nicht wieder erwacht.
Auf dem Sterbebett hatte ich einen Traum. Ich war Fensterputzer am Sitz der Vereinten Nationen in New York. Vierzehn Stockwerke hoch über dem Verkehr der Second Avenue, der hier oben nur noch als schwaches Brausen zu vernehmen war, stand ich auf einem schwankenden Brett und wischte mit einem schmutzigen Lappen an einem erblindeten Fenster herum, hinter dem der Menschenrechtsausschuß der UN tagte. »Es gibt keine Menschenrechtsverletzungen mehr«, sagte Dr. Waldheim, der die Sitzung leitete, »und auch aus der Vergangenheit sind uns keine bekannt.« Und er wies den Saaldiener an, den Vorhang zuzuziehen vor der dunkel getönten Scheibe, gegen die ich vergeblich von draußen klopfte, um die Versammlung auf mich aufmerksam zu machen, denn meine Kollegen hatten mich vergessen und ohne mich Feierabend gemacht. Vom East River wehte ein eiskalter Wind, der das Wasser in meinem Putzeimer gefrieren ließ. Ich wußte, daß ich es nicht mehr lange aushalten würde, und sprang. Ich stürzte wie in einem herabsausenden Fahrstuhl dreizehn Stockwerke hinab und landete in einem Wald von Fahnen, zwischen denen ich mich heillos verhedderte. Meine Krawatte wickelte sich um eine Fahnenstange, an der ich langsam herabrutschte, bis ich, halb erstickt, knapp über dem Boden zum Stillstand kam. Ich glaube, es war der Flaggenmast von Israel, der mir die Luft abgeschnürt und dadurch das Leben gerettet hat; es kann aber auch der von Ägypten, Österreich oder Deutschland, der Dominikanischen Republik oder Haïti gewesen sein. Die Sitzung

der UN-Kommission war zu Ende, und die Menschenrechtsexperten traten in Gruppen auf die Straße. Niemand achtete auf mich, nur eine Blondine im Nerzmantel, die von einem Offizier in Ausgehuniform begleitet wurde, blieb stehen und betrachtete mich interessiert. Es war Solveig, die schwedische Gräfin, die mit dem französischen Attaché verheiratet war. »Sie kommen mir bekannt vor«, sagte sie, während ihr Mann ein Taxi heranzuwinken versuchte. »Mir scheint, wir sind uns schon einmal irgendwo begegnet. War es vielleicht auf einem Schiff?«

Ohne auf die Umstehenden zu achten, knöpfte sie mir die Hose auf. Ich war wehrlos und mußte alles mit mir geschehen lassen. »Ich hatte ganz vergessen, daß Sie Jude sind«, sagte Solveig sinnend. »Aber es macht nichts. Das Sperma eines frisch Gehenkten bringt Glück.« Und sie nahm meinen beschnittenen Penis in den Mund. In diesem Augenblick muß ich gestorben sein. »Wie ein Hund!« dachte ich, während mein Unterleib von einem schmerzhaften Orgasmus geschüttelt wurde. Und es war, als sollte die Scham mich überleben.

ZWEITES BUCH

Westwärts I & II

»Der kürzeste Weg zu sich selbst
führt um die Welt herum.«
(Graf Hermann Keyserling:
Reisetagebuch eines Philosophen)

I

Der Name Christoph hatte mir kein Glück gebracht. Nach all den Schiffbrüchen und blutigen Fiaskos, die ich unter diesem Namen erlitten hatte – von Christopher Marlowe bis zum Roi Christophe –, hielt ich, durch Schaden klug geworden, Ausschau nach einer neuen Identität. Als Toter lernt man nie aus. Ich nannte mich Georg, zur Erinnerung an den Drachentöter – ein Heiliger mußte es nun einmal sein – und mit Nachnamen Weerth mit doppeltem E, um auf diese Weise meinen verdoppelten Wert unter Beweis zu stellen. Ich spielte nämlich eine Doppelrolle: zusammen mit meinem Namen hatte ich auch die Nationalität gewechselt und mich von einem spanischen Grande in einen deutschen Kaufmann verwandelt; ich arbeitete in meinem angestammten Beruf als Vertreter eines Hamburger Handelshauses (dessen Besitzer, nebenbei gesagt, Jude war) und betätigte mich gleichzeitig konspirativ als *commis voyageur* der Weltrevolution im Auftrag einer Londoner Geheimorganisation, die sich etwas hochtrabend Bund der Gerechten nannte. Aber ich will die Geschichte von Anfang an erzählen, so wie sie sich wirklich zugetragen hat.

Ich stamme aus dem tiefsten Westfalen, einem Land, das zuletzt vor zweitausend Jahren Schlagzeilen gemacht hat, als ein Germanenfürst namens Arminius die Legionen des Varus in einen Hinterhalt gelockt und bis zum letzten Mann massakriert hat – »Vare! Vare! Redde legiones!« soll der Kaiser Augustus da-

mals ausgerufen haben, eine Exklamation, die vor allem wegen des hübschen Imperativs (und des noch hübscheren Vokativs) interessant ist – du siehst, lieber Leser, ich kann den Lateiner in mir nicht verleugnen. Außer Korn, das hier nicht zu Brot, sondern zu Schnaps verarbeitet wird, geräuchertem Schinken und den von mir nach Europa eingeführten Kartoffeln wächst hier nichts; der Teutoburger Wald rauscht noch immer genauso düster und vielsagend wie zu Zeiten des Varus, und wenn die Sonne nicht scheint, regnet es: kein Wunder, daß Napoleons kleiner Bruder Jérôme, den sein großer Bruder zum König von Westfalen ernannt hatte, froh war, als der Wiener Kongreß ihm diese zweifelhafte Ehre wieder entzog.
Ich bin blond und blauäugig, wie sich das für einen Nachkommen des Arminius gehört – aber an Stelle einer weitläufigen Beschreibung lasse ich lieber mein Signalement folgen, so wie es in meinem von den Behörden des Fürstentums Lippe ausgestellten Paß steht. »Name: Georg Weerth – Stand: Kaufmann – gebürtig: Detmold – Alter: 21 Jahre – Größe: 5 Schuh, 10 Zoll Kölnisch – Haare: blond – Stirn: oval – Augenbrauen: blond – Augen: braun« (hier, mit Verlaub gesagt, hat der Amtsschimmel mir nicht tief genug in die Augen geblickt) »Nase: groß – Mund: gewöhnlich – Bart: fehlt – Kinn: spitz – Gesicht: oval – Gesichtsfarbe: blaß – besondere Kennzeichen: Schulden.«
Was wollte ich mehr? Ich absolvierte mit mäßigem Erfolg das Gymnasium, wo ich wenig von meinen Lehrern gelernt habe, aber um so mehr von meinen Mitschülern Ferdinand Freiligrath und Friedrich Engels, die mir das Zigarrenrauchen und andere verbotene

Künste beibrachten. Danach hatte ich nichts Eiligeres zu tun, als mich in die Industrie zu stürzen. Ich trank jeden Tag zwei Krüge Bier, dazu vier Gläser Schnaps, aß Grünkohl mit Kartoffeln, labte mich mit Wurst und Schinken, aber es half alles nichts. Ich verliebte mich in eine Detmolderin, küßte ein halbes Dutzend Westfälinnen, verlobte mich um ein Haar mit einer Kölnerin, sang Psalmen zum Lobe Jehovas und machte einer feurigen Jüdin, der Tochter meines Prinzipals, den Hof – es half alles nichts. Ich wurde Demokrat, schimpfte auf Preußen, schwärmte für die Französische Revolution, boxte mich für die Prinzipien der Menschenrechte – es half alles nichts. Da lief ich zu den Sozialisten über, wurde ein Schüler von Engels, legte Hegel neu aus, predigte Marx, kämpfte für eine bessere Welt, wurde Revolutionär – und es half alles nichts. Ich spekulierte an der Börse und wartete auf die Weltrevolution, bis es mir eines Tages im Casino von Baden-Baden, wo ich innerhalb von Minuten zum Millionär wurde und innerhalb von Sekunden wieder bankrott ging, wie Schuppen von den Augen fiel. »Les jeux sont faits, Monsieur, rien ne va plus«, sagte der Croupier, und ich mußte laut lachen, als ich im Morgengrauen das Casino verließ, lachen über mich, wie ich so lange Zeit ein demokratischer, sozialistischer, kommunistischer Esel hatte sein können, der sein Leben für einen Traum vergeudete; und ich schlich auf Zehenspitzen über die Promenade, um die schlafenden Kutscher nicht zu wecken, die in ihren Droschken auf Kundschaft warteten, denn es half alles nichts – ich hatte kein Geld, um mich zum Hotel fahren zu lassen. Ich beschloß, ein neues Leben anzufangen; aber bevor es so weit ist, bevor ich mich wieder dem Atlantik anvertraue, der mir zur zweiten Heimat geworden ist, habe ich in meiner alten Heimat, anhänglich, wie ich nun einmal bin, noch ein paar Dinge zu regeln. Der Leser hat es sicher schon erraten – ich spreche nicht von Geschäften, sondern von einer Herzensangelegenheit, die keinen Aufschub duldet und dringend erledigt werden muß. Aber ich habe mich allzuweit vom Ausgangspunkt meiner Geschichte entfernt.

Habe ich schon meine Mutter erwähnt? Meine Mutter ist mir der liebste Mensch auf der Welt; sie kommt gleich nach dem lieben Gott und noch vor Marx und Engels, die mich zum Gottesleugner gemacht haben, obwohl ich manchmal, in schwachen Stunden ... Aber es hilft alles nichts, in Wahrheit glaube ich weder an Gott noch an Marx und Engels, deren Lehre vom Klassenkampf mir von Anfang an ziemlich abgeschmackt vorkam: das Sein bestimmt das Bewußtsein usw. – zeige mir den Inhalt Deines Portemonnaies und ich sage Dir, wer du bist. So war es auch bei mir: Liebe geht durch den Magen, und seit meine Mutter mir Milchreis mit Honig und Grießbrei mit Zucker und Zimt eingeflößt und mich, während ich fiebernd in meinem Bettchen lag, mit Kinderreimen in den Schlaf gewiegt hat, seitdem bin ich ihr hörig bis über den Tod hinaus, und das Paradies ist für mich ein von Müttern regiertes Schlaraffenland, in dem Grießbrei mit Zucker und Zimt und Milchreis mit Honig fließen. Auf der Daguerreotypie, die sie mir auf meiner letzten Europareise ein Jahr vor meinem Tod geschenkt hat – du hast richtig gelesen, lieber Leser, denn meine selige Mutter hat mich überlebt und ich habe ihr Bild mit ins Grab genommen; auf dieser Daguerreotypie also, die mich auf den Höhen der Anden und in den Tiefen der Urwälder als treuer Talisman ständig begleitete, sieht sie aus wie das dichtende Stiftsfräulein Annette von Droste-Hülshoff, das wie ich aus Westfalen stammte: aber unter der gestärkten Bluse, dem blütenweißen Kragen und der Spitzenhaube, die sie auf der nach dem Daguerreschen Verfahren belichteten Fotoplatte trägt, verbirgt sich ein warmes, empfindsames Herz, das mich auf den Stromschnellen des Orinoko und auf dem Gletscher des Chimborazo wie ein Schutzengel unsichtbar umschwebte. Vielleicht ist dies der Grund, warum ich bis ans Ende meines Lebens mit meiner Mutter korrespondierte und in ausführlichen Briefen jede Einzelheit meiner immer abenteuerlicher werdenden Reisen Revue passieren ließ, vom Küchenzettel bis zur Wäscherechnung, ohne das geringste auszulassen. Stimmt das? Habe ich wirklich nichts ausgelassen? Wie jeder Sohn hatte auch ich meine Geheimnisse, von denen meine Mutter nichts wissen durfte, und noch heute, mehr als hundert Jahre nach meinem Tod, sträubt sich mir die Feder, wenn ich daran denke, daß meine selige Mutter in dem von Müttern regierten, nach Milchreis und Honig duftenden Paradies diese Zeilen zu Gesicht bekommen könnte. Da sei Marx vor! Ich habe zwei Geheimnisse, lieber Leser, von denen nicht einmal meine besten Freunde etwas wußten: das eine betrifft meinen dreimonatigen Aufenthalt im Kölner Gefängnis Klingelpütz, das zweite meine Liebe zu Betty Tendering – beides hängt auf unterirdische Weise miteinander zusammen.

Ich fange noch einmal von vorne an. Vielleicht gelingt es mir diesmal, die Fäden meiner Erzählung zu einem haltbaren Garn zu verknüpfen – schließlich habe ich lange genug in der Textilbranche gearbeitet. Nach dem Gymnasium, das ich nach der Sekunda verließ, arbeitete ich als Handelsgehilfe in einem Bonner Kaufmannskontor, zur vollen Zufriedenheit meines Prinzipals, dem meine reinliche Handschrift dermaßen gut gefiel, daß er mir baldige Beförderung und Gehaltserhöhung in Aussicht stellte. Meinem Glück stand nichts mehr im Wege, bis mir der Erfolg zu Kopfe stieg und ich, vom Rheinwein entflammt, im Beisein des Bürgermeisters eine revolutionäre Rede hielt, in der ich die anwesenden Stadtväter und Honoratioren als Dunkelmänner der Reaktion entlarvte und in den politischen Orkus verwünschte. Ich ließ mir mein ausstehendes Salär auszahlen und schiffte mich, unter Hinterlassung zahlreicher unbezahlter Rechnungen, auf einem Feuer und Rauch speienden Dampfer nach Manchester ein, wo ich auf den Spuren meines Freundes Friedrich Engels die Lage der Arbeiter erforschte und als Buchhalter in der Textilindustrie arbeitete. Ich aß Yorkshire-Pudding und blutige Beefsteaks, verzichtete auf Rheinwein und Zigarren, die in England unbezahlbar waren, trank statt dessen Porter und Ale und schrieb in meiner Freizeit am Kaminfeuer politische Gedichte, die ich zum Leidwesen meiner Mutter in der *Kölner Zeitung* veröffentlichte. Ihre flehentlichen Bitten, Kunst und Politik an den Nagel zu hängen, fleißig die Bibel zu lesen und die Kirche im Dorf zu lassen, waren umsonst: einmal in die Arena der Öffentlichkeit gestellt, gab es für mich kein Halten mehr, auch wenn der

Weg nach oben sich, rascher als meine Mutter mir prophezeit hatte, als abschüssige Bahn erweisen sollte.
Nach Beendigung meiner Ausbildung ernannte mich die Hamburger Firma Emanuel & Söhne zu ihrem Repräsentanten in Holland, Belgien und Frankreich, mit Sitz in Brüssel. Ich spekulierte mit australischer Schafswolle, die ich in Belgien zu Garn verarbeiten ließ und nach Amerika gewinnbringend verkaufte, und unternahm gleichzeitig Kurierdienste für den Bund der Kommunisten, mit dessen Gründer und erstem Vorsitzenden mich mein Schulfreund Engels bekannt gemacht hatte; eine Zeitlang wohnte ich in Brüssel mit Marx Tür an Tür. Ich besuchte den kranken Dichter Henri Heine in seiner Pariser Matratzengruft, legte Blumen nieder am Grab seines Intimfeindes Ludwig Börne auf dem Friedhof Père Lachaise und trank Brüderschaft mit Georg Herwegh, dem Barden der deutschen Revolution. Mein spektakulärster Auftritt aber stand mir noch bevor.
Die europäische Freihandelsassoziation hatte mich zu ihrem Kongreß eingeladen, auf dem prominente Vertreter der Wirtschaft mit den erlauchtesten Köpfen der Kultur und des Geisteslebens zusammenkamen. Was die Organisatoren der Brüsseler Tagung nicht bedacht hatten, war die Tatsache, daß ich wie Dr. Jekyll und Mr. Hyde eine Doppelrolle spielte: einerseits war ich ein loyales Mitglied des Vereins, der für die Abschaffung aller den freien Austausch von Gütern und Ideen behindernden Handels- und Zollschranken eintrat; gleichzeitig gehörte ich dem »Bund der Kommunisten« an, der die revolutionäre Umwälzung der gesamten Gesellschaftsordnung anstrebte; die Aufhe-

bung der Handelsgrenzen war nur eine Etappe auf dem Weg dorthin, eine taktische Lösung, über deren Nutzen oder Schaden die Mitglieder des Bundes geteilter Meinung waren. Getreu meiner Devise, daß die Pflicht des Intellektuellen der Verrat ist – Verrat des Vaterlands, der Familie und notfalls der eigenen Partei –, beschloß ich, doppelt illoyal zu sein und nicht nur die Vorkämpfer des Freihandels, sondern auch die der Weltrevolution zu brüskieren. Ohne Rücksprache mit Marx, der mich zum Schweigen verdonnert hatte – als Neuling auf dem Kongreß mußte ich erst meine politische Zuverlässigkeit unter Beweis stellen –, trug ich mich in die Rednerliste ein. Nach Mitternacht weckte ich meinen Schweizer Zimmergenossen und hielt aus dem Stegreif eine Ansprache, deren Text er auf französisch übersetzte. Erst im Morgengrauen waren wir fertig. Obwohl ich die Nacht hindurch kein Auge zugetan hatte, war ich hellwach und memorierte unaufhörlich die Sätze meiner Rede, denen ich im Geiste den letzten Schliff gab, als der Versammlungsleiter meinen Namen aufrief. Ich muß rot und blaß geworden sein. Fiebernd vor Aufregung bestieg ich die Rednertribüne und ließ meinen Blick über die Köpfe der Versammlung schweifen. Vor mir in der ersten Reihe saßen die Ehrenvorsitzenden des Kongresses, der belgische Minister de Brouckère, der französische Gesandte d'Harcourt, der Italiener Arrivabene und der Direktor der Berliner Eisenbahngesellschaft, Dr. Ascher. In der zweiten Reihe die britischen Parlamentsmitglieder Bowring, Brown, Ewart, Thompson und Pearson, gefolgt von den französischen Abgeordneten Blanqui, Horace Say und Dunoyer, Professor Wolowski aus

Polen und dem spanischen Staatsrat Ramón de la Sagra; die italienischen Delegierten unter Leitung des Marquese Rodolphi; der holländische Philanthrop Suringar neben George Wilson, dem Sprecher der schottischen Abstinenzler; portugiesische Liberale, schwedische Reformer und russische Revolutionäre; auf einer Empore zur Rechten Abgeordnete des Brüsseler Stadtrats und Minister des belgischen Kabinetts, zur Linken die Stenographen und Korrespondenten ausländischer und deutscher Zeitungen, die jedes Wort mitschrieben; den Hintergrund bildete ein gemischtes Publikum. Mir wurde schwindlig beim Gedanken daran, vor einer so illustren Gesellschaft zu sprechen; das Herz pochte mir bis zum Halse, und die Adern an meiner Schläfe drohten zu zerspringen, aber beim Blick auf die gotischen Fenster des Rathauses, unter denen Egmont und der Herzog von Alba ihre Rededuelle ausgefochten hatten, fühlte ich mich wieder ruhig werden.
Ich machte kurzen Prozeß und schlug mit der Faust auf den Tisch: »Ich frage Sie«, rief ich über die raunenden Köpfe hinweg, die wie eine unruhige See auf- und niederwogten, »ich frage Sie, warum kein Repräsentant der Arbeiterklasse in diesem Saal vertreten ist und warum kein einziger Kongreßteilnehmer die Frage des Freihandels vom sozialen Standpunkt behandelt hat?« Diese wenigen Worte reichten aus, um aller Ohren und Bleistifte zu spitzen; in der sich ausbreitenden Stille konnte ich die Schreibfedern der Korrespondenten auf dem Papier knistern hören. »Ich spreche zu Ihnen als Anwalt der englischen und deutschen Arbeiter, unter denen ich jahrelang gelebt und deren Sorgen und

Nöte ich geteilt habe; ich fühle mich solidarisch mit ihnen und denke mit viel Liebe an sie zurück. – Lorsqu'en 1830«, fuhr ich auf französisch fort, »les ouvriers se sont battus pour vous dans les rues de Paris et de Bruxelles, ils étaient les bienvenus, vous les avez fêtés et embrassés, mais lorsque plus tard ils étaient crevés de faim et vous ont demandé du pain – vous les avez fait fusiller!«
Die Zuhörer springen von ihren Sitzen auf, einige rufen »Non, non!«, andere »Oui, oui!«, ein allgemeiner Tumult entsteht, die Franzosen jubeln, die Engländer murren, die Belgier brummen, die Holländer knurren, die Russen klatschen begeistert Beifall und die Schweden wiegen skeptisch die Köpfe. »Bravo, bravissimo!« schreit ein italienischer Delegierter, der Versammlungsleiter läutet die Glocke, und, ohne mich durch weitere Zwischenrufe aus dem Konzept bringen zu lassen, bringe ich meine Rede zu Ende:
»Der Arbeiter ist der Paria der europäischen Zivilisation«, sage ich sinngemäß: »Eure weißen Sklaven haben es satt, sich als Lohn für ihre Leiden mit frommen Sprüchen abspeisen zu lassen. Die Religion ist das Opium des Volkes, der Seufzer der bedrängten Kreatur, das Gemüt einer herzlosen Welt. Man muß den wirklichen Druck noch drückender machen, indem man ihm das Bewußtsein des Drucks hinzufügt. Um die Verhältnisse zum Tanzen zu bringen, muß man ihnen ihre eigene Melodie vorspielen!« Pfiffe, Buhrufe, lang anhaltender Beifall. Nach dem Verlassen der Rednertribüne werde ich von russischen Revolutionären umringt, während sich Blanqui von seinem Sitz erhebt und sich stumm vor mir verbeugt. Nur Marx schüttelt

mißbilligend sein Löwenhaupt und tuschelt mit Engels hinter vorgehaltener Hand. Ich hatte meine Feuertaufe als Redner bestanden; mein Name war in aller Munde, und ich wurde ins Präsidium des Kongresses gewählt. Die Zeitungen des In- und Auslands waren voll des Lobes für mich; selbst die reaktionäre Presse bezeugte mir widerwillig Respekt, weil ich mit offenem Visier gekämpft hatte. Marx dagegen, der sich erst nach Schluß der Rednerliste zu Wort gemeldet und vergeblich den durch meinen Auftritt ausgelösten Tumult zu überschreien versucht hatte, wurde nirgendwo erwähnt. Er ging mir mißmutig aus dem Weg und ließ meine Briefe wochenlang unbeantwortet. Erst zu Beginn des Revolutionsjahres 1848 nahm er die unterbrochenen Beziehungen zu mir wieder auf; die politischen Ereignisse hatten die persönlichen Animositäten besiegt. Im Auftrag der Partei eilte ich auf schnellstem Wege nach Paris, wo ich nach einer beschwerlichen Reise Ende Februar eintraf.

Die breiten Boulevards waren mit Pferdekadavern übersät; hinter Barrikaden aus Weinfässern, Kisten und Truhen hielten frierende Nationalgardisten Wache und wärmten sich an brennenden Louis-Quinze-Stühlen. Der Gastwirt, der mir im Dunkeln ein Zimmer anwies, war Mitglied der Bürgerwehr; mit Säbel und Pistolen bewaffnet, brachte er mir am Morgen das Frühstück ans Bett. Bei einem Meeting im Café Mulhouse entwarf ich, zusammen mit dem Dichter Herwegh, einen Aufruf an die in Paris lebenden Deutschen; anschließend zogen wir an der Spitze unserer Landsleute, die unterwegs die Marseillaise anstimmten, zum Hôtel de Ville, um der provisorischen Regierung eine mit dem Blut deutscher Märtyrer getränkte Fahne zu überreichen. Die Abordnung der Demonstranten, zu der auch ich gehörte, wurde von den Ministern Ledru-Rollin, Crémieux und Dupont de l'Eure empfangen; die schwarzrotgoldene Fahne wurde neben dem Sternenbanner der Vereinigten Staaten im Ehrensaal des Rathauses aufgehängt. Mit herzlichem Händedruck schieden wir von den Mitgliedern der provisorischen Regierung und feierten anschließend auf der Place Vendôme das schönste Revolutionsfest, das ich je erlebt habe. Die Hochrufe der Menge: »Vive la République!« »Vive l'Allemagne!« und »Lang lebe die deutsch-französische Freundschaft!« klingen mir noch jetzt in den Ohren.

Am nächsten Morgen frühstückten wir, auf Einladung der Regierung, im Palast der Tuilerien, im gleichen Audienzsaal, wo der Bürgerkönig Louis Philippe die gekrönten Häupter Europas zu empfangen pflegte. In einem Empiresekretär entdeckte ich ein Handschreiben des Ex-Königs von Westfalen, Jérôme Bonaparte, an seinen berühmten Bruder, das ich im Namen der Republik konfiszierte, um es meinem Vaterland zurückzuerstatten; als Nachkomme Hermann des Cheruskers fühlte ich mich zu diesem Schritt legitimiert. Zusammen mit einem roten Samtfetzen vom Thron des Bürgerkönigs, der schon arg zerschlissen aussah, schickte ich den Brief als historisches Souvenir nach Westfalen: »Eins der schönsten Völker der Welt«, schrieb ich an meine Mutter in Detmold, »hat sich seine Freiheit wiedererobert und den niederträchtigsten aller Monarchen samt seiner korrupten Clique zum

Teufel gejagt. 400 000 bewaffnete Bürger zogen durch die Straßen von Paris. Keiner sorgte für Ordnung, weil alle dafür sorgten.« Aber meine Mutter war damit nicht einverstanden: »Durch dein Bellen und Beißen«, schrieb sie mir nach Köln, wo ich eine Stelle als Redakteur in der von Marx geleiteten *Neuen Rheinischen Zeitung* antrat, »wirst du die Welt nicht verbessern, sondern nur deine eigene Existenz gefährden. Ich bete zu Gott, daß du dich bald wieder einem friedlichen Erwerb zuwendest. Hunderttausendmal besser dein Name im Hamburger Börsenblatt als im Impressum der *Rheinischen Zeitung!*« Die Wahrheit dieser mütterlichen Ermahnung sollte ich erst begreifen, als es zu spät war. Die Revolution war mir zu Kopfe gestiegen; vom Taumel der Ereignisse mitgerissen, stürzte ich mich blindlings in den Trubel der Politik, der sich, schneller als ich ahnte, in einen gefährlichen Strudel verwandelte; anders als im Gleichnis des Heraklit ist es ein und derselbe Strom, der die einen verschlingt und die andern ans Ufer spült. Am Ende gab es nur noch Besiegte und keine Sieger mehr, aber ich habe meine Entscheidung trotzdem nicht bereut; zu groß waren die Interessen, zu hoch die Einsätze, um abseits zu stehen bei diesem spannenden Spiel.

Ich warf meine Existenz in die Waagschale, hing meinen Beruf an den Nagel und vertauschte das Kaufmannskontor mit der Redaktion der *Neuen Rheinischen Zeitung*. Sei es, weil er nicht mitten im Strom die Pferde wechseln wollte oder weil er im scharfen Galopp der Revolution die Zügel schleifen ließ – Marx mäßigte sein tyrannisches Temperament, respektierte meine Eigenwilligkeit und ließ mir bei der Leitung des

Feuilletons freie Hand. Ich ging mit Feuereifer an die Arbeit. Von Heine lieh ich mir einen Namen aus – Schnapphahnski – und veröffentlichte unter diesem Motto einen Fortsetzungsroman, in dem ich die Dreistheit der Reaktion ebenso schonungslos geißelte wie die Seichtheit der Liberalen und die Selbstgefälligkeit der Linken; ich schonte weder Feind noch Freund, denn die Dummheit ist in allen politischen Lagern gleichmäßig verteilt, und im Gegensatz zur bürgerlichen Klassenjustiz sind vor dem Tribunal der Satire alle Menschen gleich. Auf diese Weise setzte ich mich zwischen alle Stühle und brachte alle Parteien gegen mich auf, und als Justitia ihre Augenbinde abnahm und wegen Beleidigung und übler Nachrede gegen mich zu ermitteln begann, rührte sich keine Hand zu meiner Verteidigung. Inzwischen war nämlich Fürst Lichnowsky, der Wortführer der Reaktion im Frankfurter Parlament, den man hinter der Gestalt meines Schnapphahnski vermutete, einem Mordanschlag zum Opfer gefallen, und ich wurde für seinen Tod verantwortlich gemacht.

Um der Verhaftung zu entgehen, setzte ich mich aus der preußischen Rheinprovinz, deren Boden mir zu heiß geworden war, ins Lippische ab und tauchte bei meiner Mutter in Detmold auf oder vielmehr unter, um hier den Ausgang des Sturms abzuwarten, der mir ins Gesicht blies. Nach einer kurzen Verschnaufpause, in der ich die von der Revolution geschlagenen Wunden leckte, fuhr ich im Auftrag der Firma Emanuel & Söhne nach England, um eine größere Distanz zwischen mich und den Staatsanwalt zu legen, der wegen Verächtlichmachung der deutschen Nationalversammlung gegen mich und andere Redakteure der *Neuen Rheinischen Zeitung* ermittelte. Von hier aus schrieb ich folgenden Brief an den Vorsitzenden des Kölner Gerichts:

»Herr Präsident!

Es versteht sich von selbst, daß es mir großes Vergnügen machen würde, vor dem Königlichen Landgericht zu erscheinen. Wie aber aus einliegendem Attest meines Arztes John Little in Bradford hervorgeht, verbietet mir derselbe, die Reise nach Köln zu unternehmen, da diese meiner Gesundheit in höchstem Grade nachteilig sein würde.

Sie werden leicht begreifen, Herr Präsident, daß mir die provisorische Freiheit, die ich in England genieße, lieber ist als die provisorische Haft in Köln. Haben Sie daher die Güte, mich trotz meiner vollständigen Freiheit auch provisorisch in Freiheit zu setzen, und sollte eine Kaution dazu nötig sein, bemessen Sie dieselbe nicht am Reichtum des Landes, in dem ich lebe, sondern an der Armut eines exilierten Poeten, der durch höhere Gewalt aus seiner Heimat vertrieben worden ist. Trotz meiner beschränkten Mittel habe ich meinen Verleger angewiesen, Ihnen, Herr Präsident, und den Mitgliedern Ihres Kollegiums kostenlose Freiexemplare meines Buches zuzusenden, damit Sie sich mit eigenen Augen von meiner Unschuld überzeugen können. Ich kann Ihnen nicht sagen, wie leid es mir tut, daß eine so ernste Behörde wie das Königliche Landgericht sich mit einer so spaßhaften Geschichte wie der des Ritters Schnapphahnski beschäftigen muß. Weit davon entfernt, um Aufschub oder um Milde zu bitten, erkläre ich mich mit dem Urteil, das Sie über mich fällen werden, schon im voraus einverstanden.

Sie werden meine Freisprechung längst bei sich beschlossen haben. Für die Sünde, zur falschen Partei gehört zu haben, büße ich bitter genug in den nebligen Nächten meines großbritannischen Exils, aus dem ich mit den Schwänen gen Süden ziehen möchte, wo der Wein billig ist und wo kein Landgericht eine Kaution von mir verlangt. Mit vorzüglicher Hochachtung, Ihr ergebener

Georg Weerth.«

Leider mochte sich das Hohe Gericht meiner Argumentation nicht anschließen. Anstatt die Fertigstellung meines Romans abzuwarten, verurteilte es mich in erster Instanz zu einer Geldstrafe und in zweiter Instanz wegen Mißachtung der Vorladung zum Verlust der bürgerlichen Ehrenrechte und zu dreimonatiger Haft im Kölner Klingelpütz.

Um mein Gemüt aufzuheitern und auf andere Gedanken zu kommen, fuhr ich im Sommer 1848 nach Paris, gerade rechtzeitig zum Ausbruch der Cholera und zur Niederschlagung der Revolution, deren Triumph ich vier Monate zuvor erlebt hatte. In seiner Wohnung in der Rue de Lille traf ich meinen Mentor Marx; wir schlossen uns dem Protestzug der Pariser Arbeiter an, die mit roten Fahnen zur Nationalversammlung zogen, um hier den von General Changarnier befehligten Truppen die Stirn zu bieten; auf Geheiß Ledru-Rollins und seiner korrupten Regierung hatten sie ihre Waffen in den Vorstädten zurückgelassen, ein schwerer Fehler, wie sich bald erweisen sollte. Die Straßen waren von marschierenden Soldaten verstopft, und nur auf Umwegen gelangten wir zum Platz der Tuilerien, der sich

in ein Militärlager verwandelt hatte; hinter Hausecken und Balkonen waren Scharfschützen in Stellung gegangen, die vor sich freies Schußfeld hatten, und über die breiten Boulevards rückte die Kavallerie vor, gefolgt von Linientruppen mit Sturmgewehr und aufgepflanztem Bajonett. Französisch heiteres Tageslicht lag über den Alleebäumen und Blumenrabatten der Tuilerien, den Kaimauern der Seine und den grauen Dächern der großen Stadt. Obwohl sich kein Wölkchen am Himmel zeigte, waren Fensterläden und Haustüren fest verrammelt, aus Angst vor der Cholera, deren Pesthauch durch die Straßen wehte und an die verschlossenen Türen und Fenster klopfte. Ein Leichenzug kreuzte den Protestmarsch der Arbeiter; die Pferde scheuten, ein Sarg löste sich aus seiner Verankerung und fiel krachend zu Boden; sein Deckel sprang auf, und für einen Augenblick war das wächserne Gesicht eines Choleratoten zu sehen, bevor der Sarg wieder in der schwarzlackierten Kutsche verschwand. Es war, als hätte die Stadt ihre Schleusen geöffnet und ihren Abschaum und Auswurf auf die Straßen gespien; zerlumpte Bettler, ausgemergelte Arbeiter und bewaffnete Bürger in der Uniform der Nationalgarde strömten auf den Boulevards zusammen und schlossen sich dem immer länger werdenden Zug an, der totenstill unter dem bleiernen Himmel dahinschwankte; eine Frau mit gelösten Haaren stürzte ihrem Mann nach und versuchte vergeblich, ihn zurückzuhalten, ein junges Mädchen umschlang weinend ihren Geliebten.
Als General Changarnier seinen Truppen den Befehl zum Angriff erteilte, antwortete ihm der hunderttausendfache Ruf: »Vive la République! Vive la Constitu-

tion! Vive la Révolution!« Die Arbeiter in den vordersten Reihen knieten nieder, rissen sich die Hemden vom Leib, entblößten ihre Brust und riefen die Kavalleriesoldaten, die mit gezückten Säbeln auf sie zu ritten, hohnlachend auf, sie zu töten. Die Schilderung dessen, was dann geschah, will ich mir ersparen; Einzelheiten des Massakers kann der interessierte Leser in den Schriften meiner Freunde Marx und Engels nachlesen. Am Abend des gleichen Tages, es war der 23. Juni 1848, herrschte wieder Ordnung in Paris.

Da meine Hoffnungen nicht nur im notorisch rückständigen Deutschland, sondern auch im Vaterland der Revolution Schiffbruch erlitten hatten, änderte ich notgedrungen meine Strategie; während Marx nach London zurückkehrte und Engels sich den Pfälzer Aufständischen anschloß, stellte ich mich den Kölner Behörden. Zwei Dinge haben mich zu diesem Schritt bewogen: einmal der Wunsch, ein neues Leben anzufangen, zum andern die Notwendigkeit, Geld zu verdienen – um wieder in meinem angestammten Beruf arbeiten zu können, brauchte ich einen mit gültigem Visum versehenen Paß; außerdem hatte ich es satt, mich als *réfugié politique* im Exil herumzutreiben.
Die dreimonatige Kur im Kölner Klingelpütz verlief sehr viel annehmlicher als erwartet. Der Präsident des Königlichen Landgerichts, den meine humoristischen Briefe köstlich amüsiert hatten, war hocherfreut, meine Bekanntschaft zu machen, und gestaltete die Haftbedingungen so erträglich wie möglich; ich durfte einmal pro Woche Besucher empfangen, bekam täglich Wein und Essen aus dem Restaurant gebracht und

spielte jeden Nachmittag mit dem Gefängnisdirektor Schach, der sich als begeisterter Leser meines Schnapphahnski-Romans entpuppte. Meinen Mitgefangenen ging ich aus dem Weg, allen voran dem republikanischen Schulmeister Kinkel, der vor Gericht eine Schmierenkomödie aufgeführt und sich abwechselnd als Opfer eines Justizirrtums und als Märtyrer der Revolution gebärdet hatte. Lieber hielt ich Zwiesprache mit den Spatzen, an die ich die Reste meines Frühstücks verfütterte, machte Freiübungen im Hof, schrieb Gedichte und las Heines »Atta Troll«. Nur im Gefängnis ist der Mensch wirklich frei. Die Zeit wäre wie im Flug vergangen, hätte mir nicht die Sorge um meine Mutter auf der Seele gelegen: der Gedanke an den Sieg der Reaktion machte mir weniger Angst als die Vorstellung, daß meine Mutter von der Inhaftierung ihres Sohnes erfahren könnte; sie hätte die Schande nicht überlebt. Deshalb hielten meine Besucher, ebenso wie die Gerichtsbeamten und das Gefängnispersonal, meinen Aufenthaltsort geheim; offiziell war ich auf einer Geschäftsreise in Holland, nach deren Ablauf ich wohlbehalten wieder in Detmold auftauchen würde.

So geschah es. Nach einem Intermezzo von drei Monaten nahm ich meine unterbrochene Geschäftstätigkeit wieder auf. Von Hamburg aus, wo mein Verleger Campe mich zu meiner Freilassung beglückwünschte, schiffte ich mich auf einem holländischen Dampfer nach Le Havre ein, um hier im Auftrag der Firma Emanuel & Söhne nach neuen Absatzmärkten Ausschau zu halten. Da ich, anders als ein landläufiges Vorurteil behauptet, von meinem jüdischen Prinzipal

nie übervorteilt worden bin, habe ich ihm das mir entgegengebrachte Vertrauen mit Treue vergolten und dies nie zu bereuen gehabt.
Ich ging vergnügt an Bord in der Gewißheit, daß es auf See keine Polizeidiener gibt, als unser Steamer auf der Höhe von Helgoland von einem dänischen Kriegsschiff aufgebracht wurde, das wegen eines territorialen Konflikts mit Preußen die Elbmündung bewachte. Nachdem unser Kapitän die dänischen Offiziere mit Gouda und altem Genever bewirtet hatte, löste sich das politische Mißverständnis in Wohlbehagen auf, und wir setzten ungehindert unsere Fahrt fort. Das Wort ungehindert ist hier fehl am Platze, denn in der Nordsee gerieten wir in einen Orkan, der die Wellen zu furchterregender Höhe auftürmte und sechsunddreißig Stunden lang Passagiere und Mannschaft bis zur Erschöpfung durcheinander wirbelte. Als der Sturm endlich abflaute, hatte unser Schiff die Meerenge von Calais erreicht, und wir erblickten rechter Hand die Kreidefelsen von Dover und links die sanften Hügel von *la douce France*. Das Meer war flaschengrün, und der Schaum der Wellen blitzte im Sonnenschein wie Quecksilber. Nie wieder habe ich das feste Land mit solcher Dankbarkeit begrüßt, während wir im Morgengrauen, von den Signalfeuern zweier Leuchttürme geleitet, in den sicheren Hafen einfuhren.

Nachdem ich Le Havre besichtigt und auf der Stoffmesse von Rouen die mir aufgetragenen Geschäfte erledigt hatte, fuhr ich mit der Eisenbahn nach Paris, wo ich Marx in seiner Wohnung in der Rue de Lille antraf, im Begriff, zusammen mit seiner Familie Frankreich zu verlassen, um dem Ausweisungsbefehl der Regierung zuvorzukommen. Da Heine nicht in der Lage war, mich zu empfangen, und da der direkte Weg über Belgien mir aus politischen Gründen nicht ratsam erschien, schiffte ich mein Gepäck im Hafen von Calais auf einem englischen Frachter ein, der am nächsten Morgen nach Dover auslaufen sollte. Hier hatte ich eine denkwürdige Begegnung. Ich war eben mit dem Skipper handelseinig geworden und verließ die Taverne, in der wir unsere Abmachung nach Seemannsart mit Schnaps besiegelt hatten, als eine ungewöhnliche Erscheinung meinen Weg kreuzte: ein schwarzgekleidetes Frauenzimmer, dessen Augen wie Damaszenerklingen blitzten, am Arm eines schottischen Highlanders mit kariertem Rock und kupferrotem Haar, das einen seltsamen Kontrast bildete zum Kostüm der dunklen Dame, die als Mutter ihres Begleiters hätte gelten können, wenn dieser nicht ständig mit verliebten Blicken an ihr gehangen hätte. Der alte Skipper, der alle sieben Meere befahren hatte und nicht leicht durch irgend etwas aus der Ruhe zu bringen war, wurde kreidebleich und blieb wie angewurzelt stehen. »Sie ist's«, stammelte er ein ums andere Mal und tupfte sich mit dem Taschentuch den Schweiß von der Stirn, »ich täusche mich nicht.« »Von wem sprechen Sie?« »Von Lola Montez, der schönsten Frau der Welt.«

Abgesehen von meiner Mutter, an der ich mit zärtlicher Liebe hing, hatten weibliche Wesen in meinem bisherigen Leben keine Rolle gespielt, und ich hatte weder Geld noch Gedanken oder Gefühle an sie verschwendet: die Revolution war meine tyrannische Geliebte, der ich alles andere aufgeopfert hatte. Diesmal war es anders. Ein Blick in Lolas schwarze Augen genügte, und ich war ihr auf immer verfallen in der Gewißheit, daß wir füreinander geschaffen und uns in einem früheren Leben schon einmal begegnet waren. Es war Liebe auf den ersten Blick – hier stimmt die abgegriffene Redensart. Ihrer Verwirklichung stand nur Lolas Ehemann im Wege, der neben seiner Jugend und blendenden Erscheinung über weitere Vorzüge verfügte, mit denen ich nicht aufwarten konnte: ein Adelsprädikat, ein Schloß in Schottland und ein Vermögen mit einer Rendite von siebentausend Pfund im Jahr. Was Lola Montez hingegen mit mir gemeinsam hatte, war die Tatsache, daß sie in mehreren Ländern Europas von der Polizei gesucht und nur gegen Kaution freigelassen worden war. Als uneheliches Kind eines Schotten und einer Kreolin in Bath geboren, hatte sie in erster Ehe einen englischen Offizier geheiratet, dem sie in Bombay davonlief; während ihres Auftritts als spanische Tänzerin in München hatte sich der Bayernkönig Ludwig I. in sie verliebt. Als Favoritin des Königs sorgte sie für die Entlassung des Innenministers Abel, der sich ihrer Erhebung in den Adelsstand widersetzte, und wiegelte die Studenten auf; die von der Regierung angeordnete Schließung der Universität rief einen revolutionären Aufruhr hervor, der die Gräfin Landsfeld alias Lola Montez aus Bayern vertrieb. Nachdem sie in zweiter Ehe den Gardeoffizier George Trafford Heald geheiratet hatte, wurde sie auf Betreiben von dessen Familie wegen Bigamie verhaftet und gegen Zahlung von tausend Pfund Sterling mit der Auflage, England zu verlassen, auf freien Fuß gesetzt. Um sich von den Strapazen der Haft zu erholen, hatte

sie zusammen mit ihrem frischgebackenen Ehemann ein französisches Seebad besucht.
All dies erzählte mir Lola Montez mit ihrem schönen roten Mund, während wir, am Kaminfeuer plaudernd, den Abend verbrachten; da er weder Deutsch, noch Französisch sprach, zog ihr Mann sich mit dem Kapitän an die Bar zurück. Um sich während ihres Honeymoons die Zeit zu vertreiben, hatte Lola begonnen, ihre Memoiren zu schreiben, und trug sich mit dem Gedanken, ihre Erlebnisse am bayrischen Hof zu einem Theaterstück zu verarbeiten, bei dessen deutscher Übersetzung ich als Lektor und Mentor behilflich zu sein versprach. Wir stießen mit Champagner auf den Erfolg unseres Unternehmens an und gingen als Freunde auseinander, mit dem Versprechen, einander bald wiederzusehen, nachdem mir Lola, die auf Adelstitel keinen Wert legte und nur mit ihrem Vornamen angesprochen werden wollte, das Du angeboten und zum Abschied einen Kuß gegeben hatte, der bis heute wie griechisches Feuer auf meinen Lippen brennt.

Von diesem Augenblick an war es um mich geschehen. Zusammen mit meiner Unschuld hatte ich meine innere Ruhe verloren, und anstatt Sohnesbriefe an meine Mutter zu schreiben, schrieb ich Liebesbriefe an Lola Montez, die sie entweder nie erhielt oder nicht beantwortete, weil ich sie, aus Angst vor ihrem Ehemann, falsch adressiert oder gar nicht erst abgeschickt hatte. Ich vernachlässigte meine Geschäftsreisen für die Firma Emanuel & Söhne ebenso wie meine Kurierdienste für die Firma Marx & Co. und reiste statt dessen auf den Spuren von Lola Montez durch Südfrankreich,

Portugal und Spanien. Ich durchpflügte die stürmische Biskaya, ging vor Anker in der mondbeglänzten Mündung des Tejo, besuchte das von einem Erdbeben zerstörte Lissabon, zwischen dessen Ruinen sich betrunkene Matrosen und streunende Hunde gute Nacht sagten, bestieg den Affenfelsen von Gibraltar und blickte hinab auf die schneeweißen Häuser von Cadiz, zwischen denen tagsüber das Meer blaute und nachts Gitarrenklang widerhallte, schaukelte auf den schokoladenbraunen Wellen des Guadalquivir und rastete an den plätschernden Fontänen des Alcazar, spazierte durch die von Lorbeer und Orangen umrankten Gassen von Granada, besichtigte den Palast der Alhambra und das Haus des Barbiers von Sevilla, meditierte am Porphyrsarg Karls v. über die Vergänglichkeit alles Irdischen, zählte die Esel und Windmühlen in der Sierra Morena, trank Sherry und Portwein, aß Oliven und in Öl gebratenen Tintenfisch, und besuchte mit zwei Engländerinnen einen Stierkampf, den der Stier gewann, während der Matador blutend in der Arena liegenblieb. Aber nicht einmal dieses martialische Schauspiel vermochte mich aufzuheitern, denn tagsüber im gleißenden Sonnenlicht und selbst in den Träumen der Nacht schwebte mir jenes dunkle Augenpaar vor, dessen Blick mich wie der Blitz getroffen und um den Verstand gebracht hatte. Vergeblich folgte ich, während über dem Prado oder der Plaza Real die Sterne aufstiegen, in den engen Gassen von Barcelona oder Madrid einer schwarzverschleierten Gestalt, bis eine schneeweiße Hand und ein rauschender Fächer mir Einhalt geboten und die Schlafzimmertür des Paradieses sich vor mir schloß. Wie betäubt blieb ich in solchen Nächten allein auf der Straße zurück, während aus Hoftoren, Erkerfenstern und Balkonen der Klang von Kastagnetten, Singen, Lachen und verliebtes Geflüster zu hören war. Ein Augenaufschlag, ein Lächeln, der Wink einer Hand oder die Bewegung eines Fußes, selbst der Faltenwurf einer Mantilla – alles schien eine nur für mich bestimmte Botschaft zu enthalten, deren geheimer Zweck es war, mein Leiden zu verschlimmern. »Die Liebe und die Revolution«, schrieb ich an Marx in London, »sind an meinem Elend schuld. Die Revolution hat mich um meine Heiterkeit und die Liebe hat mich um den Verstand gebracht. Varus! Varus! Gib mir meine Heiterkeit und meinen Verstand zurück! Dein Kaiser Augustus.«

Um mich zu zerstreuen, machte ich auf der Rückreise von Marseille in Paris Station. Ich besuchte den kranken Heinrich Heine in seiner Matratzengruft und berichtete ihm meine Erlebnisse in Spanien und Portugal. Obwohl Heine, seit Jahren bettlägerig, halbseitig gelähmt und auf einem Auge blind, nur noch ein Schatten seiner selbst war, hatte der Geist, der in diesem gebrechlichen Körper steckte, nichts von seiner Lebhaftigkeit und Frische eingebüßt und sprühte noch immer vor Witz und Verstand. Als ich ihm meine Begegnung mit Lola Montez schilderte, bekam Heine einen so wilden Lachanfall, daß ich um seine Gesundheit fürchtete, da das Lachen ihm, wie ich wußte, heftige Schmerzen verursachte. »Es ist eine alte Geschichte«, sagte Heine schließlich, noch immer prustend vor Lachen, »doch bleibt sie immer neu; und wem sie just passieret, dem bricht das Herz entzwei. – Aber Spaß beiseite, lieber Freund«, fuhr er nach einer Pause, mühsam Luft holend, fort, »lesen Sie denn keine Zeitungen? Wie die *Revue des deux mondes* schreibt, hat Lola Montez ihren Mann inzwischen verlassen und tritt als Varietétänzerin und Sängerin in einem Hotel in San Francisco auf, wo sie den Goldgräbern das Geld aus der Tasche zieht. Hier steht es schwarz auf weiß! Auf nach Kalifornien, junger Freund! There is plenty of gold, as I am told, on the banks of Sacramento.«

Mein Entschluß stand fest, als ich Heines Wohnung in der Avenue Matignon Nr. 3 verließ. Wer einmal Portwein und Sherry genossen hat, der kehrt nicht gerne zu Bier und Schnaps zurück, von Knackwürsten mit Sauerkraut ganz zu schweigen. Und wer einmal die Sonne Andalusiens gesehen und den Duft von Orangenblüten und Myrten geatmet hat, dem steht nicht mehr der Sinn nach Nebel und Regen, kalten Füßen und triefenden Nasen. Das Reisen hatte mein Fernweh geweckt; und da der Sieg der Reaktion nicht nur die alten Junker, sondern auch die alten Jungfern wieder an die Macht gebracht hatte mit Strickstrümpfen, Strohblumen und romantischem Bachgemurmel, mußte ich mein Vaterland schleunigst verlassen, bevor ich im Hafen der Ehe endete, als Deutscher auf Lebenszeit.
Ich bat die Firma Emanuel & Söhne um meine Versetzung aus der alten in die neue Welt – selbst ein Verehrer von Lola Montez lebt nicht von Luft und Liebe allein –, was auch prompt bewilligt wurde; mein jüdischer Schutzengel, der mich noch nie im Stich gelassen hat, breitete seine goldenen Flügel über mich, aus denen bares Geld rieselte. Begleitet von den Segenswünschen der marxistischen Kirche, deren Oberrabbiner

mir meine läßlichen Sünden großzügig vergab, stach ich in Southampton in See, durchpflügte die zu jeder Jahreszeit stürmische Biskaya und langte nach dreiwöchiger Überfahrt wohlbehalten in St. Thomas an, einer dänischen Insel der kleinen Antillen, die ich nicht einmal dem Namen nach kannte.

Obwohl Lola Montez sich noch immer Tausende von Meilen entfernt, an der Goldküste Kaliforniens, meiner liebenden Umarmung entzog, hatten die Jungferninseln, auf denen die Spanier einst die Quelle der ewigen Jugend vermuteten, schon jetzt ihr Versprechen an mir erfüllt: ich war ein neuer Mensch, als ich in St. Thomas an Land ging, die sonnengebräunte Haut von einer sanften Brise gekühlt, in leichtes Leinen gekleidet und einen Panamahut auf dem Kopf, ausgestattet mit einem Überseekoffer und einer Musterkollektion von Textilien, die ein Negerdiener mir nachtrug, und mit besten Referenzen für die ersten Handelshäuser am Platz.

»Amerika, du hast es besser«, dachte ich träumerisch, während ich den Blick schweifen ließ über die sich im Wind wiegenden Wipfel der Palmen, zwischen denen Schwärme bunter Vögel hin und her flatterten, über die von blühenden Bougainvillea umrankten Mauern der Häuser und den mit Kaffeesträuchern bepflanzten Berghang, der sich in dunklen Wolken verlor; die Farben waren greller, die Konturen kräftiger gezogen als auf dem alten Kontinent, und der würzigscharfe Geruch, der aus der vom tropischen Regen feuchten Erde und von den breiten Blättern und fleischigen Blüten aufstieg, ließ das Aroma spanischer Orangen beinahe

hausbacken erscheinen. »Amerika, du hast es besser« – der alte Goethe hatte recht gehabt, auch wenn er sich, was Basalte und Schlösser betrifft, geirrt hatte: noch zu seinen Lebzeiten waren die Prospektoren, deren goldene Nuggets in Lola Montez' Kasse klimperten, in den Rocky Mountains auf Basalt gestoßen, und weiter südlich, in Mexiko, hatten Azteken und Mayas zwar keine Schlösser, dafür aber gewaltige Pyramiden hinterlassen. Trotzdem hatte Goethe recht, denn während das alte Europa wie eine abgetakelte Vettel unter der Last seiner zweitausendjährigen Geschichte stöhnte, war die neue Welt, wie das Virginia der Pilgerväter, eine keusche Jungfrau geblieben, die noch immer auf Eroberer und Conquistadoren zu warten schien …
Selbst die unter der schweißglänzenden Haut hervortretenden Muskeln der Negersklaven, die Rumfässer, Zuckersäcke und Baumwollballen an der Kaimauer aufstapelten, um sie im Laderaum eines Frachtschiffs zu verstauen, ließen mich nicht irre werden an meiner idyllischen Sicht der Dinge, im Gegenteil; ich errötete innerlich beim Gedanken daran, daß ich in meiner Rede vor dem Freihandelskongreß in Brüssel die europäischen Arbeiter als weiße Neger bezeichnet hatte, wo beide doch in Wahrheit durch Welten voneinander getrennt waren. Während die Arbeiterschaft Europas sich längst die Menschen- und Bürgerrechte erstritten hatte, schienen die in der Mittagshitze schwitzenden Sklaven noch unter den Tieren zu stehen und die im Schatten der Häuser dösenden Hunde, Pferde und Esel um ihre Freiheit zu beneiden. Trotzdem wollten sich der gerechte Zorn und die selbstgerechte Empörung, die mich früher bei der Schilderung solcher Sze-

nen ergriffen hatten, nicht mehr einstellen, und derartige Gefühle erschienen mir, im gnadenlosen Licht der Tropensonne, das die Konturen von Menschen und Dingen schärfer hervortreten ließ, plötzlich als törichte, ja sogar gefährliche Humanitätsduselei.
Hatte mich Marx denn nicht gelehrt, den weltweiten Kreislauf von Waren und Geld, durch den sich die europäische Bourgeoisie die Erde untertan machte, als materiellen Fortschritt zu begreifen? Und mußte nicht der moderne Kapitalismus ganz unsentimental alle vorkapitalistischen Produktionsverhältnisse beseitigen, um so die objektive Voraussetzung zu schaffen für seine eigene Aufhebung? Die neue Völkerwanderung – nicht die der Kimbern und Teutonen, sondern die der Zucker-, Korn- und Wollsäcke – wird die bis über die Ohren verschuldeten Staaten Europas in den Bankrott treiben. Und wenn erst der Hunger, der Vater der Revolutionen, die Könige geschlachtet und den Adel gefressen hat, beginnt die große Völkerschlacht der Konkurrenz: nicht die der Guelfen gegen die Ghibellinen oder die der Tories gegen die Whigs, sondern der Kampf zwischen Gold aus Kalifornien und Gold aus dem Ural, russischem und amerikanischem Getreide, englischer und australischer Schafwolle, deutschem Rübenzucker und westindischem Rohrzucker. Aus diesem weltweiten Ringen wird das Proletariat siegreich hervorgehen und mit den Arbeitern Europas, die außer ihren Ketten nichts zu verlieren haben, auch die rückständigen Kolonialvölker aus dem kapitalistischen Joch befreien. Wozu also Krokodilstränen vergießen über das Schicksal afrikanischer Sklaven, indischer Kulis oder amerikanischer Indianer?

Solche Gedanken kann ich nicht wirklich gedacht haben, während ich über den schwankenden Laufsteg an Land ging, denn sie waren das Ergebnis eines jahrelangen Erfahrungs- und Reflexionsprozesses, der mit meiner Ankunft in der neuen Welt erst begann. Ich weiß nur noch, daß ich nichts dagegen hatte, mir von dem schwarzen Gepäckträger durch eine von Königspalmen gesäumte Allee das Gepäck zum Hotel tragen zu lassen; im Unterschied zu den Hamburger Kaufleuten und dänischen Kolonialherren, amerikanischen Reedern, englischen Fabrikanten und französischen Spekulanten, die sich auf St. Thomas ein Stelldichein gaben, hatte *ich* mir nichts vorzuwerfen: während viele von ihnen beim Anblick ihrer Negersklaven ein schlechtes Gewissen hatten, weil sie trotz des kürzlich erlassenen Verbots vom Sklavenhandel profitierten, hatte ich mich lange genug im Frondienst der Arbeiterbewegung geschunden, um Anspruch auf ein besseres Leben anzumelden – aber ich will den Leser nicht mit meiner hausgemachten Moral langweilen.

Ich stieg im Hôtel de Commerce ab, dem ersten Haus am Platze, das wegen der Kochkünste seines kreolischen Küchenchefs weit über St. Thomas hinaus berühmt war. Zur Betreuung der Gäste stand ein halbes Dutzend Diener zur Verfügung, von denen einer, ein Schwarzer namens Thaddäus, nicht mehr von meiner Seite wich; wie die meisten Bewohner der Insel sprach er außer Englisch und Französisch auch Dänisch und sogar ein paar Worte Deutsch. Früh um sieben brachte er mir den Kaffee ans Bett, der jeden Morgen in der Küche frisch geröstet wurde. Nachdem ich Zeitung gelesen, die Börsenkurse studiert und Besuche absolviert hatte bei europäischen Kaufleuten, die zugleich als Konsuln fungierten, servierte Thaddäus mir ein leichtes Mittagessen, bestehend aus gekochtem Geflügel oder gebratenem Fisch; dazu wurde Brot, Butter und Bordeauxwein gereicht, gekühlt mit amerikanischem Eis, das in New York verschifft und in unterirdischen Gewölben gelagert wurde. Nach einer ausgedehnten Siesta erfrischte ich mich durch ein Bad im Meer, oder ich unternahm einen Spazierritt in die Berge und sah, wie die Sonne hinter den Nachbarinseln Culebra, Vieques und Puerto Rico in der dunkelblauen See versank. Nach dem Abendessen saß ich auf der Hotelterrasse oder an der Bar, trank eisgekühlten Champagner, Brandy oder Rum, rauchte eine Havanna und unterhielt mich mit meinen Geschäftsfreunden über die neuesten Nachrichten aus Europa. Um zehn oder elf Uhr abends ging ich zu Bett und schlief, mit einem leichten Leintuch zugedeckt, bis mir das Aroma frisch gerösteter Kaffeebohnen in die Nase stieg.

In den Träumen der Nacht sah ich das Gesicht von Lola Montez vor mir, deren dunkle Augen ein nur für mich bestimmtes Glück zu verheißen schienen, in das sich, wie ins Lächeln der Mona Lisa, ein Anflug von Überheblichkeit und sogar Spott mischte. Manchmal, wenn ich zuviel getrunken und geraucht hatte, verwandelte sich das Glücksversprechen in einen Alptraum, und im kalten Licht des Vollmonds konnte ich Lola auf der anderen Seite des amerikanischen Kontinents auf den Tischen tanzen und unter den geilen Blicken und anzüglichen Reden betrunkener Goldgrä-

ber ihren Rock heben sehen. Unter dem Rock kam ein Unterrock zum Vorschein, unter dem Unterrock ein Höschen, unter dem Höschen ein Schlüpfer, und unter dem Schlüpfer öffnete sich ein bodenloser Abgrund, aus dem es eiskalt heraufwehte – an diesem Punkt meines Traums fuhr ich mit gesträubten Haaren, naßgeschwitzt vor Angst, aus dem Schlaf.
Meine periodisch wiederkehrenden Alpträume entbehrten jeder realen Grundlage, denn, wie ich der *Revue des deux mondes* entnahm, hatte Lola Montez sich der mexikanischen Revolution angeschlossen und wurde südlich des Rio Grande, als Reinkarnation der schwarzen Jungfrau von Guadelupe, vom Volk wie eine Heilige verehrt.

Nachdem ich auf St. Thomas Wurzeln geschlagen hatte wie ein in die Erde gesteckter Stock, der in dem feuchtwarmen Klima schon nach wenigen Tagen Blätter treibt, unternahm ich, um meiner fernen Geliebten näher zu sein, eine Geschäftsreise zu den Inseln über dem Winde und aufs benachbarte Festland; als Vertreter der Firma Emanuel & Söhne standen mir alle Türen offen. Zusammen mit einer Ladung Kaffeesäcke schiffte ich mich auf dem Lastensegler *Vater Gruner,* der dem gleichnamigen Bremer Handelshaus gehörte, nach Puerto Plata ein, einer Hafenstadt an der Nordküste der Dominikanischen Republik. Abgesehen von einer Windstille, die das Schiff in der Bucht von Samaná festhielt, verlief die Überfahrt ohne Zwischenfälle; nachts schlief ich im Laderaum, halbbetäubt vom Aroma des Kaffees, und tagsüber lag ich im Schatten der Segel auf Deck und sah den Delphinen zu, die im Kielwasser des Schiffes ihre Schwimmkünste vollführten. Eines der possierlichen Tiere wurde mit einer Schleppangel gefangen; unter den Messern der Matrosen wechselte der vorher himmelblaue Fisch die Farbe und wurde leichenblaß wie ein Mensch auf dem Sterbebett, was Kapitän Blasius und mich nicht daran hinderte, uns sein gebratenes Fleisch schmecken zu lassen.

Puerto Plata ist eine Ansammlung von palmstrohgedeckten Lehmhütten und Holzhäusern mit schmiedeeisernen Galerien, die sich um einen mit Rednertribüne und Freiheitspalme bestückten Marktplatz gruppieren; nur die Kirche ist aus Stein gebaut sowie das benachbarte Fort, dessen sechsköpfige Besatzung mit einem Mörser aus der Zeit der spanischen Conquistadoren die Einfahrt in den Hafen bewacht. Da es in Puerto Plata weder Gasthöfe noch Hotels gibt, stieg ich bei einem Hamburger Kaufmann ab, der mich gastfreundlich aufnahm und auf meinen Spazierritten ins Innere der Insel begleitete. Ich weiß nicht, warum, aber während wir dicht bewaldete Berge und Täler durchstreiften, Wasserfälle und Sturzbäche durchwateten und unter dem Blätterdach eines weitverzweigten Urwaldbaums unsere Hängematten aufspannten, hatte ich das Gefühl eines *déjà vu,* so als hätte ich in einem früheren Leben die gleichen Orte schon einmal besucht. Dieses Gefühl verstärkte sich noch, als wir nach mehrtägigem Ritt durchs Gebirge die an der Südküste gelegene Hauptstadt Santo Domingo erreichten. Alles kam mir bekannt vor: die engen Gassen der Altstadt und die zerborstenen Mauern des uralten spanischen Forts, dessen Gewölbe tributpflichtige Indios einst bis zur Decke mit Gold hatten füllen müssen, bevor sie in den Verliesen zu Tode gequält wurden; und vor dem Marmorsarg mit den Gebeinen des Kolumbus in der Sakristei der Kathedrale wurde mir schwindlig beim Blick in den tiefen Brunnen der Zeit, aus dem mich der Hauch der Ewigkeit anwehte, und ich mußte mich beim Hinaustreten auf die Straße übergeben. Vielleicht war es auch die Unreinlichkeit des einzigen Hotels am Ort, in dem es nachts von Moskitos und Kakerlaken wimmelte und tagsüber nach ranzigem Öl, faulem Fleisch und menschlichen Exkrementen roch; der von Fliegen umsummte Abtritt, an dessen Mauern wie vertrocknete Früchte aussehende Fledermäuse hingen, war so verschmutzt, daß ich meine Notdurft am Strand verrichten mußte, was wegen der bettelnden Kinder und streunenden Hunde, die mir überallhin folgten, jedoch nicht möglich war. Ich lehnte meine mit kaltem Schweiß bedeckte Stirn an eine zerbrökkelnde Hauswand, in die das Wappen der Könige von Kastilien eingraviert war, und fühlte, wie die Beine unter mir wegsackten, als sich in der Mauer eine Tür öffnete und eine rettende Hand mich ins Innere des Gebäudes zog.

Ich muß für einen Augenblick die Besinnung verloren haben, denn als ich wieder zu mir kam, lag ich in einem verdunkelten Zimmer im Bett, während eine halbnackte Dienerin, deren Brüste rhythmisch auf und nieder hüpften, meine erschlafften Glieder massierte, aus denen jedes Blut gewichen war. Im ersten Augenblick glaubte ich, von Banditen entführt worden zu sein, und wollte laut um Hilfe rufen, aber sie legte mir ihre schwarzen Finger auf den Mund und flößte mir bittersüßen Kaffee ein, der meine Lebensgeister auf der Stelle reaktivierte. Nachdem sie mich mit kaltem Wasser gewaschen und mit einem Leintuch abgetrocknet hatte, führte sie mich in einen schattigen Innenhof, in dem ein Springbrunnen plätscherte, umrankt von Bougainvillea und Orchideen, aus deren Blütenkelchen winzige Kolibris Nektar saugten. Hinter breitblättrigen Pflanzen saß in einem Korbstuhl ein etwa sechzigjähriger Mann mit blondem Backenbart, der sich zur Begrüßung erhob und mit ausgebreiteten Armen auf mich zuschritt. »Willkommen in meinem Heim«, sagte er in akzentfreiem Deutsch, »Sie brauchen sich nicht vorzustellen, denn ich kenne Sie schon. Ihren Schnapphahnski habe ich mit größtem Vergnügen gelesen – auf Empfehlung meines Freundes Alexander von Humboldt, der mit Ihren revolutionären Ideen sympathisiert. Vielleicht hat mich deshalb die Fremdenpolizei vor Ihrer Ankunft gewarnt. Ich hoffe«, fügte er augenzwinkernd hinzu, »Sie haben sich am Busen meiner schwarzen Köchin inzwischen von Ihrem Schwächeanfall erholt. Niemand wandelt ungestraft unter Palmen, hat Goethe gesagt, und zumindest in diesem Punkt hatte der Alte recht: Schonen Sie Ihre Gesundheit, meiden Sie unnötige Aufregungen und mäßigen Sie Ihren Alkoholkonsum. – Es wird Sie vielleicht erstaunen«, fuhr er nach einer Pause fort, »als Gesandten des Vereinigten Königreichs in Santo Domingo einen Ihrer Landsleute anzutreffen, aber das Rätsel ist schnell gelöst. Ich heiße Robert Schomburgk, bin gebürtiger Preuße, lebe seit über zwanzig Jahren auf den Westindischen Inseln und habe meine ganze Kraft der Erforschung ihrer Flora und Fauna gewidmet. Die Tropennatur läßt mich nicht mehr los; wer einmal seine Nase in die brodelnde Hexenküche eines Regen-, Wolken- oder Nebelwalds gesteckt hat, ist Gefangener der tropischen Vegetation auf Lebenszeit. Nicht die Nationalökonomie, der Sie und Ihre Freunde sich verschrieben haben, ist die Königin der Wissenschaften, sondern die Botanik, so wie die Regia Victoria, die ich im Quellgebiet des Orinoko entdeckt habe, mit einem Blattdurchmesser bis zu sechs Metern die Königin der Blumen ist. Ich habe sie auf den Namen der Queen Victoria getauft – wer weiß, vielleicht hat die Königin mich deshalb in den Adelsstand erhoben und zu Ihrem Konsul in Santo Domingo ernannt, und nicht weil ich als erster die Grenze zwischen Guayana, Venezuela und Brasilien vermessen habe –, aber wen interessiert das schon. Übrigens lege ich auf Titel und Würden keinen Wert; nennen Sie mich einfach Sir Robert. Und noch eins, junger Mann: lassen Sie sich den frischen Passatwind um die Nase wehen. Der Orinoko ist immer eine Reise wert, aber auch Hispaniola ist nicht zu verachten!«

Die Worte des berühmten Naturforschers gingen mir nicht mehr aus dem Sinn; die Begegnung mit Schomburgk hat, ähnlich wie die mit Marx, mein Leben verändert. Während Sir Robert sich hinter einem Teleskop verschanzte, um den aufgehenden Mond zu betrachten, schiffte ich mich am nächsten Morgen auf einem holländischen Schoner nach Curaçao ein. Da das Schiff wegen widriger Winde nicht in den Hafen einlaufen konnte, gingen wir an der Ostspitze der Insel an Land und marschierten zu Fuß nach Willemstad, dem Hauptort von Curaçao. Unsere Reisegesellschaft bestand aus zwei spanischen Priestern, die mit gerafften Talaren dem Zug voranschritten, einem französischen Ehepaar mit einem Negerdiener, der einen Kampfhahn unter dem Arm trug, und einem von Chorknaben geführten Maultier, auf dem ein Domherr aus Santo Domingo ritt, der sich ständig bekreuzigte und fromme Lieder sang, begleitet vom Wiehern des Esels, vom Krähen der Hahns und von den Flüchen des holländischen Kapitäns, der unsere verspätete Ankunft der Anwesenheit der katholischen Pfaffen zuschrieb. Die Priester stolperten über ihre Talare, das Maultier bockte und streifte seinen Reiter an den Stacheln eines Kaktus ab, in dessen Armen der Domherr wie ein Gekreuzigter hängenblieb, und der Kampfhahn befreite sich aus seinem Gefängnis und konnte nur mit Mühe wieder eingefangen werden, so daß unsere Karawane erst nach Stunden ihren Bestimmungsort erreichte. Nachdem ich mich in den Straßen von Willemstad umgesehen hatte, auf denen dieselbe Ordnung und Sauberkeit herrschte wie in den mit Delfter Kacheln gefliesten Küchen und Kontors, setzte ich auf einem spanischen Schiff, das den Fährdienst zwischen Curaçao und Bonaire versah, zum Festland über.

Ich erspare dem Leser die Schilderung der Küstenebene von Venezuela, die mir wie ein Kaffeegarten vorkam, in dem der Zucker gleich mitwächst; fast alles, was ich auf dem beschwerlichen Weg von La Guaira nach Caracas zu sehen bekam – den See von Valencia, Höhlen voller Fledermäuse, mit Moosbärten behangene Koniferen und im Nebel dampfende Kordilleren –, hat mein Landsmann Alexander von Humboldt vor über fünfzig Jahren genauer als ich beschrieben. Anstatt berufeneren Federn Konkurrenz zu machen und mich selbst als Naturforscher zu versuchen, möchte ich an dieser Stelle einen Brief einschalten, den ich am 17. Juli 1853 aus Angostura am oberen Orinoko an meinen fernen Freund, den Dichter Heinrich Heine in Paris, gerichtet habe.

»Geehrter Herr!
Von aller Zivilisation weit entfernt, habe ich wenig zu erzählen, was für Sie von Interesse ist. Ich weiß nicht, weshalb ich an diesem entlegenen Ort Ihrer gedenke, wo ich vielleicht der einzige bin, der Ihren Namen kennt, und wo nur das Rauschen des großen Stroms an mein Ohr dringt. Ich glaube, die Sterne verursachen diese nächtlichen Reminiszenzen, denn während sich hier das Kreuz des Südens am Horizont erhebt, schreitet hoch im Norden der Große Bär durch den Himmel, jenes treffliche Gestirn, unter dem so viele meiner Landsleute geboren sind, die im Ernst glauben, daß dem Weltgeist etwas daran gelegen sei, wenn sie sich die Köpfe zerbrechen im Dienst des Staates, der Kirche oder der Revolution.
Der Weltgeist hat einen langen Atem. Er nimmt sich Zeit zu seiner Arbeit, und wenn dereinst die Urwälder und Savannen dieses jungfräulichen Kontinents unter das Joch der Zivilisation geraten sind, werden die Großen Bären der alten Welt längst untergegangen sein. Niemand macht sich einen Begriff davon, wie schön die Erde wirklich ist, bevor er ihre Länder und Meere durchstrichen hat. Erst im Anschaun großer Naturge-

genstände verlor ich den Glauben an die Wichtigkeit der Menschen und Völker.
Nichtsdestoweniger bleiben wir Europäer die Aristokraten des Erdkreises, und noch nach Jahrhunderten werden die Plebejer der Neuen Welt im Staub knien, um unsere weißen Hände zu küssen. Mögen alle Wälder der Kordilleren rauschen – sie spielen doch keine Beethovensche Symphonie; mögen alle Papageien des Orinoko um die Wette krächzen –, Papageno singt schöner. Und alle Indianerstämme vom La Plata bis zum Missouri sind nicht imstande, einen Dichter wie Sie hervorzubringen.
Bei unserer letzten Begegnung beklagten Sie sich, Sie hätten seit drei Jahren keinen grünen Baum gesehen. Wie leid es mir tut, daß Sie nicht mit mir unter jene alte Akazie treten können, die schon zur Zeit der Conquista berühmt war; ihre Äste prangen mit Orchideen, während sich in den Wipfeln alle Vögel der Tropenwelt schaukeln, vom großen Kondor bis zum kleinen Kolibri.
Wie ein grüner Dom überragt der majestätische Baum die Savanne. Selbst mein Maultier versank bei dem Anblick in andächtiges Schweigen, und seine Zügel schleiften auf der Erde.
Neger und Esel sind mir von allen Lebewesen am meisten verhaßt – faul, heuchlerisch, hinterlistig, undankbar für das Futter und die gute Behandlung, die wir ihnen angedeihen lassen. Wie sehr macht dagegen das alte Europa seine Fehler durch vortreffliche Eigenschaften wieder gut! Und wie schön repräsentiert das Pferd durch Feuer und Mut die Herrenrasse unter den Tieren! Wäre ich ein allmächtiger Tyrann – der ich zum Glück

nicht bin –, so würde ich alle Schwarzen mitsamt ihrer Sippschaft zu ewiger Sklaverei verdammen und auf jede Vermischung mit Weißen die Todesstrafe setzen!
Ich schäme mich, dies niederzuschreiben, denn bis vor kurzem war ich in eine dunkelhäutige Dame unsterblich verliebt – so zeichnet sich die weiße Rasse selbst noch durch ihre Schwächen aus!
Mein Respekt vor der Alten Welt ist ständig gestiegen, seit ich von den Jungferninseln nach Santo Domingo und von dort zum Festland übergesetzt bin, um auf dem Pferderücken die Llanos und die Kordilleren zu durchstreifen. Der Name Alexander von Humboldts lebt unter den Völkern Amerikas fort wie der eines vorüberschwebenden Gottes, und gestern habe ich ein Affenfell von demselben Indianer gekauft, dessen Väter einst Humboldt und Bonpland durch die Stromschnellen des Casiquiaré ruderten.
Während ich, von Moskitos umsurrt, diesen Brief schreibe, ist das Kreuz des Südens am dunklen Horizont verschwunden, aber um so heller prangt jetzt der Schwanz des Großen Bären oder, wenn Sie so wollen, die Deichsel des strahlenden Wagens, auf dem die Geister der Seligen durch die Nacht kutschieren. Sollten Sie zu Lebzeiten keine Reise mehr in diese Gegenden machen, so werden Sie dereinst aus jenem Wagen auf die Wälder des Orinoko herabschauen und auf Menschen, die in diesem Augenblick freundlich Ihrer gedenken. Mit aufrichtiger Verehrung, Ihr

Georg Weerth.«

Nachdem ich den in der Umgebung von Angostura ansässigen Deutschen meine Stoffmuster unterbreitet hatte, fuhr ich mit einem Raddampfer den Orinoko hinab, dessen weit auseinanderliegende Ufer als grüne Streifen am Horizont verdämmerten. In den lehmigen Fluten wimmelte es von Krokodilen, die wie schwimmende Baumstämme, und von schwimmenden Baumstämmen, die wie Krokodile aussahen. Während das Schiff an einer Hacienda anlegte, um eine Ladung Rinder an Bord zu nehmen, die mit Lassos eingefangen werden mußten, machte ich einen Ausflug zu den Wasserfällen des Caroni, einem Nebenfluß des Orinoko, den weder Humboldt noch Schomburgk besucht haben. Ich bestieg einen Einbaum, der von vier Indios gerudert und von einem ortskundigen Führer gesteuert wurde; um die starke Strömung zu vermeiden, trieben wir hart unter der Uferböschung im Schatten der Bäume dahin, in deren Laubdächern Vögel und Affen lärmten, während im Unterholz Wildschweine grunzten und der gezackte Schwanz eines Krokodils lautlos durchs Wasser glitt. Ich gab mehrere Schüsse auf ihn ab, aber die Kugeln prallten vom Schuppenpanzer des Kaimans zurück, als seien es harmlose Kieselsteine. Schon von weitem war das Donnern der Wasserfälle zu hören; gelbe Schaumflocken trieben auf den Wellen, die sich zu schwimmenden Inseln verdichteten und wie Eisgang den Fluß mit einem weißen Teppich überzogen, über dem krächzend die Möwen kreuzten, so daß ich mich vom Äquator ins nördliche Eismeer versetzt glaubte. Die Indios banden das Boot an den Luftwurzeln der Mangroven fest, und links und rechts das Gestrüpp niederhauend, arbeiteten sie sich mit Buschmessern zu dem immer lauter brüllenden Wasserfall vor, der, von einem Felsplateau senkrecht herabstürzend, den umliegenden Urwald in eine Wolke von Gischt hüllte, um die Schwärme bunter Papageien aufgeregt herumflatterten. Aber ich habe meine Schilderung schon viel zu weit ausgedehnt und bin meinem Vorsatz untreu geworden, das Ausmalen von Naturbildern berufenen Kennern zu überlassen.

Anfang August kehrte ich mit dem englischen Postschiff *Midway* nach St. Thomas zurück. Es war eine geruhsame Reise. Kaum war eine Insel am Horizont verschwunden, stieg die nächste aus den Wellen empor: Barbados, St. Lucia, Antigua, Dominica, Martinique und Guadeloupe zogen vor dem Bullauge vorüber mit rauchenden Vulkanen und Gärten von leuchtendem Grün. Vom Passatwind getrieben, glitt unser Schiff lautlos über die spiegelglatte See dahin. Die Luft war rein und mild, graue Wolken schwebten nachdenklich über den Gipfeln der Berge, fliegende Fische tauchten aus dem Kielwasser auf, und nachts verwandelten Myriaden von Leuchtalgen das Meer in einen Glitzerteppich, während in der Kapitänskajüte die Champagnerkorken knallten und über dem westlichen Horizont ein Regen von Sternschnuppen niederging.

Im Traum fuhr ich im Kanu den Orinoko hinab. Es regnete. Nasse Zweige streiften mein Gesicht, und ich hatte Mühe, mein Boot zwischen schwimmenden Inseln, entwurzelten Bäumen und den aufgesperrten Rachen der Krokodile hindurch zu lavieren. An einer Krümmung des Flusses ging ich an Land, einer unklaren Regung folgend: ich suchte etwas, aber ich hatte vergessen, was es war. Ich bahnte mir den Weg durch ein Mangrovendickicht; an den Luftwurzeln klebten Austern mit messerscharfen Kanten, die mir tief ins Fleisch schnitten; ich versank zuerst bis zu den Hüften, später bis zum Hals im Treibsand, aber obwohl sich Blutegel an mir festsaugten und Fledermäuse sich in meinen Haaren verfingen, hatte ich keine Angst. Eine herabhängende Liane, an der ich mich haltsuchend festklammerte, wies mir den Weg durch den Sumpf. Ich beugte mich über das schwarze Wasser eines Teichs, aus dem eine *Regia Victoria* wuchs, die Königin der Blumen, deren Duft mich wie ein betäubendes Parfüm umfing; beim Blick in den Blütenkelch, auf dessen Grund schlierige Samenfäden schimmerten, wurde mir schwindlig. Als ich die Hand ausstreckte, um die Blume zu pflücken, schoß eine Anakonda aus dem Wasser, wand sich wie ein Würgestrick um meinen Hals und zog mich unwiderstehlich in die Tiefe. Das letzte, was mir vor Augen stand, war mein eigenes Spiegelbild, das im Augenblick des Todes wie das Gesicht der Mona Lisa lächelte.

Als ich aus dem Champagnerrausch erwachte, waren die Gespenster der Nacht beim Anblick der bunt beflaggten Schiffe im Hafen von St. Thomas sofort verflogen. Während meiner mehrmonatigen Abwesenheit hatte der treue Thaddäus, obwohl er weder rechnen noch schreiben konnte, mein Geschäft so gut geführt, als sei er ein gelernter Textilkaufmann. Zum Dank schenkte ich ihm einen Esel, auf dem er sonntags, herausgeputzt wie ein Hahnrei, zur Kirche und anschließend zum Tanz ritt. Die Negerinnen im heiratsfähigen Alter machten ihm schöne Augen, und mit dem

Grautier als Startkapital gründete Thaddäus eine Familie.
Mein Junggesellendasein schien ihm Sorgen zu bereiten, denn eines Morgens, als ich Zeitung lesend am Frühstückstisch saß, stellte er mir seine Schwägerin, Nichte oder Kusine vor – die Verwandtschaftsverhältnisse der Afrikaner sind ein Buch mit sieben Siegeln für mich –, ein siebzehnjähriges Mädchen namens Letitia, das mir von nun an täglich den Kaffee ans Bett brachte. Ich weiß nicht mehr genau, wie und wann es geschah, aber an einem stickig heißen Nachmittag, an dem Letitia mir eine eisgekühlte Limonade servierte, streifte eine ihrer harten Brustwarzen versehentlich mein Gesicht – vielleicht war es auch nur einer ihrer steif abstehenden Zöpfe –, und als ich aus meiner Siesta erwachte, lag sie nackt neben mir, eine Eigenmächtigkeit, die ich ihr nicht weiter verübelte, denn Letitias Gastspiele in meinem Bett wiederholten sich immer öfter und dehnten sich immer länger aus, während der gute Thaddäus unter dem Fenster des Schlafzimmers seinen Esel striegelte und dazu traurige Lieder sang.

Rückblickend von der Tatsache meines viel zu frühen Todes erscheinen mir die Stunden, die ich in Letitias Armen zubrachte, als die glücklichste Zeit meines Lebens. Ich staunte stets aufs Neue über das Wunder ihrer samtweichen Haut, das Panorama ihres schwarzen Hinterns und das Aroma ihrer festen Brüste, aus denen ich Nektar saugte wie ein Kolibri. Ich konnte nicht genug bekommen vom braunen Zucker ihres Mundes, dem Salz der Achselhöhlen und dem Moschusparfüm ihrer Scheide, die ich so lange mit der

Zunge liebkoste, bis sie mich um Einhalt bat mit einem girrenden Gelächter, das mich trotz meiner Erschöpfung zu neuen Taten reizte. Ich hätte den Rest meiner Tage im Bett, in der Hängematte oder im Schaukelstuhl zubringen können, damit beschäftigt, uneheliche Kinder in allen Schattierungen von schwarz, braun und beige in die Welt zu setzen, denn Letitias gibt es auf St. Thomas und den umliegenden Inseln wie Sand am Meer. Aber die Menschen sind nicht fürs Glück oder das Glück ist nicht für die Menschen gemacht. Als ich gegen Ende des Jahres in der *Revue des deux mondes* las, daß Lola Montez, von Mexiko kommend, in San Francisco eingetroffen sei, wo die Goldgräber ihr alles Gold von Kalifornien zu Füßen legten, war es um mich geschehen, und ich brach, zum zweiten Mal im Leben, meine Zelte ab. Ich beauftragte Thaddäus mit der Weiterführung meines Geschäfts, schenkte Letitia die Freiheit und setzte ihr eine Leibrente aus. Dann packte ich meine Koffer und schiffte mich auf dem Paketboot *Avon* nach Veracruz ein.

Das mexikanische Festland ähnelt dem Relief einer Tempelpyramide, die aus der karibischen See aufsteigt zur Hochebene von Tenochtitlan, um von dort stufenweise abzufallen bis zur Pazifikküste, wobei der Reisende verschiedene Klimazonen durchquert und einem Wechselbad von Hitze und Kälte ausgesetzt ist. Ich erspare dem Leser die Schilderung meiner Fahrt mit der Postkutsche, auf deren wackligem Sitz ich hin und her schwankte wie das verrückt gewordene Pendel einer Uhr. Meine Aufmerksamkeit war geteilt zwischen dem blauen Eismassiv des Popocatepetl und den blauen

Flecken auf meinem Popo, während die von acht Maultieren gezogene Diligence im Eiltempo treppauf, treppab durch Berge und Täler rasselte, die von Wegelagerern unsicher gemacht wurden; wie die übrigen Passagiere hielt ich mich mit einer Hand an einer Lederschlaufe fest und gab gleichzeitig mit der andern Schüsse auf Banditen und Indianer ab, die, Lassos schwingend, mit gellenden Schreien neben der Kutsche herritten. Auf diesem Wege kam ich, mehr tot als lebendig, in der Hauptstadt des Aztekenreiches an, deren Tempel und Paläste die Conquistadoren des Cortez geschleift, geplündert und gebrandschatzt hatten; was nicht der Wut der Eroberer zum Opfer gefallen war, hatten Erdbeben dem Erdboden gleichgemacht. Nachdem ich mich im Hause eines Hamburger Kaufmanns von den Strapazen der Fahrt erholt hatte, eilte ich, wiederum per Postkutsche, durch Wüsten, Urwälder und Savannen dem Stillen Ozean entgegen. Je näher Kalifornien, das Ziel meiner Reise, rückte, desto schleppender verging die Zeit; da kein Schiff nach San Francisco auslief, saß ich zwei Wochen am Pazifikstrand fest, von Sandflöhen und Moskitos gepeinigt, trank Agavenschnaps und veranstaltete Schießübungen auf Eidechsen und Leguane.

Nach der Landung im Hafen von San Francisco hatte ich keine Schwierigkeiten, Lola Montez ausfindig zu machen. Grellbunte Plakate, auf denen sie überlebensgroß, in lasziven Posen, als blonde Liebesgöttin dargestellt war, wiesen mir den Weg zum Casino des Hotelkönigs Sutter, wo die Goldgräber ihre mühsam erworbenen Nuggets am Roulettetisch verspielten. Eine Wolke von Tabaksrauch schlug mir entgegen, als ich die Schwingtür aufstieß, die von einem livrierten Portier und einem bewaffneten Hilfssheriff bewacht wurde. Ich bahnte mir mühsam einen Weg zwischen betrunkenen Soldaten und tätowierten Matrosen, mexikanischen Viehhirten mit silberbestickten Sombreros und chinesischen Prostituierten in geschlitzten Seidenkleidern, die sich, in allen Sprachen redend und gestikulierend, über die Spieltische beugten, auf deren grünem Filz Pyramiden von Goldmünzen, von geschäftigen Croupiers hin- und her geschoben, in Windeseile die Besitzer wechselten. Ab und zu blitzte ein Messer auf, ein Glas ging klirrend zu Bruch, oder eine Kugel fegte über die breitrandigen Hüte hinweg und bohrte sich in die Holztäfelung der Bar, aber solche Handgreiflichkeiten wurden schnell beigelegt und die Störenfriede von Saalordnern an die Luft gesetzt.

Plötzlich, wie auf Kommando, erstarb das Gemurmel. Die Croupiers sammelten die Jetons, und die Spieler strichen ihre Gewinne ein, der Bankhalter schloß die Kasse, und alle Blicke folgten gebannt dem Lichtstrahl eines Bühnenscheinwerfers, der in die Tiefe des Saales schwenkte, wo, auf einem von Rauchschwaden umflorten Podium, die Kulisse eines bayrischen Bergdorfs sichtbar wurde. »Lola!« riefen die Zuschauer wie aus einem Munde, und nachdem ein mexikanischer Messerwerfer seine Kunststücke vorgeführt hatte, die mit Pfiffen und Buhrufen quittiert wurden, betrat Lola Montez die Bühne, begleitet von einem Neger mit Tirolerhut, der einen schrillen Akkord auf seinem Banjo anschlug. Sie hatte die Haare blond gefärbt und trug ein knapp sitzendes Dirndlkostüm, das ihre langen

Beine und die in ein Mieder eingeschnürten Brüste mehr zur Schau stellte als verbarg. In dem nun folgenden Singspiel, das an schlechtem Geschmack kaum zu überbieten war, mimte der Banjospieler den Innenminister Abel, der mit Schimpf und Schande von der Bühne gejagt wird, weil er Lola die Nobilitierung verweigert, während der mexikanische Messerheld ihr als Bayernkönig schmachtend zu Füßen lag. Zum ersten Mal in meinem Leben hatte ich Mitleid mit Ludwig I. und seinem Minister, die ich in der *Neuen Rheinischen Zeitung* stets als Reaktionäre verspottet hatte. Am Ende der Vorstellung verließ Lola unter Applaus die Bühne und tänzelte, nach rechts und links Kußhände werfend, im Triumph durch den Saal, während ihre Gehilfen die Silber- und Golddollars einsammelten, die in dichtem Regen auf sie niederprasselten. Vor meinem Tisch blieb sie stehen; sie sah mir herausfordernd in die Augen, setzte sich mit übereinandergeschlagenen Beinen auf meinen Schoß und sang, an meiner Krawatte herumnestelnd, von Banjoakkorden begleitet, das folgende Chanson:

»Ich bin die fesche Lola,
der Liebling der Saison;
ich hab ein Pianola
zu Haus in meinem Salon.
Und will mich wer begleiten
da unten aus dem Saal,
dem hau ich in die Saiten
dem tret ich aufs Pedal.«

Bei den letzten Worten war Lola aufgestanden. Sie packte mich am Kragen, zog mich näher zu sich heran, die Lippen gespitzt wie zum Kuß, und gab mir eine schallende Ohrfeige. Ich muß feuerrot geworden sein. Während ringsum Beifall und Gelächter aufbrandeten, verließ ich, bebend vor Wut und Scham, das Lokal, fest entschlossen, die Erinnerung an Lola Montez für immer aus meinem Gedächtnis zu streichen. Die Ohrfeige, die sie mir gegeben hat, brennt, ebenso wie einst ihr Kuß, noch heute wie Cayennepfeffer auf meiner Haut.

II

Ich beschloß, mein Leben zu ändern. Ich hatte genug von der Welt gesehen, hatte ihre Höhen und Tiefen kennengelernt (die Tiefen gründlicher als die Höhen), und hatte das Junggesellendasein gründlich satt. Auf der Suche nach einer passenden Frau richtete ich den Blick meiner früh gealterten Augen zurück auf das noch ältere Europa, dem ich vor drei Jahren für immer, wie ich damals glaubte, Lebewohl gesagt hatte. Aus der von Nebel umflorten Erinnerung an meine westfälische Heimat löste sich eine weibliche Gestalt, die sich schon früh dem trüben Blick gezeigt hatte und Lola Montez aus meinen Tagträumen zu verdrängen begann. Seit wir als Kinder am Ufer der Lippe den Libellen zugeschaut hatten, die wie Luftschiffe aufeinander andockten, um sich im Flug zu paaren, hatte sich das häßliche junge Entlein von damals gemausert zu einem königlichen Schwan: Betty, alias Nettchen oder die schöne Helena, wie sie von ihren Verehrern genannt wurde, war in jeder Hinsicht das Gegenteil der feschen Lola, die mir mit ihren schwarzen Augen den Kopf verdreht hatte. Blond und blauäugig, hochgewachsen und gertenschlank, schien sie geradewegs einem Leibregiment des alten Fritz entsprungen, der an ihrem Gardemaß von sechs Fuß seine Freude gehabt hätte: kein martialisches Mannsweib und auch kein blinzelnder Blaustrumpf, sondern eine teutonische Jungfrau, wie sie im Geschichtsbuch steht; nicht nur der Drachentöter Siegfried, auch mein Ahnherr Arminius hät-

te vor dieser Germania kampflos die Waffen gestreckt.
Seit ich sie im Hause ihrer Schwester Lina, der Gattin des Berliner Verlegers Franz Duncker, zuletzt gesehen hatte, ging Betty mir nicht mehr aus dem Sinn. Das war vor drei Jahren gewesen, kurz vor meinem Sprung über den großen Teich. Bei Tisch hatte ich Schwierigkeiten gehabt, der Konversation zu folgen; während der gute Duncker mich als Auslandskorrespondenten für seine Zeitung *Der Volksfreund* zu gewinnen versuchte und mir anbot, meine transatlantischen Reiseskizzen als Buch herauszubringen, hingen meine Augen nur an Betty, die verlegen, mit gesenktem Kopf, an ihrer hochgeschlossenen Bluse herumnestelte, unter der sich ihr schwellender Busen hob und senkte. Selbst als Duncker mir einen Vertrag vorlegte, den ich sofort unterschrieb, wich mein Blick nicht von Betty, deren abwechselnd strahlender und strafender Blick mir tiefste Verdammnis und höchste Seligkeit zu verheißen schien. Ich lud die Damen für den nächsten Morgen zu einer Kutschfahrt ein, um Betty im Beisein ihrer Schwester einen Heiratsantrag zu machen; aber ein Telegramm, das ich bei der Rückkehr ins Hotel vorfand, machte mir einen Strich durch die Rechnung: der Prinzipal der Firma Emanuel & Söhne rief mich schleunigst nach Hamburg zurück, da sich am Konjunkturhimmel drohende Gewitterwolken auftürmten, die jedoch an Stelle von kaltem Hagel nur warme Regenschauer brachten und sich schließlich in Wohlgefallen auflösten. Falscher Alarm! Anstatt den verliebten Helden zu spielen, kehrte ich als Handlungsreisender nach Hamburg zurück, und an Stelle der

schönen Helena besaß ich nur ihr in ein Medaillon eingeschlossenes Bild, das Betty mir zum Abschied schenkte, um mir auf meiner Fahrt über die sieben Meere wenigstens *in effigie* Gesellschaft zu leisten. Das Herzklopfen, das ich in den ersten Wochen beim Betrachten der Daguerreotypie empfand, wich wachsender Distanz, je mehr ich Lola Montez näherrückte, deren Einzugsgebiet wie der magnetische Nordpol meinen Kompaß ausschlagen ließ. Erst später, als der Gesang der falschen Sirene mich in die Irre geführt und mein Schiff an der Klippe hatte zerschellen lassen, erwachte ich aus dem bösen Traum und kramte Bettys Porträt aus der Tiefe meines Koffers hervor, um es bei wechselnder Beleuchtung stundenlang zu betrachten; und obwohl sie mir drei Jahre zuvor das Versprechen abgenommen hatte, ihr Andenken nicht zu entweihen, ertappte ich mich dabei, daß ich das Medaillon wie einen Kelch an die Lippen führte, um das darin eingeschreinte Bild, trotz ihres ausdrücklichen Verbots, zu küssen – das Verbot ist bekanntlich der Motor der Lust. Anstatt die Fieberkurve meiner Leidenschaften chronologisch nachzuzeichnen anhand der täglich gemessenen Temperatur und meine Leser mit einer Geschichte zu langweilen, die jeder kennt, der die gleiche Kinderkrankheit durchgemacht hat – anders als die Masern oder die Mumps macht die erste Liebe den Patienten nicht immun –, möchte ich die folgenden Dokumente meiner Leidenschaft für sich selbst sprechen lassen, damit meine Leserinnen und Leser sich ihr eigenes Urteil bilden können. Wie alle Liebesgeschichten seit Goethes »Werther« besteht unser Roman aus Briefen, die ich mit Betty gewechselt habe, wobei mein ungehemmter Mitteilungsdrang umgekehrt proportional erscheint zur Schreibfaulheit von Betty, deren Antworten zwar kurz, aber dafür um so herzzerreißender sind. Unsere Korrespondenz, soweit sie nicht von Mäusen oder Termiten zernagt worden ist, gelangte später von St. Thomas nach Detmold und von dort ins Institut für Marxismus-Leninismus in Moskau und ins Archiv für Sozialgeschichte nach Amsterdam, wo sie von Benutzern mit gültigem Bibliotheksausweis auf Wunsch jederzeit eingesehen werden kann. Aber das gehört in eine andere Geschichte, die erst nach meinem Tode beginnt.

Elberfeld, Ende September 1855

Sie wissen, daß ich Sie liebhabe, Fräulein Betty.

Der Tag, an dem ich Sie zuerst sah, wurde ein Unglückstag für mich. Aber ich nahm mir vor, das Glück wieder einzuholen, und es ist mir gelungen, soweit dies in drei Jahren möglich ist. War es ein Wunder, daß ich Ihrer gedachte, wenn ich allein im Walde oder auf der See lag? Der Sacramento kennt Ihren Namen so gut wie der Chimborazo und die Grasfläche der Pampas.

Da komme ich endlich zurück, ich sehe Sie wieder und gerate in Angst und Unbeholfenheit, denn ich glaube, Sie sind zu schön und zu vornehm für einen Menschen, der sich mit den Äquinoktialstürmen herumzuschlagen hat, mit dem Vomito Negro und mit spanischen Kreolen.

Aber die Liebe, die ich heraufbeschwor, werde ich nicht so leicht wieder los. Vielleicht wäre es am besten, wenn Sie mir in so derber Weise den Laufpaß gäben,

daß ich nie wieder vor Ihnen erscheinen dürfte – oder glauben Sie, daß die Liebe einen Menschen zu allem fähig macht und zu allem bringen kann?
Verlieben Sie sich nicht, wenn es irgend geht. Das Verliebtsein ist eine abscheuliche Plage, bei der einem das Essen nicht mehr schmeckt und einen der Schlaf nicht mehr erquickt.
Und die Welt ist doch geschaffen, daß man lustig darauf sein soll und guter Dinge!
Ich grüße Sie, Fräulein Betty, von ganzem Herzen!

Georg Weerth

Elberfeld, Ende September 1855

Mein Herr!
Wenn Sie mich liebhaben, haben Sie darum keine Ursache, nicht lustig zu sein, das wird bald vergessen sein, und solange man mit einem Menschen, dem man gut ist, zusammen sein kann, so lange sollte man froh sein. Für die Zukunft sorgt Gott oder Ihr göttlicher Leichtsinn. Ich kann es nun einmal nicht begreifen, warum man sich die größte Freude zur größten Qual macht, ich glaube nicht an Länge, Tiefe und Höhe in der Liebe, aber ihre flüchtige Existenz kann ich nicht bestreiten.
Ich wollte Sie bitten, nicht mehr hierher zu kommen, aber wenn ich Sie in Paris sehen kann, werde ich mich freuen. Sorgen Sie dafür, daß Sie mich im Frühjahr vergessen haben, denn Sie wissen, daß ich wie eine Verdammte herumirren muß, bis ich durch keinen Menschen, aber durch den Tod erlöst werde. Das ist *mein* Spleen. Ihren Rat, mich nicht zu verlieben, werde ich leicht befolgen. Ich habe kein eigenes Herz und kein ei-

genes Feuer, wenn ich mich nicht an der Liebe anderer erwärmen kann, bin ich wie ein kalter Stein. Solange die Sonne recht voll darauf scheint, glaubt man, er sei lau, im Schatten aber erschrickt man vor seiner Berührung. Meine Schwester Bertha sagt, es sei wunderlich, daß ich Ihnen mein Bild geschenkt hätte. Aber Sie sind ja kein Leutnant oder Assessor, der das für eine Liebeserklärung hält. Auch habe ich immer geglaubt, wir seien Verwandte, und habe Sie darum ohne Bedenken bei Ihrem Vornamen genannt, war das unpassend?
Um Gottes willen, wenn Sie hierher kommen (was ich lieber nicht hätte, aber Bertha wünscht es), tun Sie, als ob ich nicht in der Welt wäre. Und lassen Sie Ihr Herz nicht mit Ihrer Zunge verkehren. Berthchen hört nicht auf, mir zu sagen, daß ich gewissenlos bin. Sie glaubt, jeder Mann wäre imstande, zehn Jahre für seine Auserwählte zu schwärmen wie ein einfältiger Gymnasiast. Einen schönen Gruß –

Betty

Düsseldorf, 30. September 1855

Liebe Betty!
Es versteht sich von selbst, daß ich Dich so und nicht anders anrede, und ich rechne darauf, daß Du ein Gleiches tust. Ich habe Dir keine Liebeserklärung gemacht, weil Du mir Dein Bild geschenkt und mich freundlich behandelt hast, sondern weil mich der Gedanke an Dich seit drei Jahren unablässig verfolgt.
Dein Brief von heute morgen, statt mich, wie ich fürchtete, total zu vernichten, hat mich in lautes Entzücken versetzt. Ich liebe Dich toller als je zuvor, denn ich sehe, daß Du die genialste und liebenswürdigste

Person bist, die ich je gekannt habe, und ich bin stolz darauf, daß ich so tollkühn war, auf Dich loszustürmen. Wenn Du morgen einen Leutnant oder Assessor zum Manne nähmst, so würde ich mich abscheulich grämen, weil ich wie die meisten Menschen bis zu einem gewissen Grade eitel bin. Aber daß sich eine Dame jeden Mann vom Halse hält, finde ich so natürlich, wie es mir früher auch nie in den Sinn gekommen ist, an Heirat zu denken.

Ob und wann ich Dich vergessen werde, weiß ich nicht. Einstweilen habe ich meine Liebe zu Dir in Permanenz erklärt, und ich stelle es Gott und meinem Leichtsinn anheim, ob ich mit Dir oder einer andern glücklich werde.

Dein Bild habe ich eben von Severin abgeholt und freue mich über die königliche Figur. Nimm Dich in acht, daß die Götter nicht vom Olymp herabsteigen, wenn Du nach Griechenland fährst.

Wie man so grenzenlos elend am Morgen und so heiter am Abend sein kann, das verstehe ich selbst noch nicht recht. Ich folge Dir mit freudiger Bewunderung; noch lieber wäre es mir, wenn ich Dich in den Arm nehmen und küssen könnte. Jedenfalls liebe ich Dich! Dein

Georg Weerth

Detmold, 2. Oktober 1855

Liebe Betty!

Ich sitze bei meiner siebzigjährigen Mutter im stillen Detmold. Die Herbstsonne bricht durch die gelbgrünen Lindenblätter und zittert auf den Blumen des Teppichs. Ein paar leichtfertige Fliegen und ein Kanarienvogel machen das einzige Geräusch.

In dieser frostigen Nüchternheit lege ich die Hand aufs Herz und gestehe mir, daß ich von meiner Liebe zu Dir leider noch nicht kuriert bin, nein, daß es mir im Gegenteil vorkommt, als finge ich erst an, Dich zu lieben.
Ich habe mir immer eine Frau gewünscht, die mir imponierte, vor der ich heiligen Respekt haben könnte. Da ich eine solche nie fand, so küßte ich alle Weiber nur einmal, und alle Bemühungen meiner Freunde, aus einer meiner Liebschaften Ernst zu machen, sind umsonst gewesen.
Unbegreiflich ist es mir, weswegen ich mich so unwiderstehlich zu Dir hingezogen fühle. Du bist lange nicht so schön wie viele meiner spanischen Freundinnen. Deine Figur ist königlich, aber es fehlt ihr eine gewisse Anmut. Dein Mund ist zu groß, und Dein Blick entzückt abwechselnd und versteinert.
In vergangener Nacht träumte ich, Du wärst eine Giftmischerin. Wir waren erst 14 Tage verheiratet, und schon wolltest Du mir Blausäure in den Kaffee mischen und mich im Schlafe erdrosseln – vergifte und erdrossele mich! Es ist mir recht.
Die Alte Welt ist mir zuwider. Alle meine ernsten Anstrengungen in der Literatur, in der Politik, im Handel sind zunichte gemacht worden, und was das Schlimmste ist, ich hatte Ursache, meine besten Freunde zu verachten; früher oder später ertappte ich jeden bei einer kleinen oder großen Niederträchtigkeit. Mit wenigen, sehr edlen Ausnahmen sind sie alle Schufte oder Philister.
Dann ging ich nach Westindien und habe zum ersten Mal in meinem Leben vollständig reüssiert. Ich bin

dem Schicksal dankbar dafür; ich gehe nach Westindien zurück. Materielle Prosperität ist mir Notwendigkeit, und mein Herz erfreut sich an der großartigen Natur, am Sonnenhimmel der Tropen. Trotz alledem wurzle ich mit tausend Fasern in der Erde, die ich fliehe. Ich weiß, daß ich nur an die Alte Welt denken werde, während ich in der Neuen wohne. In meiner Liebe zu Dir hat sich meine Schwärmerei für die Alte Welt verkörpert. Du bist für mich das Rätselhafte, die Sphinx der Alten Welt, das Heidentum und das Christentum, die Geschichte der Vergangenheit und der glühende Genuß des ewig Schönen.

Ich erschrecke vor Dir, und ich liebe Dich zu gleicher Zeit, und ich kann nicht von Dir lassen.

Wenn Du meine Frau werden willst, so behalte Dein Geld; Du lebst sechs Monate jedes Jahr in Europa und tust dort, was Du willst. Die andern sechs Monate kommst Du nach Westindien und lebst mit mir. Ich werde mein tolles Umherirren aufgeben und alle meine Anstrengungen auf Havanna konzentrieren. Ich verdiene schon jetzt dort ein Minimum, das dem Gehalt eines preußischen Generals oder Ministers mehr als gleichsteht, und ich glaube, daß es mir möglich sein wird, in zehn Jahren ein Vermögen zu machen und damit nach Europa zurückzukehren.

Ich werde dann die erste Liebhaberei meiner Jugend, die Literatur, wieder aufnehmen; ich fühle, daß ich geistig frisch bleiben werde bis an meinen Tod, ich werde immer lieben, immer hassen können, meine ganze Natur ist Anti-Philister, und in den Jahren, wo gewöhnliche Schriftsteller erlöschen, werde ich erst die Bühne betreten und zwar, ich weiß es, mit Erfolg.

Dies sind meine unumstößlichen Pläne; ich habe kein Geheimnis vor Dir; meine ganze Seele gehört Dir.
Ich will Dir nicht zur Last fallen oder Dich ennuyieren. Du kannst tun und lassen was Du willst. Aber wenn es in Deine Reisepläne paßt, erlaube mir, Dich in Paris wiederzusehen.
Ich wünsche Dir Sonnenschein und Vergnügen am Rhein und bleibe Dein aufrichtig ergebener

Georg Weerth

Haus Ahr bei Wesel, 6. Oktober 1855
(Samstag abend)

Mein Herr!
Ich wußte, daß Sie mir schreiben würden, und hatte mit Ungeduld Ihren Brief erwartet. Er hat mich traurig gemacht. Nun bilde ich mir ein, einen sicheren und genauen Gradmesser für die Gefühle anderer an mir selbst zu haben, und viel oder wenig Worte machen mich nicht irre in der Beurteilung der mir entgegengetragenen Liebe. Daß ich an Ihre Neigung nicht recht glaube, obgleich diese mir Freude macht, konnten Sie aus meiner leichtfertigen Antwort ersehen.
Sie lieben mich nicht, Sie haben sich bloß vorgenommen, mein Herz zu erobern, weil man Ihnen sagte, das sei mühsam, wenn auch nicht der Mühe wert. Ich bin nicht eitel, so sehr ich auch den Anschein haben mag, es zu sein, denn ich weiß, daß mein Gesicht keinen Menschen mir gewinnen kann, ich bin nicht schön, nicht hingebend, und wer mich nicht kennt, wird wenig für mich empfinden.
Wenn Sie eine Frau suchen, nehmen Sie sich eine schöne Frau. Ich dachte, einen Mann durch mein Äußeres

zu fesseln, aber selbst wenn die Liebe mich verklärt, bleibe ich, wie ich bin, grau und unschön, ein Leuchtwürmchen in zu großer Ausgabe, das im Dunkeln glüht, um dem einsamen Spaziergänger im Walde lieb und freundlich zu erscheinen.
Als ich Ihren Brief gelesen hatte, versetzte ich mich im Geiste in Ihre neue Heimat. Ich sah mich da sitzen, blaß und traurig, und fühlte, wie mein Herz sich verkrampfte, so daß ich nicht wußte, war ich es, die da so eingeschnürt war, oder nur ein Traumbild?
Sie glauben wohl, daß ich nicht so viel Liebe nötig habe, wie ein Ehemann aufwenden kann, oder Sie wissen, daß Sie mich nicht lieben können. Würde ich ja zu Ihrem Vorschlag sagen, bräuchten Sie mir nicht sechs Monate des Jahres zu schenken; wenn ich Sie liebhätte, wollte ich immer bei Ihnen sein, und Ihre Heimat wäre mir so teuer, als wäre ich da geboren und hätte geträumt, gehofft und geglaubt, wie ich es hier in jungen Jahren getan.
Ich kenne keinen vernünftigeren Grund, der mich veranlassen könnte, mein einsames Leben aufzugeben, als die Liebe. Das klingt lächerlich, wenn man 24 Jahre alt ist und wenn man beinahe sicher weiß, daß Liebe ein Märchen ist, aber es ist das einzige Märchen, das ich mir gern vorerzähle.
Wann ich abreise, weiß ich noch nicht. Vielleicht sehen wir uns in Paris zum letzten Mal. Wenn Sie mir noch einmal schreiben wollen, so tun Sie es. In Paris haben Sie mich nach zwei Tagen vergessen, und das verdenke ich Ihnen nicht. Ich bin so treulos wie die Welle oder der Wind, und weil die Ehe die Ewigkeit ist, fürchte ich mich vor der Ehe wie vor der Ewigkeit. Eine Frau

hat wenigstens ein Gewissen, aber ein Mann erachtet solches für Torheit und pflanzt lieber lustige bunte Blumen auf das Grab der ehelichen Treue.

»Ich möchte darum mein Lebtag nicht lieben,
Sollte mich Verlust zu Tode betrüben.«

Adieu, lieber Georg. Seien Sie recht gut gegen Ihre alte Mutter, ich bin bange, Sie verehren Sie nicht genug. Hätte ich eine Mutter, sie sollte eine glückliche Frau sein. Und die Ihre ist zu Ihnen so zärtlich und nachsichtig, verlassen Sie sie nicht zu schnell, und denken Sie nicht an andere, wenn Sie bei ihr sind. An mich dürfen Sie ruhig denken, denn trotz aller Verkehrtheit bin ich der Achtung eines Mannes würdig.

Ich meine, Ihre Mutter hätte im Sessel gesessen und geschlafen, als Sie mir schrieben, mit einem Buch auf dem Schoß. Sie haben Ihr doch ein Kissen und ein Fußbänkchen gebracht?

Ich habe Ihnen gesagt, daß ich Sie beim Vornamen genannt habe, weil Sie mein Verwandter sind, aber da Sie nicht mein Vetter sind, darf ich Sie nicht länger duzen. Ich bin sehr sparsam mit Vertraulichkeiten und finde, daß die Zunge hinter dem Gefühl zurückbleiben sollte. Ich weiß, daß Sie mir jetzt böse sind, was ich nicht bedaure. Werden Sie schnell wieder gut Ihrer

Betty

Detmold, 9. Oktober 1855

Liebe Betty!

Da meine Zunge nicht hinter meinen Gefühlen zurückbleiben kann, so verzeihe, daß ich Dich wie bisher anrede. In Gegenwart anderer werde ich Dich wieder Fräulein Betty oder Fräulein Tendering nennen. Ge-

stern abend erhielt ich Deinen Brief. Ich weiß nicht, wie oft ich ihn durchgelesen habe. Warum Du an meiner Liebe zweifelst, verstehe ich nicht. Hoffentlich hältst Du mich nicht einer solchen Niederträchtigkeit für fähig, daß ich Dich nur aus Caprice lieben sollte. Es ist ein niederdrückendes Gefühl, von allen Seiten, sogar von Deiner Schwester Bertha zu hören, Du seist kalt wie ein Stein, unverwundbar, und ich sei ein Tor, das Unmögliche zu versuchen.
Vor drei Jahren sagte mir Deine Schwester Lina mehr oder weniger dasselbe. Ich besuchte sie damals in Berlin, und als ich aus der Stadt herausfuhr, habe ich zum ersten Mal in meinem Leben vor Liebe geweint wie ein sentimentaler Esel. Nicht die Überzeugung, daß die Leute recht hätten, wenn sie Dich kalt, stolz und unverwundbar nannten, machte mich damals so unglücklich, sondern die Unmöglichkeit, in Deiner Nähe zu bleiben. Die Folge war, daß ich total gleichgültig gegen alles wurde, was mir auf meiner großen Reise passierte. Im gräßlichsten Sturme habe ich ruhig meine Zigarren geraucht; ich warf die am Fieber Gestorbenen über Bord oder begrub sie, ohne an den Tod zu denken, und ich bin über die Kordilleren geritten und in das Herz der Wildnis gedrungen, als machte ich einen Spaziergang.
Ist es Leichtsinn gewesen oder der Wunsch, Dich als eine Unerreichbare zu vergessen? Ich weiß es nicht; aber ich scheue mich nicht, Dir zu gestehen, daß ich dreimal versucht habe, eine andere zu lieben. Das eine Mal war meine Angebetete bereits verlobt, die beiden andern Aventüren brach ich im Momente der Entscheidung ab und dachte nur noch an Dich. Ich war im Begriff, das erste beste Frauenzimmer zu heiraten, um

die ewige Qual um Dich loszuwerden. Da erhielt ich einen Brief von Lina und konnte der Versuchung nicht widerstehen, zu Dir zu eilen.

Wenn ich es wagte, um Deine Liebe zu bitten, so geschah es nicht, weil ich glaubte, alle Deine Wünsche erfüllen zu können, im Gegenteil, ich nahte Dir mit Angst und Beben. Aber ich hoffte, daß Du meine Fehler mit meiner Liebe entschuldigen könntest und daß Du Dich von der Behaglichkeit der Alten Welt trennen würdest, um neue Sprachen, neue Menschen und einen neuen Weltteil kennenzulernen. Ich weiß, daß das junge Amerika in mancher Weise hinter dem alten Europa zurück ist. Aber Du wirst auch drüben Menschen Deiner Sprache finden, die Dir gefallen, und wenn Du einst nach Europa zurückkehrst, wirst Du Dich freuen, Deine Jugend in einer Welt verlebt zu haben, die vom Alter nicht erobert wird.

Deine Liebe allein wäre hinreichend, um mich glücklich zu machen und jeden anderen Gedanken aus meinem Herzen zu verbannen. Ich lache Dich daher aus, wenn Du von Untreue sprichst.

Tu, was Du nicht lassen kannst. Ich schließe die Augen vor allen Konsequenzen. Aber ich mag nicht daran denken, daß ich zum zweiten Male in See gehen soll, ohne zu wissen, wofür. Das Leben ist leer, traurig und unbefriedigend, wenn es keinen höheren Zweck hat. Von Herzen Dein

Georg

P.S. Es ist sehr verständig, daß Du Dich vor Vertraulichkeiten in acht nimmst. Ich habe mich so sehr in diesen Ton hineingeredet, daß ich nicht mehr herauskann. Ich hoffe auf Dein Verzeihen.

Paris, Freitag Nachmittag, 26. Oktober 1855

Lieber Georg!

Da ich jetzt doch nichts tun kann, als an Sie denken, will ich auf gut Glück Ihnen schreiben, auch wenn diese Zeilen nie in Ihre Hände gelangen sollten. Sie haben mir mehrmals vorgeworfen, daß ich Sie in meine Nähe gelassen habe, ohne Sie wegzuschicken. Gewiß hatte ich unrecht, und es ist schwach und feige von mir, ein Verhältnis nicht zu brechen, das einem andern Menschen zur Pein wird.

Vielleicht hätte ich Sie geliebt, wenn Sie nicht meinen Besitz gewollt hätten, aber eine endgültige Verbindung ängstigt mich, denn in meinen Gefühlen ist keine Kraft, keine Dauer. Ich bin ein wunderliches Geschöpf, halb wissen Sie das. Ich habe oft eine weiche Regung gefühlt, aber bei der geringsten Berührung zieht sich mein Herz zusammen. Nur im Geheimen, von niemanden belauscht, kann ich an Liebe denken. Sie sehen, ich bin ganz unbrauchbar für die Ehe und die Gründung eines Hausstands.

Seit Sie uns in Elberfeld verließen, habe ich acht Tage lang und länger an nichts als an unser Wiedersehen gedacht. Als Sie aber ernstlich von Heirat und ewiger Verbindung sprachen, war ich wie umgewandelt. Ich kann nicht lieben wie andere Menschen, ich kann nichts geloben und versprechen, und was meiner Natur widerstrebt, dazu soll mich kein Schwur zwingen. Warum können Sie nicht Freude an mir haben, ohne mich besitzen zu wollen? Ein Mann sollte nicht die Frau heiraten, die er liebt, von ihr erwartet er einen Himmel an Glückseligkeit, und wenn er weiß, sie ist ein Weib wie andere, wird er kaltherzig und unglücklich.

Eben, lieber Georg, bekomme ich Ihre Zeilen. Ich möchte mich ausweinen an Ihrer Brust. So gehen Sie weg von mir, so ohne Zorn und ohne einen Blick. Warum kann ich Sie nicht trösten, warum bin ich so elend und unmenschlich! Sie verdienten meine ganze Liebe, Sie verdienen das beste Los, aber ich habe Ihnen ja oft gesagt, daß etwas Wundes, Wehes, Schmerzendes in mir ist, wie der Keim zu ewigem Unglück, das mich zurückhält, wo meine Lebenslust mich weit wegtragen möchte.
Ihr Kummer schmerzt mich. Wenn ich könnte, wie ich wollte, würde ich Sie so liebhaben, wie Sie nicht ahnen, daß man lieben kann, aber ich bin ein armes, leeres Geschöpf. Gott wollte, daß ich tot wäre! Meine einzige Sehnsucht ist das stille Grab.

Betty

P.S. Ich schreibe Ihnen nach England. Meine Adresse füge ich bei. Sagen Sie mir, wann Sie abreisen, und ob Sie mich noch sehen wollen.

Paris, 12 Uhr, Freitag, 26. 10. 1855

Liebe Betty!
Alles, was ich Ihnen sagte, war die reinste Wahrheit.
Ich habe Sie aufrichtig geliebt, und ich liebe Sie bis zur Stunde. Aber ich bin unglücklich, ich fühle es; ich bin Ihnen gleichgültig. Es ist nicht leicht, auf das Liebste, was man im Leben hat, zu verzichten. Ich will es versuchen, denn ich erwarte nicht, daß ich noch einmal von Ihnen hören werde.
Das ist eine kurze Freude gewesen. Sie sind jetzt glücklich und guter Dinge.
Sollten Sie einmal traurig sein, so denken Sie daran,

daß ich Sie liebhabe. Ich hatte Ihnen gestern meine Adresse aufgeschrieben; ich lege den Zettel bei. Von Herzen Lebewohl! Ihr

G. W.

Manchester, 2. November 1855

Liebe Betty!

Ich weiß nicht genau, was ich Ihnen gestern geschrieben habe. Hoffentlich nichts, was Sie verletzen könnte oder was Ihnen unangenehm war. Der Gedanke an Sie erfüllt mich ganz, und ich lasse mich gehen, wohin mein Herz will.

Wahrscheinlich habe ich Ihnen nicht einmal für Ihren letzten Brief gedankt, der trotz allem so viele liebenswürdige Stellen hat, daß ich entzückt davon bin.

Die Augenbrauen brauchen Sie nicht zu färben. Sie sind so schön genug, und ich sehe mich oft erschrokken auf der Straße um und denke, ob Sie mir nicht in Ihrer weißen Bärenmantille begegneten. Den alten, kranken Heine habe ich nicht in Paris besucht, was mir jetzt leid tut. Sie allein sind schuld daran! Wenn ich bei Ihnen war, dachte ich nicht an kranke Poeten, und wenn ich allein war, fiel ich in Trübsal und mochte niemanden sehen. Sie müssen wieder gutmachen, was Sie verschuldet haben!

Haben Sie die Güte, auf die Redaktion der *Revue des deux mondes* zu schicken und sich nach der jetzigen Wohnung Heines zu erkundigen. Gehen Sie dann zu dem kranken Poeten, lassen Sie die einliegenden Zeilen abgeben und verlangen Sie Audienz. Erschrecken Sie nicht, wenn Sie einen kranken, halb blinden Mann sehen. Sie sind ja auch auf der Morgue nicht erschrocken.

Sagen Sie ihm, daß ich ihn liebe und verehre, und sagen Sie ihm, daß Sie ihn ebenfalls lieben und verehren. Fassen Sie seine wunderschöne weiße Hand, die so wunderschöne Sachen geschrieben hat, und wenn Sie fortgehen, küssen Sie dem armen Teufel die Hand, er wird sich darüber freuen.
Ich hoffe, Sie haben Zeit, meine Bitte zu erfüllen.
Herzlichen Gruß, liebe Betty!

G. W.

Manchester, 2. November 1855

Geehrter Herr!
Ich war neulich in Paris und habe jetzt große Gewissensbisse, daß ich Sie nicht besuchte.
Da es Ihnen lieber sein wird, eine schöne, junge Dame bei sich zu sehen als einen langweiligen Kerl, so habe ich Fräulein Betty Tendering, meine Cousine, die auf einer Reise nach Italien gerade in Paris ist, gebeten, zu Ihnen zu gehen, um Ihnen meine Grüße zu überbringen und sich nach Ihrem Befinden zu erkundigen.
Ich möchte so gern etwas von Ihnen hören, ehe ich wieder über den Atlantik gehe.
Erfüllen Sie meinen Wunsch und halten Sie mich für Ihren aufrichtig ergebenen

Georg Weerth

Paris, Sonntag, 3. November 1855

Lieber Georg!
Was nennen Sie ein Herz? Weil ich ein Herz habe, ein eigenes, warmes, reines und mir bewußtes Herz, *darum* verschmähe ich es, einem unvollkommenen Gefühl

den Namen zu geben, den Sie täglich nennen hören. Weil ich meine Kraft kenne und weiß, daß ich nicht liebe wie andere, daß ich mich nur einmal geben kann, einmal ganz, ohne Rückhalt und Bedenken, deshalb mag ich nicht teilen, was ich habe; und wenn ich nicht finde, wohin meinen Schatz legen, will ich ihn bewahren, und gibt es einen Gott, der mir gegeben hat, was ich habe, so will ich ihm lieber unbefleckt zurückbringen, was mein einziges Gut ist, als es zu entehren.

Das ist meine Weiblichkeit und meine Tugend, und ich werde den Mut haben, allein zu bleiben, verkannt, verurteilt, ehe ich eine Lüge sage und ohne volle und ganze Liebe einen Teil von mir weggebe. Mein einziger Wert liegt in meinem Herzen, aber ich höre mich täglich kalt und gefühllos nennen und nenne mich selbst so, denn, wie Sie sagen, ich bin klug, und ein kluger Besitzer ruft nicht aus, wo sein Reichtum liegt, denn er könnte geplündert und ohne Achtung behandelt werden.

Mein Wächter, mein Schatz, alles, was Vater und Mutter, Freund oder Beschützer für andere sind, das ist mein Stolz, und der ist so hart wie Diamant, und wer mir nicht glauben will und mir nicht vertraut, der kann auch keine Gemeinschaft mit mir haben.

Ich habe oft unrecht getan, ich habe meinen Schatz glänzen lassen und im Übermut mit fremden Herzen gespielt. Aber ich habe nie über wahre Liebe gelacht, und wenn mir jemand vertraut und mich würdig gefunden hat, mir sein Herz zu schenken, so hat mich das schwach gemacht, und ich habe gelacht und bin sanft geworden, um zu geben, was ich geben durfte,

meinen Dank, mein Wohlwollen, mein herzliches Vertrauen.
Wenn Sie mir sagten, Sie fürchteten, mich nicht unterhalten zu können, Sie glaubten, die Entfernung aus der Heimat würde mir schwer! Wissen Sie denn nicht, daß, wenn ich liebte, ich mit Freuden Folterqualen für den Geliebten ertrüge, daß ich leiden möchte für ihn, daß mir jeder Schmerz Wollust wäre, den ich für ihn fühlte? Sie haben keine Ahnung von dem, was in mir lebt, Sie würden mich nie geliebt haben, wenn Sie mein frohes Gesicht nicht angezogen hätte.
Ich bin heute nicht gut gegen Sie. Bis jetzt hatte ich das Gefühl, Ihnen etwas schuldig zu sein, weil Sie mich liebten, heute fühle ich, daß ich viel unglücklicher bin als Sie, der Sie eine vorübergehende Krankheit haben, wogegen ich nie gesund werde.

Gestern war ich bei einem Hellseher. – Denken Sie sich, daran glaube ich! Der Somnambule sagte mir, daß meine Nerven in großer Aufregung wären. Nach einem Augenblick Bedenken nahm er meine Hand, ließ sie oft los und nahm sie wieder und sagte: »Vous êtes triste, vous êtes très mélancolique, très malheureuse, vous souffrez moralement«; das wiederholte er mehrere Male mit so großer Entschiedenheit, daß mir glühend heiß wurde.
Heute ging ich wieder dorthin. Ich fragte ihn sogleich, warum er mich unglücklich genannt hätte: »Oh, vous n'êtes pas malheureuse de position, mais de cœur et de tête.«
Ich gab ihm Ihren Brief zugefaltet und fragte, woher er käme. »Pas de France, loin d'ici, de l'Allemagne, non,

de l'Angleterre, il est à Manchester.« Ich wollte eine Beschreibung, das Alter: »Il est jeune, il a trente ans, trente trois, il a des yeux bleus, je suis fatigué, posez-moi d'autres questions.« »Eh bien, ce monsieur, était-il gai quand il écrivait la lettre?« »Non, triste, il est dans une situation pénible.« – »Quels sont les rapports entre lui et moi?« »Des rapports d'amitié, d'affection, rien de plus.«

Adieu. Morgen reisen wir von Paris ab, ich freue mich darüber, besonders seit das Wetter so finster und kalt ist, mag ich nicht mehr hier sein. Ich billige und verstehe es vollkommen, wenn Sie alles, was ich Ihnen außer meiner Liebe geben will, zurückweisen, ich würde auch so tun wie Sie. Ich fühle, daß Sie gern jede Verbindung mit mir abbrechen wollen, und kein freundliches Wort von mir soll Sie zurückhalten.

Ich will Sie nicht aufmuntern, Sie nicht mehr quälen. Sie sollen keine trostlosen Briefe mehr von mir haben.

Ich nehme einen langen Abschied von Ihnen. Es ist mein letztes Wort an Sie, denn Sie wissen wohl, daß ich Ihnen nicht schreibe, wenn Langeweile über Sie kommt. Ich danke Ihnen, daß Sie so aufrichtig sind, ich mag das leiden an Ihnen. Adieu

Betty

P.S. Sie werden jetzt verstehen, warum ich Ihnen den Kuß versagt habe. Hätten Sie mich als Freund darum gefragt, würde es anders gewesen sein, aber ich will alles, was ich einem Manne geben kann, zusammenhalten, damit nichts fehlt und ich mir nichts vorwerfen kann. Ich mag unrecht haben, aber in aller Unbefangenheit tue ich nur, was mir natürlich ist.

Marseille, 7. November 1855

Eben erhalte ich Ihren Brief. Seien Sie ruhig, liebe Betty, ich will nichts von Ihnen. Ich liebe Sie, ich bleibe Ihnen treu. Vielleicht werden Sie mich dereinst wieder lieben. Ich will heute abend abreisen. Aber ich halte vor Ihrer Tür und warte im Wagen. Soll ich zu Ihnen kommen, so werde ich kommen. Soll ich gehen, so gehe ich. Wollen Sie einen Augenblick mit mir ausfahren, so kommen Sie in meinen Wagen. Ich verspreche, daß ich nichts von Ihnen will, als Sie sehen. Ihr

G. W.

Marseille, 7. November 1855

Lieber Georg!

Soeben kommt Ihre telegraphische Mitteilung an. Sie hat mich so sehr erschreckt, daß ich nicht wußte, was ich gelesen hatte. – Ich schicke Ihnen dieses Zettelchen zum Bahnhof, damit Sie wissen, wo ich bin. Ich begreife nicht, wie Ihr Weg Sie hierher führt. Ich reise übermorgen, Freitag früh.

Seien Sie nicht böse, daß ich mich geängstigt habe, als ich die Depesche bekam, ich habe schon allen Schrekken vergessen und denke, Ihr Weg kann auch über Marseille gehen. Ich wohne Hôtel des Empereurs. Bis morgen früh.

Betty

Zwischen den Azoren und den Antillen,
Dienstag, 27. November 1855

Liebe Betty!

Wenn ich seit jenem Nachmittage in Marseille traurig war, elend und zerschlagen, so ist das kein Wunder.

Ich habe oft gewünscht, daß ich jemandem meinen Kummer erzählen könnte, aber ich habe niemanden als Sie. In Ihrer Nähe bin ich froh gewesen, glücklich, ich hatte keinen Wunsch mehr als den einen: nie von Ihnen getrennt zu werden. Aber das Schicksal hat es anders gewollt, ich soll ohne Sie leben. Ich besinne mich jetzt hin und her, was ich anfangen kann, aber die ganze Welt kommt mir langweilig und erbärmlich vor. Ich muß eine große Sünde begangen haben, daß ich so unglücklich werde, aber ich weiß nicht welche.

Ihnen selbst kann ich keinen Vorwurf machen. Sie haben recht, daß Sie Ihrer Natur folgen. Aber ich kann ebensowenig an meinem aufrichtigen Gefühl sündigen, und je mehr ich mich anstrenge, den Gedanken an Sie aus der Brust herauszureißen, desto weniger will es mir gelingen. Der letzte Gedanke, wenn ich einschlafe, das sind Sie, und am Morgen erwache ich mit Tränen in den Augen, weil ich sehe, daß mich meine Träume betrogen haben.

Es tut mir leid, daß ich in Ihrer Gegenwart so weinerlich und kindisch gewesen bin. Aber mein Herz ging mit meinem Kopfe durch. Ach, könnte ich Sie noch einmal wiedersehen, noch einmal bei Ihnen sein! Und doch wäre es mein Tod, wenn ich mich wieder von Ihnen trennen müßte!

Ihr Bild besehe ich jeden Morgen. Sie wissen, daß ich das Glas zerbrochen habe. Mehrere Male bin ich in Versuchung gekommen, Sie zu küssen, aber ich gebe Ihnen mein Ehrenwort darauf, daß ich es nicht getan habe. Ich will von Ihrem Bilde nicht, was Sie mir im Leben verweigert haben.

Aber eine Freude können Sie mir machen. Schicken Sie

mir eine von den kleinen blauen Blumen, die an Ihrem Hut stecken. Das ist eine Lächerlichkeit, ich weiß, aber Sie wollen ja, daß ich mit wenigem zufrieden sein soll.
Ich bin jetzt fest entschlossen, mit keinem meiner Bekannten in Europa ferner zu korrespondieren. Ein Brief meiner Mutter, der auf mein Zusammensein mit Ihnen Bezug hat, bestimmt mich hierzu. Als ich von Marseille wieder in London eintraf, begegnete ich nachts zwischen 12 und 1 Uhr Franz Duncker auf der Straße. Er war auf einer buchhändlerischen Reise. Ich beendigte meine Geschäfte in Manchester, schiffte mich am 17. ein und schwimme in diesem Augenblick auf meinem alten Freunde, dem Atlantik.
Es ist derselbe Weg, den ich vor drei Jahren ging. Ich hatte Sie damals zum ersten Mal gesehen und liebte Sie. Ich habe drei Jahre lang gearbeitet, und es ist umsonst gewesen. Aber ich liebe Sie heute wie am ersten Tage, und was es auf Erden gibt an zärtlicher Anhänglichkeit und an herzlichen Wünschen, ich sende es Ihnen!

Georg Weerth

St. Thomas, Westindien, 16. Dezember 1855

Liebe Betty!
Sie haben sich nicht in meiner Liebe geirrt; ich habe mir in meiner unbedingten Zuneigung zu Ihnen nichts vorzuwerfen, aber alles kommt mir jetzt wie ein Traum vor; der Nachmittag in Köln, der Tag in Bonn, die unglückselige Tour nach Elberfeld, unser Zusammensein in Paris und das Wiedersehen in Marseille – ich verstehe selbst den Zusammenhang nicht.
Hier lebe ich in den Tag hinein, betreibe meine Ge-

schäfte wie gewöhnlich, und wenn es abends kühler wird, reite ich den Strand entlang oder galoppiere ins Gebirge hinein, bis ich todmüde bin, und dann lege ich mich früh zu Bett, wie die Hühner, um weiter nichts mit Menschen zu tun zu haben. Was für eine dumme Existenz! Ob ich dazu verdammt bin, in Zukunft nur noch mit Pferden, Kaufleuten und ähnlichen Bestien umzugehen, weiß ich nicht. Nehmen Sie es mir nicht übel, wenn ich Sie langweile. Es tut mir nachträglich leid, daß ich nicht lustiger in Ihrer Gesellschaft gewesen bin. Ich lache und weine, während ich dies schreibe, und denke an die traurige Rolle, die ich in Paris in Ihrer Nähe gespielt habe. Wie heißt doch das alte Lied?

»Wer nie seine Trüffeln mit Tränen aß,
Wer nie die kummervollen Nächte
In Paris bei gutem Champagner saß –
Der kennt Euch nicht, ihr himmlischen Mächte!«

Ach, liebe, liebe Betty, könnte ich doch bei Wasser und Brot in Ihrer Nähe sein, das wäre mir lieber, als ewig Sonntag zu feiern! Ihr

Georg Weerth

P.S. Diesen Brief überbringt mein Freund, Kapitän Todd, der vor zwei Jahren so verliebt in eine junge Dame war, daß er nicht mehr nach dem Kompaß sah und sein Schiff auf die Orchilas-Felsen rennen ließ, wo es in tausend Trümmer ging. Todd ist noch Junggeselle, denn seine Geliebte heiratete einen andern. So ist der Einfluß der Liebe über die ganze Welt verbreitet!

Rom, Januar 1856

Lieber Georg!

Schon lang ist es her, daß ich Ihren ersten Brief erhielt. Zweimal habe ich angefangen, darauf zu antworten, und habe keinen Mut gehabt, gegen Ihre damals so tiefe Verstimmung anzugehen. Glücklicherweise haben Sie danach heiterer geschrieben. Ich stehe im Begriff, von Rom abzureisen, da bin ich so betrübt und schwerherzig, daß ich Ihnen wenig Gutes sagen kann. Ich habe viele frohe und viele schwere Stunden hier verlebt, Italien fängt an, mich zu fesseln. – Vergessen Sie mich ganz, ich werde sehen, wie ich das Leben zu Ende bringe, meine Jugend ist vorüber, und das Alter wird meiner armen Seele Ruhe bringen.

Sie werden mich nicht wiedersehen, obgleich ich immer meine, das wäre das beste Heilmittel – ich hoffe recht verständig zu werden, aber zum Aufgeben meines freien Sinnes ist keine Aussicht. – Wenn Sie mir von sich schreiben wollen, ist mir jeder Brief willkommen, aber ich fürchte, das fesselt Sie weiter an mich, und ich möchte Sie ganz frei sehen. Ich bin nicht imstande, etwas anderes zu schreiben, und kämpfe mit aller Gewalt gegen die Traurigkeit, die sich wie Alpdrücken mir aufs Herz legt. Adieu, adieu.

Recht freundliche Grüße trägt dieses Blatt über den großen Ozean zu Ihnen herüber, das ist eine mächtige Reise, und ich fürchte, alles verweht und verliert sich bis zu Ihnen, und Sie halten schließlich nur ein kaltes, leeres Blatt in Händen. Seien Sie froh, überlassen Sie mich meiner Trauer und meinen tollen Wünschen wie Sterben und im Himmel sein. Ihre

Betty

Mit diesem frommen Wunsch, der für mich schneller in Erfüllung ging als für Betty, endete unser Briefwechsel ebenso tränenreich, wie er begonnen hatte. Vielleicht war es besser so. Was ich in meinen Briefen an Betty wohlweislich verschwiegen hatte, war die Tatsache, daß mich bei der Rückkehr nach St. Thomas ein weibliches Wesen erwartete, mit dem ich seit Jahren ohne Trauschein, aber mit Wissen und stillschweigender Duldung der Kolonialbehörden in einem eheähnlichen Verhältnis zusammenlebte. Zwar wurden die Priester aller Konfessionen nicht müde, von der Kanzel herab gegen das Konkubinat zu Felde zu ziehen und die für Hurerei vorgesehenen Höllenqualen in den gräßlichsten Farben auszumalen, aber solche Strafpredigten nützten wenig in einem Land, wo selbst Pfarrer im Schutz der Dunkelheit die in den Sklavenquartieren gelegenen Bordelle aufsuchten; ja, man munkelte sogar, daß gewisse Patres, durch die Konfession fleischlicher Sünden erregt, es im Beichtstuhl oder hinter dem Altar mit den armen Sünderinnen trieben.

Was mich betrifft, so hatte die tropische Sonne meinen Vorrat an christlicher Moral längst aufgezehrt, und die Sittenlosigkeit der Kolonien hatte mich dermaßen verwildern lassen, daß ich im Halbschlaf nach der gestärkten Bluse des Zimmermädchens griff, das sich über mein Bett beugte, um mir das Frühstück zu servieren, und mir die Zudringlichkeit mit einer Ohrfeige vergalt. Auf diese Weise machte sie mir schlagartig klar, daß ich mich nicht in Havanna, sondern in der Hansestadt Hamburg befand, wo nicht nur der öffentliche Anstand, sondern auch das Gesetz unzüchtige

Berührungen verbot. Um so heftiger sehnte ich mich nach der Umarmung meiner kleinen Sklavin zurück, die sich mit geschickten Fingern zu meiner Favoritin hochgearbeitet und mich mit ihrer schwarzen Liebeskunst verhext hatte. – Wer aber beschreibt meine Enttäuschung, als ich nach der Landung in St. Thomas erfuhr, daß Letitia während meiner mehrmonatigen Abwesenheit ein Kind zur Welt gebracht hatte und mit dem blonden und blauäugigen Knaben ins Land ihrer Vorfahren zurück gekehrt war, nach Haïti, dessen Kaiser Faustin Soulouque allen Schwarzen die Freiheit, Weißen und Mischlinge aber den Tod geschworen hatte. Ich schlug alle Warnungen in den Wind und beschloß, Letitia heimzuholen, um sie zu heiraten und, falls sie nicht in die Ehe mit mir einwilligen würde, unser gemeinsames Kind zu adoptieren. Auf diese Weise wollte ich Ordnung in mein verworrenes Leben bringen – aber das war leichter gesagt als getan.

Ein Unglück kommt selten allein. Die von Termiten zerfressenen Dachbalken meines Hauses hatte ein Erdbeben zum Einsturz gebracht, und ein Sturzregen hatte die dort gelagerten Vorräte durchnäßt und meine Geschäftsbücher und Manuskripte unleserlich gemacht. Schlimmer als der materielle Verlust war der ideelle: das Hochwasser hatte meine transatlantischen Reiseskizzen, die Franz Duncker als Buch herausbringen wollte, noch vor der Drucklegung zu Makulatur verwandelt. Es regnete seit Tagen; Sturmböen trieben schwarze Wolken über den grauen Himmel dahin; die Wetterstationen an der Ostküste der Vereinigten Staaten sagten einen Orkan voraus; die Schiffe hatten geschützte Häfen aufgesucht und lagen festgezurrt an der Mole vor Anker. Kurz vor Ausbruch des Sturms versuchte ich, mein Gepäck an Land zu bringen; als die Kisten von Bord gehievt wurden, ließ ein Windstoß das Beiboot kentern, und Bettys Medaillon, das ich wie meinen Augapfel gehütet hatte, versank auf Nimmerwiedersehen in den Wellen. In meiner Not suchte ich Zuflucht bei meinem alten Freund Captain Todd, der mir, während der Hurrican Trommelwirbel auf das Dach niedergehen und das Haus in seinen Grundfesten erzittern ließ, seine unglückliche Liebesgeschichte erzählte. Vom Grog benebelt und ins Gespräch vertieft, hatten wir vergessen, unsere Pferde in Sicherheit zu bringen; mit starken Tauen, angeseilt wie Matrosen auf einem untergehenden Schiff, zogen wir die ängstlich wiehernden Tiere ins Innere des Hausflurs, um hier, in nasse Decken gewickelt, auf das Abflauen des Sturms zu warten.

Als wir in der Morgenfrühe fröstelnd ins Freie traten, empfing uns strahlender Sonnenschein; das Meer lag glatt, von keinem Windhauch gekräuselt, zwischen den grünen Bergen der Bucht, als sei der Orkan nur ein böser Traum gewesen. Ich schiffte mich mit meinem übriggebliebenen Gepäck auf dem Schoner meines Bremer Geschäftsfreundes Vater Gruner von St. Thomas nach Puerto Plata ein, aber das Unwetter, vor dem ich geflohen war, holte mich auch hier ein. Es donnerte und blitzte, als das Schiff im Schutz der meterdicken Mauern des von Kolumbus erbauten Forts vor Anker ging, und kurz darauf rauschte ein schier endloser Regen nieder, der meine Exkursion ins Landesinnere in eine gefährliche Rutschpartie verwandelte. Während ich auf verschlammten Pfaden zwischen Zuckerrohr- und Tabakfeldern dahinritt, wurde ich alle Augenblicke von Regengüssen durchnäßt und war einem ständigen Wechselbad von Hitze und Kälte ausgesetzt; sobald der Regen aufhörte, stürzten sich Schwärme von Moskitos mit freudigem Gesumm auf mich und mein Pferd. Das brave Tier setzte sich mit Bocksprüngen gegen die Plagegeister zur Wehr und deponierte mich in einem Schlammloch oder in der stachligen Umarmung eines Kakteenbuschs, aus dem ich blutig zerschunden oder lehmverkrustet wieder hervorkroch, um das entlaufene Pferd mit dem Lasso einzufangen. Der Regen hatte aber auch sein gutes: die ausgetrockneten Bachbetten schwollen zu reißenden Flüssen an und spülten die in den Bergwäldern gefällten Baumstämme ans Meer, wo ich das Tropenholz billig aufkaufte und auf einen vor der Küste ankernden dänischen Frachter verladen ließ. Mit dem Erlös dieses Handels mietete ich eine Barkasse, die mit einer Ladung Salz von der britischen Bahamainsel Inagua nach Cap Haïtien unterwegs war; für die Dauer des Krieges zwischen der Dominikanischen Republik und Haïti war die Grenze zwischen beiden Ländern geschlossen und das Anlaufen haïtianischer Häfen nur unter neutraler Flagge segelnden Schiffen erlaubt.

Jemand mußte mich verleumdet haben, denn nach der Landung in Cap Haïtien wurde ich ohne Angabe von Gründen verhaftet und in ein von Schmutz starrendes, nach saurem Urin und süßem Schweiß stinkendes Gefängnis gesperrt, in dem mir, außer Dieben und Mördern, nur Ratten und Kakerlaken Gesellschaft leisteten. Durch Bestechung eines Wärters gelang es mir, mit dem britischen Konsul Kontakt aufzunehmen, einem Hannoveraner namens Boden, der mich mit Dollars freikaufte.

»Dieses Land ist eine Schweinerei«, sagte Herr Boden, als er mich in seiner viktorianischen Villa empfing, wo ich zum ersten Mal seit Wochen ein Bad angerichtet und warmes Essen serviert bekam. »Das einzige Recht, das die Untertanen des Kaisers Soulouque noch haben, ist das Recht zu sterben, aber der natürliche Tod ist ein Privileg, das wenigen Auserwählten vorbehalten bleibt, und die Entscheidung darüber, ob er seine Untertanen aufhängen, erschießen, langsam zu Tode quälen oder im Gefängnis bei lebendigem Leib verfaulen läßt, diese Entscheidung behält sich Seine Majestät Faustin I. höchstpersönlich vor. In Haïti ist alles verboten, sogar das Spazierengehen und das Atmen; wer sich in Gegenwart des Kaisers räuspert oder in Sichtweite seines Palasts vorbeigeht, ohne den Hut zu ziehen, begeht einen Akt der Majestätsbeleidigung, der mit dem Tode bestraft wird. Der Kaiser steht den ganzen Tag hinter der Gardine und beobachtet durchs Fernrohr die umliegenden Straßen, um Zuwiderhandelnde auf der Stelle füsillieren zu lassen. Für Ihren Besuch haben Sie sich den denkbar ungünstigsten Zeitpunkt ausgewählt. Seit einem Menschenalter führt Haïti Krieg gegen sein Nachbarland, die Dominikanische Republik. Diese Feldzüge haben unermeßliches Leid über die Bevölkerung gebracht, aber der letzte Krieg war der schlimmste, weil er nicht mit dem Sieg, sondern mit der Niederlage der Haïtianer endete. Die zahlenmäßig überlegene Armee des Kaisers Soulouque wurde auf dem Marsch nach Santo Domingo in einen Hinterhalt gelockt und von der Bürgerwehr des Generals Santana vernichtend geschlagen; bei ihrer überstürzten Flucht ließen die Angreifer Tausende von Toten und Hunderte von Pferden und Kanonen auf dem Schlachtfeld zurück. Die Einwohner von Port-au-Prince erwarteten mit Bangen die Rückkehr der geschlagenen Armee, die der rachsüchtige Kaiser Soulouque persönlich befehligt hatte. Nicht nur die einheimische Oberschicht, auch ausländische Kaufleute und Konsuln fürchteten um ihr Leben, weil interessierte Kreise das Gerücht verbreiteten, der Sieg der dominikanischen Truppen sei auf Waffenlieferungen aus dem Ausland zurückzuführen. Nach seiner Ankunft in Port-au-Prince lud Soulouque die Notabeln der Stadt und die Mitglieder des diplomatischen Corps zu einem Dankgottesdienst ein, dem die Festgemeinde mit gemischten Gefühlen entgegensah; beim letzten *Te Deum* hatte er die Kathedrale von Soldaten umzingelt und die Kirchenbesucher massakrieren lassen. Diesmal kam es anders: von der mit Blumengirlanden und Fahnen geschmückten Kanzel herab verkündete Soulouque den erstaunten Zuhörern, die haïtianische Armee habe einen glänzenden Sieg errungen; die Soldaten des Feindes hätten wie Hasen Reißaus genommen und das Territorium der Dominikanischen Republik sei mit Leichen übersät. Weil er den Verwesungsgeruch nicht länger habe ertragen können, sei er an der Spitze seiner Truppen nach Port-au-Prince zurückmarschiert und habe Pferde und Kanonen vor den Toren von Santo Domingo in Stellung gehen lassen, um die Stadt zu belagern und ihre Bewohner in Schach zu halten. Nach

Beendigung der Regenzeit werde er den siegreichen Feldzug fortsetzen, den er nur vorübergehend unterbrochen habe, um im eigenen Hause Ordnung zu schaffen. Es sei ihm nämlich zu Ohren gekommen, daß hinter seinem Rücken am Sieg seiner Truppen gezweifelt und Gerüchte ausgestreut würden, die darauf abzielten, das gute Einvernehmen Haïtis mit dem Ausland zu stören; die Teilnehmer der staatsfeindlichen Verschwörung würden streng bestraft.

Um ein Exempel zu statuieren, befahl Soulouque, alle politischen Gefangenen, unter ihnen Mitglieder der angesehensten Familien der Stadt, von denen er stets ein paar Dutzend auf Vorrat festnehmen ließ, im Morgengrauen zu exekutieren. Nach dieser Anordnung zog sich der Kaiser grollend in seine Gemächer zurück und war für niemanden mehr zu sprechen. Während das Gericht zusammentrat, um die Todesurteile zu bestätigen, mußten die Angeklagten im Garten des Palasts ihre eigenen Gräber ausheben. Vergeblich beschwor der päpstliche Nuntius, sekundiert von den Botschaftern Frankreichs und der Vereinigten Staaten, den Gerichtsvorsitzenden, einen Voodoopriester namens Gros-Malice, die Hinrichtungen in Haftstrafen umzuwandeln oder ihre Ausführung bis zur Revision der Urteile in zweiter Instanz aufzuschieben. ›Das Wort des Kaisers ist für mich oberstes Gesetz‹, sagte der Gerichtsvorsitzende, ›aber ich scheue trotzdem keine Mühe, um der Gerechtigkeit zum Sieg zu verhelfen, auch wenn mich dies noch so viel Zeit und Geld kosten sollte.‹ Im Lauf der Nacht wurden zahlreiche Schatullen mit Geld und Schmuck im Hause des Vorsitzenden abgegeben, die dieser, mit Steinen gefüllt an

Stelle der Edelsteine, als Indizienbeweise dem Gericht vorlegte. Alle Angeklagten wurden summarisch zum Tode verurteilt, auch diejenigen, die sich an dem Bestechungsversuch nicht beteiligt hatten, und im Morgengrauen im Garten des Palasts erschossen, vor den Augen des Kaisers, der die Exekution durchs Opernglas beobachtete und erst wieder die Gardine zuzog, als die Hunde das frisch vergossene Blut von den Kieswegen leckten.«

Nachdem ich mich mit einem Bad erfrischt und mit einer Mahlzeit gestärkt hatte, begleitete der Konsul mich zum Zoll, um die Freigabe meines Gepäcks zu erwirken, das wegen angeblicher Seuchengefahr im Hafen unter Quarantäne gestellt worden war. Der Zollinspektor, Monsieur Le Comte du Haut du Cap, schlief im Innern eines leeren Rumfasses, das er allein ausgetrunken zu haben schien, seinen Rausch aus; nachdem wir ihn mit Mühe wachgerüttelt hatten, erklärte er sich für nicht zuständig und schickte uns zum Hafenmeister, Baron de Fémur de Caracol; nicht zufrieden damit, daß Kaiser Soulouque ihm einen Adelstitel verlieh, hatte der Baron seinem Namen ein zweites *von* hinzugefügt, um sich von der noblen Plebs Haïtis zu unterscheiden. Wir trafen ihn im Schatten eines Mangobaums dösend an, wo er in der Mittagshitze Siesta hielt; ohne seine Hängematte zu verlassen, verwies er uns an seine Vorgesetzten, den Gouverneur und den Stadtkommandanten, und war auch durch die Drohung, dem Kaiser von der Pflichtvergessenheit seiner Beamten zu berichten, nicht zu weitergehenden Auskünften zu bewegen. »Derrière morne c'est morne«:

die Berge von Haïti sind hoch, und der Kaiser ist weit weg – mit diesen von Herrn Boden gedolmetschten Worten drehte er sich in seiner Hängematte um und schlief weiter.
Die höchsten Autoritäten von Cap Haïtien, Son Excellence Impériale le Duc de Limonade et Son Altesse Royale le Prince de Marmelade, empfingen uns, umgeben von einem Hofstaat kollernder Truthähne, mit einem umständlichen Zeremoniell, das besser ins Schloß von Versailles gepaßt hätte als in einen haïtianischen Hühnerhof. Während der Audienz hatte ich Gelegenheit, ihre mit Orden und Epauletten übersäten Uniformen zu bewundern, die aus den Arsenalen sämtlicher europäischer Armeen zusammengestoppelt waren: während der mit wallenden Hahnenfedern geschmückte Hut des Herzogs von Limonade seine gallische Herkunft verriet, schien die Bärenfellmütze des Fürsten von Marmelade aus Rußland zu stammen, ebenso wie sein dicker wollener Rock, der, besser für sibirische Winter als für tropische Temperaturen geeignet, der Exzellenz den Schweiß auf die Stirn trieb; die Säbel und Bajonette, die beide mit sich herumschleppten, schienen aus dem Fundus der Wiener Oper nach Westindien gelangt zu sein.
Da man mir einmal erlaubt habe – mit diesen Worten eröffnete Konsul Boden die diplomatischen Verhandlungen –, den Boden des Kaiserreichs Haïti zu betreten, dürfe man mir meine Hemden und Hosen nicht länger vorenthalten, denn auch Fremde müßten die Gesetze ihres Gastlandes befolgen, und wer in Haïti nackt herumlaufe, verstoße damit gegen ein kaiserliches Dekret; und er überreichte dem Gouverneur ei-

nen schriftlichen Protest, der diesen sichtlich in Verlegenheit brachte, da er weder lesen noch schreiben konnte. Nachdem der Fürst von Marmelade die Bärenfellmütze abgenommen und sich den Schädel gekratzt hatte, beschied er uns, zu warten, und zog sich mit seinem Untergebenen, dem Herzog von Limonade, zur Beratung zurück. Nach einer halben Stunde tauchte er wieder auf und verkündete triumphierend, wir hätten uns geirrt, denn als Magistratsbeamter sei er verpflichtet, den Buchstaben und nicht den Geist des Gesetzes zu befolgen, und weder im Code Napoléon noch in den Dekreten des Kaisers Soulouque sei von Taschen und Koffern die Rede. Gegen ein geringes Entgelt, das es ihm erlaube, die Verpflichtungen seines hohen Amtes besser zu erfüllen, sei er jedoch bereit uns entgegenzukommen und meinen Wünschen sobald wie möglich zu entsprechen. Wie wir vielleicht bemerkt hätten, seien seine Schuhe löchrig und abgelaufen bis auf die Sohlen – ob ich bereit sei, ihm im Austausch für mein Gepäck meine Reitstiefel zu überlassen? Ich ließ mich nicht lange bitten, und nachdem wir unseren diplomatischen Pakt mit Zuckerrohrschnaps besiegelt hatten, brachte man mir noch am gleichen Abend meine Koffer und Taschen zurück, in denen ich, außer einer kleinen Summe Bargeld, die der Zoll als Gebühren konfisziert hatte, mein gesamtes Gepäck wiederfand.

Mit Empfehlungsbriefen des Konsuls ausgestattet, der mir bis zum Stadttor das Geleit gab, brach ich am nächsten Morgen nach Port-au-Prince auf, um nach dem Verbleib meiner Frau und meines Sohnes zu forschen, den ich in Gedanken bereits liebend in die Arme schloß. Der Regen, der mich seit meiner Abreise verfolgt hatte, ließ auch hier nicht von mir ab; als erfahrener Stratege, der vor fünfzig Jahren ein napoleonisches Heer mit Roß und Reiter verschlungen hatte, griff er in einer Zangenbewegung von oben und unten zugleich an: während er mich mit eiskalten Güssen bis auf die Haut durchnäßte, machte er Straßen und Wege unpassierbar und ließ Bäche zu reißenden Flüssen anschwellen, die ich watend oder schwimmend durchquerte, verfolgt von hungrigen Krokodilen, die mein Reittier am Schwanz ins Wasser zu ziehen versuchten. Ich hätte mich in dem unwegsamen Gelände verirrt, hätte mir nicht Konsul Boden einen ortskundigen Führer mitgegeben in Gestalt seines Bedienten, eines zahnlosen alten Negers, der mir mit der Machete den Weg freischlug und Tag und Nacht mit Argusaugen mein Gepäck bewachte. Wir ernährten uns von unreifen Mangos und grünen Bananen, und erreichten so, nach zweitägigem, beschwerlichem Marsch, die Stadt Gonaives, wo ich im klaren Wasser des Artiboniteflusses badete und ein warmes Essen vorgesetzt bekam, das mir trefflich mundete, obwohl es nur aus gerösteten Maiskolben bestand. Von Gonaives ritten wir auf einer befestigten Straße, die aus der französischen Kolonialzeit zu stammen schien, in die Hauptstadt Port-au-Prince, wo ich das Haïtianertum in seiner fratzenhaftesten Verzerrung zu Gesicht bekam.

Auf dem Champ-de-Mars war eine Militärparade im Gange, mit der die Eroberung der Dominikanischen Republik gefeiert wurde; die Lebhaftigkeit der Kreolen war hier in ihrer widerlichsten Form entwickelt, und heftige Gestikulationen mit Fäusten und Füßen, Säbeln und Bajonetten drohten Teilnehmern und Zuschauern gefährlich zu werden. Ich war froh, kein preußischer Offizier zu sein, denn die Musik der Militärkapelle, die Marsch- und Tanzrhythmen durcheinander dudelte, hätte mir sonst den Verstand geraubt.

In der Residenz des britischen Generalkonsuls traf ich meinen alten Bekannten Sir Robert Schomburgk wieder, der während einer botanischen Exkursion ins Landesinnere nur knapp dem Tode entronnen war; nach der Ankunft in Port-au-Prince hatten die haïtianischen Behörden seine unterwegs gesammelten Pflanzen, darunter mehrere neuentdeckte Spezies, ins Meer geschüttet, weil er das geforderte Bestechungsgeld nicht bezahlten wollte.

»Niemand wandelt ungestraft unter Palmen«, sagte Sir Robert, nachdem er mich zur Begrüßung umarmt hatte, »auch Sie nicht, junger Freund. Die Buschtrommel, die in diesem Land besser funktioniert als der Telegraph, hat mir Ihr Kommen angekündigt, und ich weiß auch, was Sie zu mir führt. Machen Sie sich keine Hoffnung, lieber Weerth, Ihre hübsche Letitia ist längst in einem der hiesigen Gefängnisse verschmachtet. Sie werden Sie nie wiedersehen. Ihr Sohn, den Sie Ihnen zu Ehren auf den Namen George getauft hat, ist auf der Überfahrt von St. Thomas an Fleckfieber gestorben. Vielleicht war das besser für ihn, denn ein schneller und schmerzloser Tod hat ihm das langsame Dahinsiechen in den Kerkern des Kaisers Soulouque erspart. ›Niemand wandelt ungestraft unter Palmen, denn in einem Land, wo Tiger und Mohren zu Hause sind, ändern sich auch die Gesinnungen.‹ Der alte Goethe hatte recht, als er diese Zeilen schrieb, obwohl es weder in Afrika noch auf den Antillen Tiger gibt, Mohren dafür aber desto mehr. Vor einem halben Jahrhundert schüttelte das kleine Haïti das Joch der Kolonialherrschaft ab, und was hat die unter blutigen Opfern erkämpfte Unabhängigkeit den Menschen gebracht? Die Freiheit, sich auf den Zuckerrohrplantagen der Dominikanischen Republik zu Tode zu schuften oder von der Palastwache des Kaisers Soulouque zu Tode geprügelt zu werden, wenn sie nicht schon vorher an Krankheit und Unterernährung gestorben sind. Am 1. Januar 1804 wurde die Sklaverei auf dem Territorium der schwarzen Republik feierlich für immer abgeschafft. Heute ist Haïti ein Kaiserreich, in dem weniger Freiheit herrscht als unter der Despotie des türkischen Sultans oder des russischen Zaren, und die Sklaverei existiert weiter in offener oder verdeckter Form; wie überall auf der Welt hat die Ausbeutung des Menschen durch den Menschen noch raffiniertere und brutalere Formen angenommen. Vielleicht haben deshalb die Schwarzen auf der Nachbarinsel Guadeloupe gegen die Aufhebung der Sklaverei gekämpft: als Sklaven bekamen sie wenigstens zu essen und waren nicht arbeitslos.

Diejenigen aber, die den schönen Reden von Gleichheit und Brüderlichkeit Glauben schenkten und freiwillig nach Haïti kamen, um die Früchte der Freiheit zu genießen, werden zur Zwangsarbeit beim Straßenbau oder zum Frondienst in der Armee gepreßt; junge Frauen enden im Harem des Kaiserpalasts oder als Huren im Bordell. So ist es auch Ihrer Verlobten ergangen; weil sie sich weigerte, Soulouque oder einem seiner Günstlinge zu Willen zu sein, ließ man sie im Gefängnis verschmachten. Vergessen Sie den Gedanken an Rache – es gibt keine ausgleichende Gerechtigkeit. Verlassen Sie auf schnellstem Wege diese ungastliche Insel, bevor es zu spät ist und Sie als Spion verhaftet und unter dem blutgetränkten Rasen des Palasts verscharrt werden. Ich habe Ihnen auf einer spanischen Fregatte, die morgen früh nach Santiago de Cuba ausläuft, eine Kabine reserviert. Sie sind dort in besten Händen. Der Kapitän der *Don Juan de Austria* ist mein persönlicher Freund. Leben Sie wohl!«

Während der Überfahrt wurde ich seekrank. Obwohl das karibische Meer spiegelglatt dalag und kein Wölkchen den Himmel trübte, war mir speiübel; der um mein Wohlbefinden besorgte Kapitän räumte mir einen Schlafplatz in seiner Kajüte ein und stellte zwei Matrosen zu meiner Bedienung ab; aber weder Bouillon mit Reis, noch Tee mit Rum schafften es, meinen revoltierenden Magen zu beruhigen. Als ich nach zwei Tagen in Santiago von Bord ging, schwankte der Boden unter meinen Füßen, als befände ich mich noch immer auf hoher See; als Seekrankheit auf festem Lande habe ich diesen Zustand scherzhaft bezeichnet, bevor mir das Lachen endgültig verging. Anstatt mich auszuruhen und zu erholen, wie es mir der Schiffsarzt der *Don Juan de Austria* geraten hatte, machte ich mich noch am gleichen Tag auf den beschwerlichen

Weg nach Havanna, um im Hause des Hamburger Kaufmanns Büsing meine Unpäßlichkeit zu kurieren, die sich unterwegs zu einer ernsten Erkrankung entwickelte. Ich hatte Durchfall und mußte mich alle Augenblicke übergeben; von Fieberkrämpfen geschüttelt, stieg ich vom Pferd auf ein Maultier und von dort auf einen Tragsessel um, der von vier kräftigen Männern geschultert wurde. Auf einer Hängematte liegend erreichte ich nach drei Tagen Havanna, wo ich mehr tot als lebendig ins Haus meines Freundes eingeliefert wurde; hier muß ich bald darauf die Besinnung verloren haben, denn außer an wirre Träume erinnere ich mich an nichts mehr. Im Delirium des gelben Fiebers, auch *vomito negro,* schwarzes Erbrechen genannt, hielt ich Zwiesprache mit den Haupt- und Nebenfiguren meines Lebens, die sich vollzählig um mein Bett versammelten und eine nach der andern zu Wort meldeten.

»Wie oft habe ich dir gesagt, daß du dich warm anziehen, nichts Kaltes trinken und nicht ohne Hut vor die Tür gehen sollst«, sagte meine Mutter, »aber du hast nie auf mich gehört«; während mein Bruder Carl aus der Lippischen Landeszeitung vorlas: »Das gelbe Fieber begann immer allgemeiner zu grassieren, namentlich auf den Schiffen in St. Thomas, Santiago und Havanna.« »Niemand wandelt ungestraft unter Palmen«, rief Robert Schomburgk dazwischen, »denn in einem Land, in dem Tiger und Mohren zu Hause sind, ändern sich auch die Gesinnungen.« »Falsch!« seufzte der kranke Dichter Heinrich Heine und erhob sich ächzend aus seiner Matratzengruft, »Goethe war nie in den Tropen!« Und er rezitierte aus dem Stegreif einen

Vers, in dem von der Liebe einer skandinavischen Fichte zu einer afrikanischen Palme die Rede war; mehr war nicht zu verstehen, weil der Schluß des Gedichts in einem Hustenanfall unterging. »Wir werden dem jungen Weerth seine fourieristischen, proudhonistischen und bakunistischen Flausen gründlich austreiben«, brummte Marx in seinen schwarzen Bart, während Engels das Strumpfband von Lola Montez zu küssen versuchte, die mit übereinandergeschlagenen Beinen auf einem Klavierhocker saß und ihm eine schallende Ohrfeige versetzte. Zuletzt trat Betty Tendering an mein Bett, beugte sich über mich und näherte ihre zum Kuß geöffneten Lippen meiner mit kaltem Schweiß bedeckten Stirn; dann wandte sie sich abrupt ab mit den Worten: »Jetzt fühle ich, daß ich viel unglücklicher bin als Sie, der Sie nur eine vorübergehende Krankheit haben, wogegen ich nie gesund werde.« »Betty«, murmelte ich mit erstickter Stimme und streckte die Hand nach ihr aus, aber sie entzog sich meiner Umarmung und verschwand zusammen mit den übrigen Besuchern wie ein Gespenst in der dunklen Tiefe des Kleiderschranks. Das letzte Bild, das mir vor Augen stand, war Letitia, die mir lächelnd zuwinkte, ein blondes und blauäugiges Kind auf dem Arm, bevor sie die Tür des Krankenzimmers hinter sich zuzog und für immer schloß. Im gleichen Augenblick muß ich gestorben sein.

»Die Kokospalmen rauschen mit ihren großen gefiederten Blättern und zeigen ihre kolossalen Nüsse«, schrieb ich in meinem letzten Brief, den Büsing zusammen mit der Todesnachricht meiner Mutter überbrachte: »Jedes Land hat seine schönen Seiten, und überall auf der Welt gibt es Nüsse zu knacken. Mit besten Wünschen für Dein Wohlergehen, liebe Mutter, empfiehlt sich von Herzen Dein

Georg«

Hundertfünfundzwanzig Jahre nach meinem Tod, der mich im Alter von vierunddreißig Jahren ereilte, wurde auf dem Zentralfriedhof von Havanna im Beisein des Staatsratsvorsitzenden der Deutschen Demokratischen Republik und Generalsekretärs der Sozialistischen Einheitspartei Deutschlands, Erich Honecker, und des kubanischen Staatschefs Dr. Fidel Ruiz Castro eine Marmorbüste enthüllt, die keinerlei Ähnlichkeit mit mir aufweist. Zu diesem Zeitpunkt hatte ich meine letzte Ruhestätte längst verlassen und mich aus der Kathedrale von Havanna, wohin meine Gebeine nach der Eroberung Santo Domingos durch die Truppen des Generals Toussaint Louverture umgebettet worden waren, in meine Familiengruft im Kloster von Sevilla zurückgezogen – aber das gehört in ein anderes Kapitel meiner Geschichte.

DRITTES BUCH

Das Ende des Regenbogens

I. Savanne Zombie

»Aufgestanden ist er, welcher
lange schlief.«
(Georg Heym)

Im Innern der Insel Hispaniola, im Niemandsland an der Grenze zwischen Haïti und der Dominikanischen Republik, liegt eine von schroffen Bergen eingefaßte, kahle Hochebene, Savanne Zombie genannt, auf der außer ein paar verkrüppelten Pinien, Dornbüschen und Kakteen nichts wächst. Auf diesem von der Sonne ausgebleichten, vom Sturm gepeitschten Hochplateau sollen, kreolischem Volksglauben zufolge, die Geister der Verstorbenen ihr Unwesen treiben. In gewissen Nächten, zwischen Weihnachten und Neujahr, am Johannistag und in der Nacht vor Totensonntag, steigen die Seelen der Verstorbenen als Glühwürmchen aus ihren Gräbern auf und sammeln sich an vier geheimen Treffpunkten, Fond du Diable, Trou d'Enfer, Étang Saumâtre und Source Puante, um von hier aus nach Savanne Zombie auszuschwärmen: es sind Untote, die nicht sterben können, zum Tode Verurteilte, die ihre eigene Hinrichtung überlebt haben, Verbrecher, die nie für ihre Taten gesühnt haben, straflos ausgegangene Mörder, vorzeitig abgetriebene Embryos und ungetauft verstorbene Kinder, die sich hier mit den Helden der kolonialen und nationalen Geschichte Haïtis ein makabres Stelldichein geben.

Wie den Geistersoldaten des Totenheeres und den Landsknechten der wilden Jagd, die in den dunkelsten

Nächten des Jahres zusammen mit düsteren, schnellziehenden Wolken über das nördliche Europa hinwegziehen, fehlt den meisten von ihnen ein Arm, ein Bein oder der Kopf, den sie bei einem Duell, im Krieg oder unter dem Fallbeil gelassen haben. Der Marquis d'Estaing, der mit vollem Namen Jean-Baptiste-Charles-Henri-Hector Conte d'Estaing heißt, Vizegouverneur der Kolonie Saint Domingue, Held des amerikanischen Unabhängigkeitskrieges und Admiral der französischen Flotte, ist auf der Suche nach seinem Kopf, den er am 9. Floréal des Jahres II in Paris unter der Guillotine verloren hat: »Wo ist mein Kopf?« sagt er zu seinem Freund, dem Botaniker Mederic Louis Elie Moreau de Saint-Méry, der sich auf den Schultern seines Negerdieners vergeblich reckt, um mit dem Griff seines Spazierstocks eine Orchidee von einem überhängenden Ast zu pflücken: »Wo ist mein Kopf? Vor fünf Minuten habe ich ihn noch vor mir gesehen, wo ist er bloß hingerollt?« »Aber Exzellenz«, sagt der Botaniker und klopft dem Negerdiener mit dem Spazierstock dreimal an die Stirn, zum Zeichen, ihn auf den Boden herunterzulassen, »vermutlich haben Sie wieder einmal vergessen, Ihren Kopf aufzusetzen, und tragen ihn wie gewöhnlich unter dem Arm!« Die beiden begegnen einem Invaliden in der Uniform eines napoleonischen Grenadiers, der von seinem Diener auf den Schultern getragen wird und mit polnischem Akzent auf französisch sagt: »Darf ich mich vorstellen, Eure Exzellenz? Mein Name ist Pan Twardowski, und das hier ist mein treuer Diener Nurek, der Ihren Kopf in der Ravine-à-Couleuvres sichergestellt hat, als eine Horde Negerkinder mit ihm Fußball spielte. Ihr

Haupt war ziemlich schmutzig und ein bißchen ramponiert, und ich habe meinem Diener befohlen, es mit Zitronenessig zu waschen, mit Rosenwasser zu parfümieren und anschließend mit Lorbeer zu bekränzen. Überzeugen Sie sich selbst: der Kopf steht Ihnen vorzüglich und sitzt wie angegossen. Stets zu Ihren Diensten, Exzellenz!« »Gnädiger Herr«, mit diesen an Moreau de Saint-Méry gerichteten Worten mischte sich der Diener ins Gespräch ein, »vielleicht können Sie mir sagen, wo sich die beiden Beine meines Herrn befinden, die durch das Ungeschick eines einheimischen Sprengmeisters bei der vorzeitigen Explosion eines Pulverfasses davongeflogen sind. Zuletzt habe ich sie im Geäst dieses mit Moosbärten bewachsenen Baumes hängen sehen, bei dem es sich um einen *figuier maudit* zu handeln scheint. Ich selbst habe meinen rechten Arm bei der Belagerung der Festung Crête-à-Pierrot verloren und bin mit meinen fünfundsechzig Jahren zu alt und zu schwach, um mich weiter als Heiliger Christophorus zu betätigen und meinen Herrn landauf, landab auf dem Rücken zu tragen. Er wiegt, mit Verlaub gesagt, selbst ohne Beine, mehr als hundert Pfund.« »Obwohl es sich bei dem in Frage stehenden Baum keineswegs um einen *figuier maudit* handelt, auf kreolisch *Mapou* genannt, sondern um einen Sandbüchsenbaum, *hylesia crepitans,* kann ich Euch vielleicht mit einer Auskunft dienlich sein«, sagte der botanisierende Marquis im näselnden Tonfall des Ancien Régime, der ihn auf die Guillotine gebracht hatte. »Ich habe nämlich, als ich am Eingang zur Ravine-à-Couleuvres Schlange stand, mit einem frisch Gehenkten gesprochen, der mir ein Paar nagelneuer Offiziersstiefel zum Verkauf anbot, von denen er frech behauptete, daß sie ihm auf der Straße zugelaufen seien. Übrigens hat die Explosion, die ihrem Besitzer die Beine vom Leib riß, nicht den geringsten Kratzer auf dem Oberleder hinterlassen. Der Galgenstrick hängt an einem Mapou-Baum nicht weit von hier. Wenn Sie sich beeilen, erwischen sie ihn noch!«

»Alles Unsinn«, sagte der preußische Naturforscher Leopold von Buch mit schnarrendem Akzent, der wie ein rostiges altes Uhrwerk klang, »es handelt sich weder um einen *ficus maledictus* noch um einen Sandbüchsenbaum, sondern um den schon von Vergil erwähnten und von meinem verehrten Lehrer Alexander von Humboldt auf seiner Südamerikareise beschriebenen und klassifizierten Erdbeerbaum, *arbutus arbutus*, eine zur Familie der Bromeliaden, Gattung *cecropiae*, gehörende Pfeffer- und Pothosart, die nur oberhalb der Baumgrenze gedeiht. Was das Schicksal der fraglichen Stiefel betrifft, so kann ich darüber aus eigener Anschauung nichts mitteilen, wohl aber über den Verbleib der beiden Beine, die ich im Laufschritt einen Hügel erklimmen und kurz darauf talwärts traben sah, um sich den in den Bergen operierenden Banden marodierender Neger anzuschließen, wie ich aus gewissen untrüglichen Indizien schließe; bei Tageslicht wird es ein leichtes sein, die Blutspur zu verfolgen, welche die übrigens erstaunlich leichtfüßigen Beine bei ihrer Flucht hinter sich herzogen; da wir vor Sonnenaufgang in unsere Gräber zurückkehren müssen, jeder hoffentlich wieder im Vollbesitz seiner Glieder, müssen wir uns mit Hunden behelfen, am besten mit Bluthunden, wie man sie in Louisiana zum Aufspüren ent-

laufener Sklaven benutzt. Ich habe bereits an König Christophe geschrieben, daß er uns so schnell wie möglich ein Paar Spürhunde zur Verfügung stellt.« »Alles zwecklos, mein Lieber«, sagte der Graf d'Estaing, der seinen Kopf verkehrt herum aufgesetzt hatte, »die Post befördert keine Briefe von Toten, schon gar nicht, wenn sie an gestürzte Monarchen adressiert sind. Es gibt keine gekrönten Häupter mehr, weder Kaiser noch Könige. Seit meiner Enthauptung in Paris am 9. Floréal des Jahres II will niemand mehr die Verantwortung für diese gottverdammte Kolonie übernehmen. Sagen Sie, Bester, wo haben Sie Ihre rechte Hand mit dem Schmetterlingsnetz gelassen, mit der Sie neulich meinen vom Rumpf getrennten Kopf so überaus geschickt aufgefangen haben?« »Sie ist mir abhanden gekommen«, sagte von Buch errötend, »als ich den Arm ausstreckte, um einen Nachtfalter zu fangen. Wahrscheinlich hatte die Vorsehung dabei die Hand im Spiel, weil Falter der Gattung *Pyromaniae* ein gefährliches Gift absondern, das bei Berührung die Haut verätzt. Oder es steckt ein marodierender Neger dahinter, der es auf meine Armbanduhr abgesehen hat. Wer oder was auch immer dahintersteckt, der Bursche wird sich schwarz ärgern, weil ich meine Uhr stets in der Westentasche bei mir trage. Wo waren wir stehengeblieben?« »Ich habe eine Hand im Sumpf verschwinden sehen«, sagte ein blindes Mädchen, das mit seinen Augen Murmeln spielte. »Ein Einsiedlerkrebs hat sie in seine Höhle geschleppt, im Étang Saumâtre, in dessen Tiefe der Schatz des Kolumbus begraben liegt.«
Aber ich will die Geschichte vom Ende her erzählen, so wie sie sich niemals zugetragen hat.

II. Crête-à-Pierrot

»Jeszcze Polska nie zginela...«
»Noch ist Polen nicht verloren...«

I

Am 10. Oktober 1802 landete ein französischer Flottenverband, bestehend aus drei Linienschiffen, einer Fregatte und einer Korvette, in Cap Républicain an der Nordküste der Insel Haïti, die von ihren spanischen Bewohnern San Domingo, von den Franzosen Saint Domingue genannt wurde. An Bord der Schiffe befanden sich 3600 Soldaten der polnischen Legion, die sich in der Schlacht von Hohenlinden, unter dem Kommando von Napoleons Rivalen General Moreau, durch besondere Tapferkeit ausgezeichnet hatten, was sie in den Augen des Ersten Konsuls nicht unbedingt empfahl. Nach dem Frieden von Lunéville hatte Napoleon deshalb die polnische Legion aufgelöst und der von seinem Schwager Murat befehligten ersten und zweiten italienischen Armee unterstellt. Die in der Toskana stationierte 113. und 114. Halbbrigade, die aus je drei Bataillonen Infanterie, einem Ulanenregiment und einer Kompanie leichter Artillerie bestand, erhielt den Befehl, sich im Hafen von Livorno für die Einschiffung bereitzuhalten. »Als Belohnung für ihre Treue und Unerschrockenheit bei der Verteidigung der von Feinden bedrängten Republik werden die polnischen Regimenter der französischen Armee einverleibt und nach San Domingo in Marsch gesetzt, wohin diejenigen Offiziere und Soldaten, die sich im Kampf am meisten hervorgetan haben, als Auszeichnung geschickt werden. An ihrem Bestimmungsort angelangt, werden sie zu naturalisierten Söhnen Frankreichs und genießen fortan alle Rechte französischer Bürger«, hieß es in einem Tagesbefehl, der von Bonaparte persönlich unterzeichnet war.

Die Bekanntgabe der Marschorder rief unter den zur Parade angetretenen Polen einen Sturm der Entrüstung hervor; anstatt ihren seit Monaten rückständigen Sold ausgezahlt zu bekommen und mit den Taschen voller Geld nach Hause zurückzukehren, sollten sie sich auf einer tropischen Insel, die sie nur vom Hörensagen kannten, als Kanonenfutter verheizen lassen. Von der britischen Propaganda geschürte Gerüchte von den Verheerungen des gelben Fiebers und vom Mißerfolg der französischen Truppen im Kampf gegen aufständische Neger, die angeblich nur ihre Freiheit verteidigten, fielen bei den kriegsmüden Soldaten auf fruchtbaren Boden; manch einer bereute es, nicht rechtzeitig desertiert zu sein und sich auf eigene Faust in die Heimat durchgeschlagen zu haben. General Murat hatte diese Reaktion vorausgesehen und die polnischen Regimenter von französischen Eliteeinheiten umstellen lassen; nachdem er die Verlesung des Tagesbefehls unter Pfiffen und Buhrufen beendigt hatte, ließ er sie ihre Gewehre durchladen und auf die Meuterer richten. Ein Hagel von polnischen Flüchen, leeren Weinflaschen und faulen Tomaten ging auf die Postenkette nieder, die die widerspenstigen Polen mit Kolbenhieben und in die Luft gefeuerten Schüssen an Bord der Schiffe trieb, wo die 113. und 114. Halbbrigade empfindlich lädiert und erheblich dezimiert eintraf. Die Mole von Livorno glich hinterher einem von Scherben übersäten Schlachtfeld, auf dem französischer Rotwein sich mit dem Saft italienischer Tomaten und dem Blut polnischer Soldaten mischte.

2

Unter den aus Polen stammenden Offizieren, die sich auf der Brücke des Flaggschiffs *Le Fougueux* versammelt hatten, gab es nur einen, der die italienische Küste ohne Bedauern am Horizont verschwinden sah. Sein Name war Henryk Krzysztof Twardowski, und er brannte darauf, in die Fußstapfen seines gleichnamigen Vorfahren zu treten, der einst von der Stephanskirche in Livorno aus zu einem Kreuzzug gegen die Türken aufgebrochen war, die mit ihren Piratenschiffen das östliche Mittelmeer unsicher machten. Pan Twardowski stammte aus der alten Königsstadt Krakau. Vom Wawel, dem Schloßberg aus, hatte er am Karfreitag des Jahres, in dem unsere Geschichte beginnt, einen prachtvollen Regenbogen erblickt, der sich vom Christophorus-Palais im Süden bis zur Niepolomizker Heide im Norden der Stadt wölbte. Da am Ende eines Regenbogens bekanntlich ein Schatz verborgen liegt und da er, wie stets, knapp bei Kasse war, schickte Pan Twardowski seinen treuen Diener Nurek in die Niepolomizker Heide mit dem Auftrag, dort zu graben. Um ganz sicher zu gehen und die günstige Gelegenheit nicht zu versäumen, stieg er selbst die steile Treppe hinab und suchte in dem unter dem Christophorus-Palais gelegenen Keller nach Spuren des Schatzes, den seine berühmten Vorfahren vor Jahrhunderten hier versteckt hatten. Während Pan Twardowski die unterirdischen Gewölbe durchforschte, in denen es an Stelle von mit Goldbatzen gefüllten Geldkatzen von Ratten und Fledermäusen wimmelte, krempelte sein Diener Nurek sich am andern Ende des Regenbogens die Ärmel hoch und spuckte sich in die Hände, um mit der Grabung zu beginnen. Schon nach den ersten Spatenstichen stieß er auf Widerstand; ein im weichen Boden verscharrter harter Gegenstand, ein Fremdkörper in der Niepolomizker Heide, stellte sich seinen Bemühungen in den Weg. »Hulaj dusza! Hejza Hultaj! Hulaj wola!« fluchte Nurek auf polnisch, während die Schneide des Spatens sprühende Funken schlug; er nahm sich vor, die Madonna von Tschenstochau um Vergebung zu bitten für die heidnische Gotteslästerung, aber die christliche Reue kam zu spät, denn im gleichen Augenblick fühlte er sich am Kragen gepackt und von einer Riesenfaust in die Luft gehoben, die ihn so kräftig schüttelte, daß ihm Hören und Sehen verging. Als er wieder zu sich kam, steckte er in einer Heiduckenuniform und marschierte als Reitknecht eines russischen Ulanen, der ihn unterwegs sein Pferd striegeln und seine Stiefel wichsen ließ, gen Österreich, um die gottlosen Franzosen und ihren Heerführer Napoleon das Fürchten zu lernen. Am Vorabend der Schlacht von Hohenlinden desertiert, irrte er desorientiert durch die Dunkelheit und lief, Ost mit West verwechselnd, der französischen Armee in die Arme, die ihn für seine Tapferkeit mit einem Orden belohnte, weil der Todesmut der Polen das Kriegsglück zu ihren

Gunsten gewendet hatte. Nach der von Napoleon verfügten Auflösung der polnischen Legion wurde Nurek der 114. Halbbrigade zugeteilt und gelangte auf diesem Weg oder Umweg in den Hafen von Livorno, wo er auf den Stufen der Stephanskirche seinen verlorengeglaubten Herrn in die Arme schloß. In der Zwischenzeit hatte sich Pan Twardowski als nimmermüder Schatzgräber vom Keller des Christophorus-Palais bis zum Krater des Vesuv vorgearbeitet, wo sich nach Angaben Dantes und Vergils der Einstieg in die Unterwelt befindet. Kaum war er aus dem Höllenschlund gekrochen, hatte das langersehnte Tageslicht erblickt und langentbehrte frische Luft in die Lungen eingesogen, da wurde Pan Twardowski, weil er es versäumt hatte, der Madonna von Tschenstochau für seine Rettung zu danken, als vermeintlicher Kurier des Zaren verhaftet und in ein unterirdisches Verlies gesperrt, aus dem er sich einen Tunnel in die Freiheit grub, der quer durch Italien verlief und in der Gruft der Stephanskirche endete; hier hatte er seinen längst totgeglaubten Bedienten wieder in die Arme geschlossen. Die Wiedersehensfreude war jedoch nur von kurzer Dauer, denn im Trubel der Einschiffung verloren sie einander aus den Augen; während Pan Twardowski zusammen mit dem Kommandeur der 113. Halbbrigade, Oberstleutnant Zagorski, auf dem Flaggschiff *Le Fougueux* in See stach, ging sein Diener Nurek als Soldat der 114. Halbbrigade an Bord der Korvette *L'Atalante,* die erst eine Woche später von Genua absegelte.

3

Von den 4200 Soldaten, die die 113. Halbbrigade vor der Einschiffung gezählt hatte, waren dreihundert während des allgemeinen Durcheinanders im Hafen von Livorno desertiert, verwundet oder verschollen; noch einmal so viele starben während der beschwerlichen Überfahrt an Krankheiten, die durch unzureichende Ernährung und mangelnde Hygiene hervorgerufen wurden. Als das Flottenkontingent mit mehrwöchiger Verspätung in Cap Républicain im Norden der Kolonie eintraf, war die 113. Halbbrigade, die vorher drei Bataillone mit acht Kompanien zu je zweihundert Mann umfaßt hatte, fast um ein Fünftel zusammengeschmolzen. Während die Flotte bei völliger Windstille und Temperaturen von über vierzig Grad in der Saragossasee festlag, hatte eine an Bord der Schiffe ausgebrochene Epidemie innerhalb weniger Tage ein ganzes Bataillon hinweggerafft; die Toten waren so zahlreich, daß sie selbst von den Haifischen verschmäht wurden und stundenlang neben den träge im Wasser dümpelnden Schiffen einhertrieben.

Das war nur ein Vorspiel, denn die Strapazen der Überfahrt wogen gering im Vergleich zu dem, was die polnischen Offiziere und Soldaten nach der Landung in Saint Domingue erwartete; die Lage in der von Aufständen und Unruhen erschütterten Kolonie übertraf ihre schlimmsten Befürchtungen. Von 30 000 Grenadieren der Grande Armée, die den Nil und die Alpen überschritten und sich in Abukir und Marengo mit unsterblichem Ruhm bedeckt hatten, war ein halbes Jahr nach ihrem Eintreffen in Saint Domingue nur noch die

Hälfte am Leben; die meisten von ihnen waren nicht Angriffen des Feindes, sondern dem mörderischen Klima zum Opfer gefallen. Städte und Dörfer waren ausgestorben; ihre Bewohner, die die Franzosen zunächst als Befreier begrüßt hatten, waren in die Berge geflohen oder hielten sich in den Wäldern versteckt, um hier den Ausgang der Ereignisse abzuwarten; die gewaltsame Deportation ihres Anführers Toussaint Louverture und die Wiedereinführung der Sklaverei auf der Nachbarinsel Guadeloupe hatten sie mißtrauisch gemacht. Pünktlich mit Beginn der Regenzeit begann das gelbe Fieber zu wüten; durch das verseuchte Wasser in den Zisternen breitete sich die Epidemie unaufhaltsam aus. Kein Weißer vermochte sich gegen die Ansteckung zu schützen, während die schwarze Bevölkerung dagegen immun war. Die Militärhospitäler waren mit Kranken überfüllt, die fiebernd auf der feuchten Erde lagen und ohne ärztlichen Beistand dahinsiechten, da die brütende Hitze alle Nahrungs- und Arzneimittel verdarb. Auch die gesundgebliebenen Soldaten wurden in ihren Quartieren von roten und weißen Ameisen, Skorpionen, Stechmücken und Zekken geplagt, die sich an den Leibern der Schlafenden festsaugten oder ihre Uniformen und Waffen zernagten. Allgemeine Demoralisation war die Folge; niemand dachte mehr an Kampf oder Sieg; man hörte weder Salutschüsse, noch Säbelklirren, und die Verstorbenen wurden ohne Glockengeläut beigesetzt. Die Krankheit ließ keine Rangunterschiede gelten und tötete umstandslos alle, vom General bis zum Stiefelknecht. Jede Subordination hörte auf; der wachhabende Soldat salutierte nicht mehr beim Anblick seines

Vorgesetzten, und der diensthabende Offizier nahm sitzend die Parade ab. Den sicheren Untergang vor Augen, leistete der Oberbefehlshaber der Armee, General Leclerc, heroisch Widerstand, während seine junge Frau, die lebenslustige Pauline Bonaparte, in ihrem Palast aufwendige Feste feierte und sich zügellosen Ausschweifungen hingab.

4

Trotz eines leichten Fiebers, das ihn sogar in der Mittagshitze frösteln ließ, hatte sich General Leclerc persönlich zum Empfang der Flotte verfügt, die nicht nur Nachschub an Waffen und Munition, sondern auch dringend benötigte Verstärkung nach Saint Domingue brachte. Er konnte seine Enttäuschung nur schlecht verhehlen, als er an Stelle der frischen Truppen, um deren Entsendung er seinen Schwager Napoleon Bonaparte mehrfach gebeten hatte, von Hunger und Krankheiten ausgemergelte Gestalten ans Ufer wanken sah, die nur gebrochen Französisch sprachen und in ihren pelzgefütterten Uniformen besser nach Karelien als in die Karibik gepaßt hätten. »Gönnen Sie Ihren Männern ein paar Tage Ruhe«, sagte General Leclerc zum Kommandeur der polnischen Truppen, Oberstleutnant Zagorski, »die Gefahren des hiesigen Klimas sind nicht zu unterschätzen«, aber der Adjutant des Obersten, Pan Twardowski, war mit dieser Empfehlung nicht einverstanden und mischte sich unaufgefordert in das Gespräch ein: »Ein polnischer Soldat«, sagte er im näselnden Tonfall eines adligen Offiziers, der an der Krakauer Jagiellonenuniversität Französisch gelernt hat, »ein polnischer Soldat rastet und ruht nie. Er kennt nur den Angriff und keine Verteidigung. Geben Sie mir ein paar zuverlässige Männer, General, und ich werde den gottlosen Mohren eine Lektion erteilen, die sie ihr Lebtag nicht vergessen sollen, weil es ihre letzte sein wird. Predko Skarb! Predko Skarb! Predko!« Mit diesen Worten rief Pan Twardowski, ohne die Antwort des Generalkapitäns abzuwarten, sein Pferd, einen schwarzen Hengst, der im gleichen Augenblick wiehernd vor ihm stand; er sprang in den Sattel, gab dem Rappen die Sporen und galoppierte mit eingelegter Lanze davon, den Vorwerken der Stadt entgegen, wo sich die Rebellen in einem uneinnehmbaren Fort namens Crête-à-Pierrot verschanzt hatten. Ein Hagel von Kugeln empfing ihn, die so haarscharf an Roß und Reiter vorbeizischten, daß sie sich in Pan Twardowskis Hutkrempe und in der Mähne seines Pferdes verfingen, das geschickt dem Geschützfeuer auswich und elegant über im Boden sich öffnende Krater hinwegsprang, von ungläubigen Ahs! und Ohs! der im Hintergrund zurückbleibenden Zuschauer begleitet. Die Verteidiger des Forts hielten den tollkühnen Angreifer, der durch den Kugelregen hindurchritt, als sei es ein harmloser Hagelschauer, für eine Geistererscheinung; die kriegs- und bürgerkriegserfahrenen Rebellen warfen ihre Gewehre weg und überließen die mit Kanonen bestückte Festung, in der sich ein wertvolles Pulvermagazin befand, kampflos dem wie eine Windsbraut heranstürmenden Feind.

Suhrkamp Literatur

Isabel Allende · Jurek Becker
Walter Benjamin · Jochen Beyse · Bertolt Brecht
Hans Christoph Buch · Hermann Burger
Hans Peter Duerr · Marguerite Duras
Hans Magnus Enzensberger · Werner Fritsch
Norbert Gstrein · Peter Handke · Marianne Hauser
Thomas Hettche · Bodo Kirchhoff · Karin Kiwus
Angeles Mastretta · Hans Mayer · Friederike Mayröcker
Tilmann Moser · Cees Nooteboom · Marcel Proust
Manuel Puig · Gerold Späth · Josef Winkler
Stanisław Wyspiański · Marina Zwetajewa
Autorenlexikon Lateinamerika
Bibliothek Suhrkamp · edition suhrkamp
Spectaculum

Jurek Becker

Jochen Beyse

Hans Christoph Buch

Jurek Becker
Amanda
herzlos

Roman

Etwa 384 Seiten. Leinen. ca. DM 42,–
(Juli 92)

Jurek Becker erzählt – endlich wieder seit *Bronsteins Kinder* –, erzählt, läßt erzählen, läßt lieben, gewinnen, scheitern, verlieren. Und er gestattet uns ein Happy-End, endlich ein Happy-End – auch wenn zwischen den Zeilen, so scheint es, zu lesen ist, als könne dies das letzte Wort nicht sein.

Jochen Beyse
Larries Welt

Roman

Etwa 300 Seiten. Gebunden
ca. DM 34,–
(August 92)

Aus einem enttarnten Agenten wird eine tragikomische Figur, die sich in der Welt heillos verstrickt. *Larries Welt* erzählt von diesem Mann – und Satz für Satz wird der Leser hineingezogen in die Selbstbehauptungs- und Fluchtversuche dieses Menschen inmitten einer Wirklichkeit, in der das Leben nur noch als Inszenierung von Unterhaltung stattfindet.

Hans Christoph Buch
Rede des toten Kolumbus
am Tag des
Jüngsten Gerichts

Roman

Etwa 260 Seiten. Gebunden
ca. DM 32,–
(August 92)

Kein unkritisches Einstimmen in die Jubelfeiern zum fünfhundertsten Jahrestag der Entdeckung Amerikas hat Hans Christoph Buchs neuer Roman im Sinn – eher schon einen makabren Totentanz: Christoph Kolumbus ist ein »Täter, der an den Tatort zurückkehrt« und sich in Gestalten der Geschichte verkörpert. Am Beispiel Haïtis setzt Hans Christoph Buch das unterhaltsame Programm seiner vorausgegangenen ›posthistorischen‹ Romane fort: den Kolonialismus und seine Folgen auf deren europäische Urheber zurückzuführen.

denprotokolle zeigen frühe Abgründe, dramatische Wendungen, eröffnen neue Möglichkeiten von Nähe und Distanz, ohne die Bedrohtheit des therapeutischen Dialogs und die Gratwanderung beider Partner zu verleugnen.

Bertolt Brecht
Werke

Große kommentierte Berliner und Frankfurter Ausgabe
30 Bände
(Herbst 92)

Band 8: Stücke 8

Bearbeitet von Klaus-Detlef Müller
Etwa 520 Seiten

Der Band enthält folgende Stücke und Stückbearbeitungen Brechts in chronologischer Reihenfolge:

Der kaukasische Kreidekreis (1949)
Der kaukasische Kreidekreis (1954)
Die Antigone des Sophokles
Die Tage der Kommune
Der Hofmeister
Biberpelz und roter Hahn

Band 9: Stücke 9

Bearbeitet von Carl Wege
Etwa 450 Seiten

)ieser Band enthält Stücke und Stückbearbeitungen Brechts, die sämtlich nach einer Rückkehr aus dem Exil in Berlin entstanden sind.
)er umfangreiche Kommentarteil, ergänzt lurch zahlreiche Mitschriften seiner damaligen Mitarbeiterinnen, erschließt vor llem Brechts Theaterarbeit am Berliner nsemble bis zu seinem Tod 1956.

Leinen je Band ca. DM 48,–
(bei Bestellung der Gesamtausgabe),
sonst ca. DM 64,–
Leder je Band ca. DM 148,–
(bei Bestellung der Gesamtausgabe),
sonst ca. DM 164,–

Bertolt Brecht
Liebste Bi!

Briefe an Paula Banholzer
Etwa 104 Seiten. Kartoniert
ca. DM 28,–
(August 92)

Die Augsburger Staats- und Stadtbibliothek – seit Jahren Sammlerin von Brecht-Autographen aus seinen Augsburger Jahren – hat 29 unbekannte Briefe Brechts an seine erste große Liebe, Paula Banholzer, von ihm »Bittersweet« oder kurz »Bi« genannt, erworben, die in diesem Band zusammen mit drei bereits veröffentlichten vorgelegt werden. Die Briefe umfassen den Zeitraum von April 1917 bis Mai 1935; die meisten stammen aus den Jahren 1919 und 1920.
Diese Briefe sind einerseits Belege einer intensiven Liebesbeziehung, andererseits Dokumente einer sehr produktiven und entscheidenden Schaffensperiode Brechts.

Spectaculum 54

Sechs moderne Theaterstücke und Materialien
Etwa 300 Seiten. Gebunden
ca. DM 36,–
Im Abonnement ca. DM 32,–
(Oktober 92)

Ulla Berkéwicz:
»Nur Wir«

Rainald Goetz:
»Krieg«

Jörg Graser:
»Rabenthal«

Klaus Pohl:
»Karate-Billi«

Hans Meyer Hörstgen:
»Der König von Wien«

Werner Schwab:
»Volksvernichtung oder Meine Leber ist sinnlos«

100. Geburtstag am 15. Juli 1992

›Für Walter Benjamin‹ Dokumente, Essays und ein Entwurf

Herausgegeben von
Ingrid und Konrad Scheurmann
Eine Publikation des Arbeitskreises selbständiger Kultur-Institute e. V., AsKI, Bonn und des Suhrkamp Verlags
Etwa 336 Seiten. Mit Abbildungen
Engl. Broschur. ca. DM 48,–
(Juli 92)

Die Publikation erscheint zum 100. Geburtstag Walter Benjamins als Begleitbuch zu einer Ausstellung, die in Portbou (Spanien) und später an verschiedenen Orten in Deutschland und in den Niederlanden zu sehen sein wird.
Das Buch besteht aus drei Abschnitten: einem einführenden biographischen Teil, Werkanalysen und einer Dokumentation zu dem geplanten Gedenkort für Walter Benjamin in Portbou.

Hans Mayer Der Zeitgenosse Walter Benjamin

Etwa 96 Seiten
Engl. Broschur. ca. DM 24,–
(Juni 92)

Walter Benjamin war mit den Besten seiner Zeit verbunden. Er besaß die Achtung und Freundschaft Hofmannsthals, Rilkes, Gides, Giraudoux', Valérys. Nicht wegzudenken aus seinem Leben und Denken sind die Namen Gershom Scholem, Theodor W. Adorno, Max Rychner, Max Horkheimer, Georg Lukács, Bertolt Brecht. Hans Mayer hat Benjamin nicht persönlich gekannt, die Zeitgenossenschaft ist dennoch ablesbar. Hier werden geistige Entwicklungen, Übereinstimmungen und Konfrontationen aufgezeigt in einer von Schrecken gezeichneten Epoche.

Isabel Allende Der unendliche Plan

Roman
Aus dem Spanischen von
Lieselotte Kolanoske
(Originaltitel: El Plan Infinito)
Etwa 470 Seiten. Gebunden
ca. DM 44,–
(Juli 92)

Wie im *Geisterhaus* stellt Isabel Allende in ihrem neuen Roman die Geschichte einer Familie vor. Und es ist nicht ein lateinamerikanisches Schicksal, das sie entwirft, sondern das Leben eines Mannes in den USA: Gregory Reeves, hin- und hergerissen zwischen der amerikanischen Welt und derjenigen der mexikanischen Einwanderer, unter denen er aufgewachsen ist. Die Geschichte des Gregory Reeves: ein Stück amerikanischer Wirklichkeit von der Nachkriegszeit bis heute.

5

Nachdem er über der eroberten Festung die polnische Fahne gehißt hatte, die er stets unter dem Wams bei sich trug, legte sich Pan Twardowski auf einen Haufen Säcke im Pulvermagazin, wo es kühler war als auf den Wällen des Forts, und schlief sofort ein; die Anstrengungen der letzten Tage und Wochen hatten ihn rechtschaffen müde gemacht. Als er die Augen aufschlug, sah er an Stelle des Generalkapitäns Leclerc, der ihm im Traum einen Orden ans Revers heftete, den Anführer der Rebellen, General Dessalines, vor sich, der in der Zwischenzeit das Fort zurückerobert und die französische Armee aus ihren Stellungen vertrieben hatte. Seit er an der Spitze seiner Truppen zu den Aufständischen übergelaufen war, machte Dessalines keine Gefangenen mehr und war nur noch vom Gedanken an Rache beseelt; sein Blutdurst wurde einzig und allein übertroffen von seinem Aberglauben, zwei Eigenschaften, die sich in der Seele des Afrikaners gern zueinander gesellen. Wie die meisten seiner Landsleute hielt er die Polen, wegen ihrer blassen Haut und ihrer näselnden Sprache, für Zombies, lebende Tote, und führte den Parforceritt, mit dem Pan Twardowski die Festung im Handstreich genommen hatte, auf schwarze Magie zurück. Zur Austreibung des Teufels, der Besitz ergriffen hatte von der Seele des Toten, befahl Dessalines den Gefangenen bei lebendigem Leib zu zersägen, und zwar nicht der Länge nach, wie für Zombies vorgesehen, sondern in Gürtelhöhe, um die Prozedur zu verkürzen und dem zum Tode Verurteilten überflüssige Schmerzen zu ersparen; seit Einführung der Guillotine hatte sich der Strafvollzug humanisiert. Der Pole wurde zwischen zwei Bretter gelegt und von einem Möbeltischler, der gleichzeitig als Scharfrichter fungierte, in der Mitte durchgesägt. Pan Twardowski fügte sich stoisch in sein Schicksal; kein Klagelaut kam über seine Lippen, während das gezackte Eisen sich immer tiefer ins Holz fraß. Als das Sägeblatt seine Hüften erreichte, sang er: »Jeszcze Polska nie zginela« (Noch ist Polen nicht verloren); zuletzt stimmte er die Bogurodzica an, eine Marienhymne, mit der die polnischen Kreuzritter einst gegen Türken und Tataren zu Felde gezogen waren, bevor sein Gesang leiser wurde und schließlich ganz erstarb. Als die Bretter auseinanderfielen, hatte der Tischler sein schwieriges Werk vollendet und Pan Twardowski in zwei gleich große Hälften zersägt. Der Tote, aus dessen Gesicht jede Farbe gewichen war, öffnete zum letzten Mal den Mund und murmelte: »Predko, Skarb, predko!« Im Hof war Hufschlag zu hören, der schwarze Hengst, der am Tor des Forts angebunden war, riß sich von seinen Bewachern los und war im gleichen Augenblick funkenstiebend zur Stelle. Pan Twardowskis Beine, die in Reitstiefeln und mit silbernen Litzen besetzten Tuchhosen steckten, sprangen auf die Füße und warfen sich blitzschnell in den Sattel; der Hengst bäumte sich wiehernd auf und setzte mit seinem halben Reiter in einem gewaltigen Sprung über die Wälle des Forts und die Köpfe der Wachposten hinweg, die vor Schreck zu schießen vergaßen. Wertvolle Zeit verstrich, bevor die Soldaten sich von ihrer Überraschung erholt hatten und die Verfolgung aufnehmen konnten; obwohl die Umgegend mit Hunden abgesucht wurde, blieb der Flüchtling, dessen Spur sich auf dem Weg in die Berge verlor, unauffindbar. Aus Ärger darüber, daß der Pole ihn genarrt hatte, zündete Dessalines ein Streichholz an und sprengte das Pulvermagazin, in dem sich die obere Hälfte von Pan Twardowskis Körper befand, mitsamt der umgebenden Festung in die Luft.

6

Inzwischen war das zweite Kontingent der Flotte mit Verspätung in Cap Tiburon im Süden der Kolonie gelandet. Das von Oberstleutnant Malachowski kommandierte zweite Bataillon der 114. Halbbrigade, dem Pan Twardowskis Diener Nurek zugeteilt worden war, erhielt den Befehl, auf schnellstem Wege in die Stadt Les Cayes zu marschieren, wo sich der durch feindliche Angriffe und die Attacken des gelben Fiebers auf ein kleines Häufchen zusammengeschmolzene Überrest der französischen Armee in einer zerstörten Zuckerrohrplantage verschanzt hatte.

Kurz nach Mitternacht setzte sich das Bataillon in Marsch. Der Weg führte auf einem schmalen und gewundenen Pfad durch gebirgiges Gelände hügelauf und hügelab – das Innere der Insel ist zerklüftet wie zusammengeknülltes Packpapier. Zur Rechten lag das mondbeglänzte Meer, zur Linken mit Lianen und Dorngestrüpp bewachsene Bergflanken und senkrecht aufsteigende, bemooste Felswände, von denen im Dunkeln nicht sichtbare Wasserfälle rieselten. Die mit schwerem Gepäck beladenen Soldaten bahnten sich

mit Buschmessern einen Weg durch dichten Urwald und überquerten auf schwankendem Steg einen Abgrund, vor dem die Maultiere wiehernd zurückscheuten, als vor ihnen Feuersignale aufflammten. Die Vorposten der Rebellen, die sich auf dem gegenüberliegenden Berghang eingegraben hatten, brannten auf den Pfannen ihrer Gewehre das Pulver ab. Gleich darauf krachten Schüsse; Nurek warf sich zu Boden und hörte wie neben und über ihm Kugeln einschlugen, während der Bataillonskommandeur seinen Untergebenen befahl, sich zurückzuziehen, um gegen die Angreifer Front zu machen und das Feuer geordnet zu erwidern. Nasse Blätter streiften Nureks Gesicht, während er auf allen vieren aus der Schußlinie kroch. Die Dämmerung ist kurz in den Tropen; ein Hahn krähte, und als Nurek den Kopf hob, war die Finsternis gewichen und ringsum hellichter Tag.
Unter sich sah er den aufgesperrten Rachen eines Krokodils, über sich die blutunterlaufenen Augen eines Negers, der sich mit gezücktem Messer von einem Felsvorsprung niederbeugte, um die Haltetaue zu kappen, an denen nicht nur die Hängebrücke, sondern auch Nureks Leben wie an einem seidenen Faden hing. Es dauerte lange, ehe er begriff, was die Stunde geschlagen hatte, und die helfende Hand ergriff, die ihm sein Retter entgegenstreckte. Im Licht der aufgehenden Sonne erwies sich der undurchdringliche Urwald, durch den sich die Männer mit Macheten einen Pfad geschlagen hatten, als Bananenplantage, und die vermeintlichen Soldaten entpuppten sich als Marktfrauen, die, Körbe mit Hühnern und Eiern auf den Köpfen balancierend, von den Bergen herabgestiegen waren und

in der Dunkelheit Lichter entzündet hatten, um nicht vom Weg abzukommen; die Kugeln, die links und rechts von ihm durch die Luft gezischt waren, hatten Nureks Kameraden abgefeuert.
Die Marktfrauen nahmen die marschierenden Soldaten in die Mitte, und, umgeben von gackernden Hühnern und kollernden Truthähnen, zog das polnische Bataillon in Les Cayes ein, dessen wenige noch verbliebene Bewohner ihre Befreier mit Freudenrufen begrüßten; der Rest der französischen Besatzung war schon vor Wochen aus der zerstörten Stadt desertiert. Von der Tatkraft der Polen angesteckt, faßte die Bevölkerung frischen Mut; unter der fachkundigen Anleitung des Festungsbauingenieurs Jasinski wurden Gräben ausgehoben, Wälle aufgeworfen und Breschen im Verteidigungswerk mit Baumwollballen und Zuckersäcken verbarrikadiert, um die Stadt nach allen Regeln der Fortifikationskunst vor feindlichen Überfällen zu schützen.

7

An Stelle der Rebellen griff ein noch gefährlicherer Gegner an, der, unbemerkt von den Posten, Wälle und Gräben überwand, am hellichten Tag unentdeckt in der Stadt herumspazierte und bei Nacht in die Schlafquartiere der Soldaten eindrang. Das gelbe Fieber, auch schwarzes Erbrechen genannt, würgte unter den Neuankömmlingen wie ein Racheengel. Alle Gegenmaßnahmen waren nutzlos; die erschöpften Soldaten, deren an ein nördliches Klima gewöhnter Organismus noch nicht gegen die Seuche immun war, wurden wie kraftlose Ähren von der Sense des Todes hinweggerafft. Oberstleutnant Malachowski hatte Befehl gegeben, ihm jede Erkrankung persönlich zu melden; er saß am Kartentisch in einem Zelt, das ihm als behelfsmäßiges Hauptquartier diente, und studierte die Marschorder, als der Festungsbauingenieur Jasinski eintrat, sich räuspernd salutierte und auf die Frage: »Was wünschen Sie?« antwortete: »Mein Kommandant! Melde gehorsamst, daß ich sterbe.« Oberstleutnant Malachowski sah zerstreut von seinen Papieren auf und meinte scherzend: »Kopf hoch, Major! Seien Sie guter Dinge, dann werden Sie wieder gesund und haben noch lange zu leben.« Der Festungsbauingenieur salutierte, machte auf dem Absatz kehrt und trat aus dem Schatten des Zelts ins gleißende Sonnenlicht, wo er, ohne ein Wort zu sagen, tot zu Boden fiel. Auf die gleiche Weise starben noch am gleichen Tag Leutnant Zymirski, Fähnrich Rusiecki und der Chef der Voltigeure, Hauptmann Krolikiewicz, nachdem sie ihr Ableben ordnungsgemäß zu Protokoll gegeben hatten. Die Sterblichkeit nahm dermaßen überhand, daß die alle zwei Stunden erfolgende Wachablösung nur noch Tote auf ihrem Posten antraf. Obwohl sich kein Feind am Horizont zeigte, war das Bataillon nach einer Woche auf sechzig Soldaten zusammengeschmolzen.

Auch Nurek verspürte ein leichtes Unwohlsein, das sich innerhalb weniger Stunden von Brechreiz und Durchfall zu Schüttelfrost und Fieber steigerte. Als er seinem Kommandeur davon Meldung machen wollte, daß er den Anbruch des folgenden Tages nicht mehr erleben werde, war Oberstleutnant Malachowski ihm bereits zuvorgekommen und lag tot unter der Zeltplane neben dem umgestürzten Kartentisch. Überrascht um sich blickend stellte Nurek fest, daß er der einzige Überlebende seines Bataillons war; zusammen mit ihren militärischen Verteidigern hatten auch die zivilen Bewohner die sterbende Stadt verlassen. Er bat die Madonna von Tschenstochau um Vergebung für sein sündiges Dasein und schleppte sich mit rapide schwindender Kraft unter die Zeltplane, um hier den Tod zu erwarten.

8

Das Krähen eines Hahns weckte ihn. Nurek wußte nicht, ob er noch lebte oder schon tot war, und ob das wie ein Fanfarenstoß klingende Kikeriki den Anbruch des nächsten oder die Posaunen des Jüngsten Tages ankündigte. Das letztere schien der Fall zu sein, denn während er noch darüber nachsann, ob er sich im Fegefeuer, in der Vorhölle oder schon in der Hölle befand – die Plätze im Paradies waren für höhere Dienstgrade reserviert –, hörte er das Knurren des Zerberus, der den Eingang zur Unterwelt bewacht. Es dauerte eine Zeitlang, bis er begriffen hatte, daß das Knurren nicht von einem zähnefletschenden Höllenhund stammte, sondern aus seinem Magen aufstieg, der gebieterisch nach Essen verlangte: »Folglich«, so schloß Nurek scharfsinnig, »bin ich noch am Leben.« Nachdem er der Heiligen Jungfrau für seine Rettung gedankt hatte, nahm er ein Messer in den Mund und kroch bäuchlings unter der Zeltplane hindurch, einem

Misthaufen entgegen, auf dem ein stolzer Hahn mit schmetterndem Gesang die aufgehende Sonne begrüßte. Hühner waren weit und breit nicht zu sehen; entweder waren sie den Kampfhandlungen zum Opfer gefallen, oder sie hatten zusammen mit den letzten Bewohnern die Stadt verlassen. Nurek beschloß, dem Hahn den Hals umzudrehen, um ihn anschließend mit Paprikaschoten, Zwiebeln und Knoblauch so lange in Salzwasser zu sieden, bis das Fleisch sich von den Knochen lösen ließ; hinterher würde er den Braten mit einer Flasche Bordeauxwein begießen, die er aus dem Nachlaß des Verstorbenen für sich requiriert hatte. »Das Totenhemd hat keine Taschen«, sagte sich Nurek, »von deinem irdischen Besitz nimmst du nichts mit ins Jenseits«; und Oberstleutnant Malachowski – die schwarze Madonna sei seiner Seele gnädig – konnte die Flasche auf seine letzte Reise nicht mitnehmen, falls der Genuß von Rotwein im Himmel nicht überhaupt verboten war, wie Nurek mutmaßte. Besser als den Rebensaft vom Erzengel Michael beschlagnahmen oder den unzivilisierten Soldaten des Generals Dessalines in die Hände fallen zu lassen, die Bordeaux nicht von Burgunder unterscheiden konnten, erschien es ihm deshalb, den Wein selbst zu trinken; und beim Gedanken an den knusprigen Braten, den er, mit Rotwein abgelöscht, als Mittagsmahl verspeisen würde, lief ihm das Wasser im Mund zusammen. Vorher aber mußte er des Hahns habhaft werden, und das war leichter gesagt als getan.

Jedesmal, wenn er sich dem Gockel mit gezücktem Messer näherte, hüpfte dieser im letzten Augenblick zur Seite und suchte flügelschlagend das Weite; auf diese Weise lockte ihn der falsche Vogel bald in diese, bald in jene Richtung und führte ihn wie einen tolpatschigen Tanzbär im Kreis herum, bis es Nurek zu viel wurde. »Wart nur Freundchen«, sagte er halblaut vor sich hin, indem er schwer atmend stehenblieb. »Du hast mir lange genug vor der Nase herumgespielt; gleich hat der Spuk ein Ende.« Er trank sich Mut an mit einem Schluck aus der Feldflasche, die mit Zuckerrohrschnaps gefüllt war, und stürzte sich mit dem polnischen Schlachtruf »Hulaj dusza! Hejza Hultaj! Hulaj wola!« auf das Federvieh, das die Kriegserklärung mit dreifachem Kikeriki beantwortete. Anstatt, wie zuvor, die Flucht zu ergreifen, nahm der Hahn den ungleichen Kampf auf und ging, wie ein Fechtmeister die Attacke parierend, zum Gegenangriff über, indem er federstiebend zwischen den gegrätschten Beinen und fuchtelnden Armen seines Gegners hindurchfuhr. Nurek stolperte und stürzte zu Boden, während der Hahn in Siegerpose auf seinem Rücken umherstolzierte und lauten Triumphgesang hören ließ. Von allen Seiten brandete Beifall auf, und ein Hagel von Kupfer-, Silber- und sogar Goldmünzen ging auf den Champion nieder, der den Wettkampf zu seinen Gunsten entschieden hatte. »Dem Sieger die Ehre«, sagte sich Nurek, »dem Verlierer das Geld«, und bückte sich, um die klingenden Münzen in seinem Hosensack verschwinden zu lassen, als die Verursacher des Goldregens, die hahnenkampfbegeisterten Grenadiere des Generals Dessalines, aus ihren Verschanzungen hervortraten und ihren rechtmäßigen Besitz zurückforderten. Ihr Wunsch, dem ein an seine Kehle gesetztes Bajonett Nachdruck verlieh, war für Nurek Befehl; schweren

Herzens schickte er sich an, den Eigentümern ihr Geld zurückzuerstatten, als neben ihm eine Granate einschlug, die ihn mit roter Erde überschüttete und dort, wo vorher seine Bewacher gestanden hatten, nur einen schwarzen Krater hinterließ. Im selben Augenblick brach ein mörderisches Geschützfeuer los, das die Ruinen der zerstörten Stadt in Feuer und Rauch aufgehen ließ, und aus der Tiefe des Tals war der Gesang der *Marseillaise* zu hören, mit dem französische Grenadiere den Hügel hochstürmten, dessen Verteidiger ebenfalls die *Marseillaise* anstimmten. »An diesem Sängerwettstreit möchte ich mich lieber nicht beteiligen«, sagte sich Nurek, »die hiesige Luft ist mir entschieden zu bleihaltig.« Er beugte sich nieder, um ein am Boden blinkendes Goldstück aufzuheben, und nachdem er sich mit einem kräftigen Schluck aus der Feldflasche gestärkt hatte, packte er den Hahn, der sich ihm, in der Annahme, die Fehde sei beendet, allzu vertrauensselig genähert hatte, und drückte ihm sein Messer an den Hals. Verzweifelt sträubte der Vogel die Federn und ruderte mit den Beinen; von Todesangst beflügelt, die seine Kräfte vervielfachte, segelte er mit Nurek auf dem Rücken, der sich wie ein Reiter an ihm festklammerte, durch die Luft und verstreute dabei einen Goldregen, der die am Boden tobende Schlacht wie durch Zauberhand beendete: die Soldaten warfen ihre Waffen weg und fingen mit Hemden, Mützen und offenen Mündern den Hagel von Sterntalern auf.

9

Nurek flog über Berge und Wälder hinweg, die unter ihm im nebligen Dunst versanken; deutlich war der Umriß der Küste von Haïti zu erkennen, geformt wie das geöffnete Maul eines Krokodils, dessen gezackter Schwanz den spanischen Teil der Insel bildete. Über der nördlichen Ebene stand eine dunkle Rauchsäule; die französischen Grenadiere, die dort unten gegen die Übermacht der Rebellen um ihr Leben kämpften, sahen von oben wie Spielzeugsoldaten aus; und erst als ihm Kugeln um die Ohren zischten, während der Hahn im Tiefflug über das Schlachtfeld hinwegsauste, wurde Nurek der Ernst der Lage bewußt. Nach einstündigem Flug landete der Vogel auf einer von schroffen Bergen umschlossenen, kahlen Hochebene, Savanne Zombie genannt. Nurek glaubte zu träumen, als ihm unter windzerzausten Pinien ein schwarzer Hengst entgegentrabte, dessen fröhliches Wiehern ihm bekannt vorkam. Entweder war Nurek schon gestorben und befand sich im Totenreich, oder es handelte sich um ein Gespenst. Auf dem Rücken des Rappen saß die untere Hälfte seines Herrn: Pan Twardowski, oder wie auch immer der Geisterreiter heißen mochte, war oberhalb der Gürtellinie durchgeschnitten. Nurek rieb sich verwundert die Augen und nahm einen Schluck aus seiner Feldflasche. Er schien doch noch am Leben zu sein, denn im Paradies wurde nur himmlischer Nektar, aber kein Schnaps ausgeschenkt; und die beiden Kupfermünzen, die in seinem Hosensack klimperten, hätte er dorthin nicht mitnehmen können, weil das Totenhemd bekanntlich keine Taschen hat.

Nein, seine übermüdeten Augen hatten ihm keinen Streich gespielt: dies war keine Luftspiegelung und auch keine Geistererscheinung, wie er sich mit den Fingerspitzen tastend überzeugte; dies waren die schwarzen Schaftstiefel, die er jeden Morgen blankgeputzt, und die blauen Tuchhosen seines Herrn, auf die er silberne Litzen genäht hatte. Kein Zweifel, er hatte Pan Twardowski vor sich, wenn auch unvollständig.
Nurek besann sich auf seinen praktischen Menschenverstand, mit dessen Hilfe das polnische Volk Jahrhunderte der Fremdherrschaft überlebt hat: »Hilf dir selbst, dann hilft dir Gott«, sagte er sich; und da ein Herr, der keinen Mund zum Sprechen hat, keine Befehle mehr erteilen kann, übernahm er selbst das Kommando der auf anderthalb Mann zusammengeschmolzenen polnischen Legion. Er pfiff dem Pferd, stieg in den Sattel, hob seinen Herrn auf die Schultern und setzte den Hahn als Krönung obendrauf, um Pan Twardowski durch lautes Kikeriki für den Verlust seiner Stimme zu entschädigen. »Predko Skarb! Predko!« Mit diesem Ruf setzte sich das an die Bremer Stadtmusikanten erinnernde Quartett in Bewegung und trabte den Hügel hinab, dem am westlichen Horizont sichtbar werdenden Meer entgegen, hinter dem das alte Europa sich im Schlaf räkelte.

10

Nach dem Tod ihres Oberbefehlshabers General Leclerc, der am 2. November 1802 dem gelben Fieber erlegen war, hatte die französische Armee eine Niederlage nach der anderen erlitten. Während Napoleon den Anführer der Aufständischen, Toussaint Louverture, nach Frankreich deportieren und dort in Festungshaft verschmachten ließ, befahl Leclercs Nachfolger, General Rochambeau, auf das Einfangen entlaufener Sklaven abgerichtete Bluthunde auf die Rebellen zu hetzen, und beschleunigte damit nur seinen eigenen Untergang. Die vorher miteinander verfeindeten Heere der Schwarzen und Mulatten schlossen sich zu einer gemeinsamen Front zusammen und trieben die Invasoren in einer Zangenbewegung zur Küste zurück, deren Häfen von britischen Kriegsschiffen blockiert wurden.

Nurek ritt, seinen halben Herrn und den roten Hahn auf den Schultern, durch ein von Bruderzwist und Bürgerkrieg verwüstetes, menschenleeres Land, über dem schwarze Rauchfahnen an Stelle der Trikolore flatterten. Verkohlte Zuckerrohr- und Maiskolben trudelten aus dem vom Feuerschein brennender Felder geröteten Himmel herab. Dann ging ein endloser Regen nieder und verwandelte die verbrannte Erde in bodenlosen Morast, in dem der Rappe mit den Hufen einsank. Als Vorbote der Sonne erschien ein Regenbogen am Himmel, von dreifachem Kikeriki des Hahns begrüßt, und wies Nurek den Weg nach Crête-à-Pierrot, wo der abgeschnittene Oberkörper seines Herrn unter den Trümmern des gesprengten Forts begraben lag.

»Am Ende des Regenbogens ist ein Schatz zu heben«, sagte sich Nurek, spuckte in die Hände und stieß den Spaten in das lockere Erdreich. Schon nach wenigen Spatenstichen traf er auf Widerstand und förderte

ein Goldstück mit dem Wappen Karls v. zutage, das auf das hohe Alter des Schatzes hindeutete. Bei genauerer Untersuchung des Fundes stellte er fest, daß es sich um einen Messingknopf handelte, in den ein polnischer Reichsadler eingraviert war. Der nächste Spatenstich brachte eine Epaulette ans Licht, deren Silberschnur, ein fein gedrechselter Ähren- oder Ehrenkranz, Nurek bekannt vorkam. Er krempelte sich die Ärmel hoch, und schon nach wenigen Minuten hatte er den Oberkörper seines Herrn freigelegt, der, abgesehen von einer durch die lange Lagerung bedingten bläulichen Verfärbung der Haut, keinerlei Schaden genommen hatte. »Jetzt gilt's«, sagte sich Nurek, »zeig, was du kannst«, und, begleitet vom ungläubigen Krähen des Hahns und vom überraschten Wiehern des Pferds, setzte er die beiden Hälften zusammen, die sich wie die Bruchstücke eines Marmortorsos nahtlos ineinanderfügten. »Hulaj dusza! Hejza Hultaj! Hulaj wola!« rief Nurek und klatschte in die Hände. Bei diesen Worten erhob sich Pan Twardowski aus seinem Grab und fiel seinem Bedienten um den Hals, der ihn vom Tod ins Leben zurückgerufen hatte.
Die Wiedersehensfreude war nur von kurzer Dauer, denn noch bevor die Freunde Zeit gefunden hatten, einander von ihren Abenteuern zu berichten, trat General Dessalines auf den Plan, der an der Spitze seines Heers die letzten feindlichen Vorposten überrannt hatte, entschlossen, mit den Gefangenen kurzen Prozeß zu machen und die europäische Präsenz auf Haïti für immer zu beenden. Pan Twardowski und sein Diener Nurek wurden im Hof des Forts an die Wand gestellt und, während das Exekutionskommando niederkniete

und seine Gewehre durchlud, erteilte Dessalines mit erhobenem Säbel den Befehl zum Feuern. Aber der Rebellenführer hatte seine Rechnung ohne den Wirt gemacht. In buchstäblich letzter Sekunde trat Pan Twardowski, dessen Oberkörper, wie sich erst jetzt zeigte, verkehrt herum auf den Hüften saß, einen Schritt vor bzw. zurück und sagte mit näselnder Stimme, im befehlsgewohnten Ton eines polnischen Offiziers, der auf der Jagiellonen-Universität Französisch gelernt hat: »Ich duld' es nicht, daß ich erschossen werde!« (Vielleicht sagte er auch: Jeszcze Polska nie zginela, oder: Ceterum censeo, Carthaginem delendam esse.) Die mit ruhiger Sicherheit gesprochenen Worte verfehlten auch diesmal nicht ihre Wirkung. Dessalines, der sonst seine Opfer eigenhändig über die Klinge springen ließ, gebot dem Exekutionskommando Einhalt und schenkte seinen Geiseln die Freiheit; er ernannte Pan Twardowski zum Gesandten der Republik Haïti in Krakau und Nurek zu seinem ersten Konsul.

Postscriptum

Hier endet meine Geschichte. Ich verlasse den festen Boden der historisch verbürgten Tatsachen, die der interessierte Leser in jeder Bibliothek nachschlagen kann, und betrete das unsichere Terrain der Mutmaßungen und Spekulationen. Eines dieser Gerüchte besagt, Pan Twardowski und sein Diener Nurek hätten ihre Posten in Polen nie angetreten, sondern seien in Haïti geblieben. Sie hätten dem neuen Staatschef Dessalines treu gedient, bis dieser sich, Napoleon nacheifernd oder nachäffend, zum Kaiser gekrönt und vom Befreier zum Unterdrücker gewandelt habe. Pan Twardowski, so heißt es, soll der Drahtzieher der Verschwörung gewesen sein, der Dessalines am 17. Oktober 1806 zum Opfer fiel. Unter dem Namen Christophe I. ließ er sich 1811 zum König von Haïti krönen, ernannte seinen Diener Nurek zum Kurfürsten von Limonade und seinen Rappen Skarb zum Markgrafen von Marmelade und regierte den Norden der Insel als absoluter Monarch, bis er sich am 8. Oktober 1820, um einem Komplott seiner Untergebenen zuvorzukommen, eine goldene Kugel in den Kopf schoß. Henryk Krzysztof alias Henri Christophe, dessen Hautfarbe blau war und dessen Oberkörper verkehrt herum auf den Hüften saß, wird seitdem in Haïti als Nachfahre der Heiligen Drei Könige und Inkarnation des Totengottes Baron Samedi verehrt. Er hinterließ der staunenden Nachwelt mehrere Monumentalbauten, bei deren Errichtung Zehntausende von Arbeitern ums Leben kamen, ein monumentales Gesetzeswerk, den Code Henri, sowie eine silberne Haarlocke, die heute im historischen Museum von Port-au-Prince gezeigt wird.

Zu guter Letzt ist noch Pan Twardowskis Diener Nurek zu gedenken, der, durch Hahnenkämpfe reich geworden, nach dem Tod seines Herrn mit einer Schiffsladung voller Gold nach Krakau zurückkehrte. Der Hahn wurde in der durch Nureks Flucht ausgelösten Hungersnot geschlachtet; nur der Rappe Skarb hat alle Protagonisten unserer Erzählung überlebt. Er geistert noch heute durch die Ruinen der von König Christophe erbauten Zitadelle und des Schlosses Sanssouci. Dort hat er mir seine Geschichte erzählt, für deren Wahrheitsgehalt ich mich verbürge, obwohl er Wichtiges weggelassen und Nebensächliches über Gebühr herausgestrichen hat. Das liegt an seinem beschränkten Pferdeverstand, für den ich als Autor nicht haftbar gemacht werden kann. Predko, Skarb, predko!

III. Bombardopolis

»... und der schimmernde Regenbogen aus Wesen stand ohne Sonne, die ihn schuf, über dem Abgrunde und tropfte hinunter.«
(Jean Paul: *Rede des toten Christus vom Weltgebäude herab*)

1

Am 22. Dezember 1763 landete die Fregatte *Zéphir*, begleitet von den Korvetten *L'Arc-en-ciel* und *L'Alcide*, an der Westküste der Insel Saint Domingue in einer geräumigen Bucht, die zur Erinnerung an den Tag ihrer Entdeckung durch spanische Seefahrer Môle St. Nicolas heißt. An Bord der Schiffe befanden sich 1975 elsässische Siedler, die, den Werbern des Marineministers Choiseul folgend, ihrer Heimat Lebewohl gesagt hatten, um in Kanada ihr Glück zu versuchen, das damals noch zu Frankreich gehörte. Ursprünglich hatte es sich um eine größere Gruppe von über 5000 Auswanderern gehandelt, von denen ein Fünftel während der Überfahrt an Skorbut verstorben war. 1763, im Frieden von Paris, hatte Frankreich die kanadische Provinz Québec an England abtreten müssen; anstatt am kühlen Ufer des St. Lorenzstroms, wateten die mit Schlittschuhen ausgerüsteten Elsässer in den Fiebersümpfen von Französisch-Guyana an Land, wo ein weiteres Fünftel an der Cholera verstarb. Die Überlebenden wurden auf Befehl des Gouverneurs auf der vor der Küste gelegenen Teufelsinsel interniert, die, ihres angeblich gesunden Klimas wegen, *Île-du-salut* hieß. Hier ging ein weiteres Fünftel der Einwanderer an der von Ratten übertragenen Pest zugrunde; die Kranken starben so schnell, daß sie ohne Bestattungszeremonie von den Basaltklippen ins Meer geworfen werden mußten, dessen Brandung ihre von Haien angefressenen Leichname auf den steinigen Strand spülte. Nachdem sie sich mit einer Bittschrift an die Regierung gewandt hatten, erbarmte sich der König der Unglücklichen und bewilligte ihnen Land und Sklaven in seiner Kolonie Saint Domingue, während er den für das Fiasko verantwortlichen Marineminister seines Postens enthob.

2

Monate verstrichen, ehe der königliche Erlaß in Cayenne eintraf und der Schiffskonvoi aus Frankreich endlich seinen Bestimmungsort erreicht hatte. Als er mit mehrwöchiger Verspätung in den Hafen von Cap Français einlief, hatten die dortigen Kolonialbehörden keinerlei Vorbereitungen zum Empfang der Deportierten getroffen. Der Gouverneur war auf Heimaturlaub in Frankreich; sein Stellvertreter, der Intendant, befand sich auf einer Inspektionsreise im Süden der Kolonie; der Hafenkommandant wußte von nichts; aus Angst, seine Kompetenzen zu überschreiten, stellte er die Flotte unter Quarantäne und verweigerte ihr die Landung. Die Schiffe kreuzten, ohne Wasser und ohne Lebensmittel für die durch Hunger und Krankheiten geschwächten Passagiere, mehrere Tage lang in der von Riffen und Untiefen durchzogenen Bucht; jedesmal, wenn sich eines von ihnen dem Hafen näherte, wurde es durch Schüsse vor den Bug zum Abdrehen gezwungen. Wieder ging wertvolle Zeit verloren, und weitere Deportierte starben, bevor der Admiral d'Estaing, dessen Flotte die Engländer kurz zuvor vernichtend geschlagen hatten, den Fall an sich zog und die Schiffe nach Môle St. Nicolas umdirigierte, wo die unter seinem Kommando stehende Miliz, verstärkt durch kräftige Negersklaven aus den Zuckersiedereien des Königs, damit begann, Pfade durch das Unterholz zu schlagen.

Die Landung in Môle St. Nicolas erwies sich als unerwartet schwierig, weil an Stelle des freundlichen Passats, der einst die Karavellen des Kolumbus in die Bucht geleitet hatte, ein widriger Nordostwind wehte, der den Himmel mit dunklen Wolken überzog und die Schiffe ins offene Meer zurücktrieb. Gegen Wind und Wellen kreuzend, lief die Fregatte *Zéphir* auf eine Sandbank; beim Versuch, ihrem Schwesterschiff auszuweichen, das die Einfahrt in die Bucht blockierte, kenterte die Korvette *L'Alcide*; nur die von einem schwarzen Schiffsjungen namens Nanky dirigierte Korvette *L'Arc-en-ciel*, die bei der Havarie ihr Steuerruder verlor, erreichte mit schwerer Schlagseite den Hafen.

Während der Kapitän zusammen mit der Besatzung das sinkende Schiff verließ, blieben die Passagiere der *Zéphir* allein auf der Sandbank zurück und warteten, zuerst bis zu den Knien und später, bei steigender Flut, bis zur Brust im Wasser stehend, vergeblich auf Hilfe; erst Stunden später, als der Wind abflaute, wateten sie durchnäßt und durchfroren an Land. Noch schlimmer erging es den Passagieren der Korvette *L'Alcide,* die sich, anstatt die Rettungsboote zu besteigen, an ihr im Wasser treibendes Gepäck klammerten, dessen Gewicht sie in die Tiefe zog; dabei wurden ihnen ihre Schlittschuhe zum Verhängnis, deren Schnüre sich wie Galgenstricke um die Hälse der Ertrinkenden schlangen. All das geschah in Sichtweite des Hafens, auf dessen Kaimauer sich zahlreiche Schaulustige versammelten, während die Schiffbrüchigen, ohne daß sich ihnen eine helfende Hand entgegenstreckte, im aufgewühlten Meer versanken. Die Überlebenden krochen, zu Tode erschöpft, ans Ufer, fielen, triefend vor Nässe, auf die Knie und sangen im Chor: »Ein feste Burg ist unser Gott« – ein Verstoß gegen das Gesetz des Königs, den der Admiral in Anbetracht der besonderen Umstände stillschweigend übersah. Erst als die für musikalische Eindrücke überaus empfänglichen Negersklaven das verbotene Lied leise mitsummten und schließlich laut mitsangen, runzelte er die Stirn und gebot dem frevelhaften Tun mit gezücktem Degen Einhalt. Er ließ das Lilienbanner des Königs hissen und die erschöpften Auswanderer, deren Zahl auf mehr als die Hälfte zusammengeschmolzen war, in Viererreihen zum Appell antreten.

»Willkommen in der Kolonie Saint Domingue«, sagte der Admiral, indem er mit klirrendem Degen auf und ab schritt und jedes seiner Worte mit einem leichten Schlag der Klinge gegen seine Stiefelschäfte skandierte. »Ihr seid den Werbern unseres Königs gefolgt, in dessen Reich die Sonne nie untergeht, außer für Monsieur Choiseul, den Marineminister, der euch das Blaue vom

Himmel versprochen hat und dafür jetzt in der Hölle büßt. Das Glück hilft dem Tüchtigen – dieser Wahlspruch hat in der alten ebenso wie in der neuen Welt Gültigkeit, und in den Kolonien des überseeischen Frankreich gilt noch mehr als in den Provinzen des Mutterlands die Devise, daß dem Fleißigen alle Türen offenstehen, denn, wie schon die alten Griechen wußten: vor die Tugend haben die Götter den Schweiß gesetzt. Das Glück, das ihr in der neuen Welt sucht, wird euch nicht kampflos zufallen, es will und muß durch harte Arbeit erworben und festgehalten werden: dem Schläfer fällt es nimmermehr vom Dache, und auch der Läufer wird es nicht erjagen, wie ein neuerer Dichter sagt. Ordnung, Sauberkeit und Disziplin sind die Unterpfänder eures Glücks und haben Frankreich zu dem gemacht, was es heute ist: eine moderne Monarchie, vor deren bewaffneter Macht alle Halsabschneider, Schurken und Bösewichter der Welt zittern. Unordnung, Schmutz und Disziplinlosigkeit werden streng bestraft: ein Moskito – dein Tod! Vor allem aber ist Wachsamkeit geboten gegenüber den Feinden Frankreichs, die sich auf allen Weltmeeren zusammenrotten: spanische Korsaren, holländische Freibeuter und britische Piraten – nicht zu vergessen aus der Armee und Marine desertierte Soldaten und Matrosen, entlaufene Negersklaven und anderes arbeitsscheues Gesindel, von dem jedem geordneten Gemeinwesen Gefahr droht. Zur Abwehr von Angriffen wird die neu zu gründende Stadt, deren cartesianischer Geist schon in ihrer rechteckigen Form zum Ausdruck kommt, von Wachtürmen und unübersteigbaren Palisaden umgeben und auf den klangvollen Namen Bombardopolis getauft, mit dem Frankreich dem Rest der Welt seine Wehrhaftigkeit signalisiert.«

»Ich habe mir soeben einen Scherz erlaubt«, fuhr der Admiral fort, während er mit einer Handbewegung einen Moskito verscheuchte, der sich auf seiner Nasenspitze niedergelassen hatte, »ich habe mir einen lustischen Scherz erlaubt, denn der Name Bombardopolis hat natürlich nichts mit militärischen Bombardements zu tun, die ich als Mann des Ausgleichs und des Friedens der Kolonie ersparen möchte; es handelt sich um eine Hommage an meinen Freund, den Straßburger Bankier Bombarde, der mit großzügigen Krediten die Gründung unserer Stadt ermöglicht hat. Leider haben ihn wichtige Geschäfte daran gehindert, bei der Grundsteinlegung persönlich anwesend zu sein; an seiner Stelle wird der Forschungsreisende Moreau de Saint-Méry, der heute unter uns weilt, ein paar Worte sagen. Er weiß, wovon er spricht, denn er hat die Flora und Fauna der Inseln unter und über dem Winde gründlich studiert und in seinen naturhistorischen Werken eingehend beschrieben!«
»Die Kolonie Saint Domingue«, mit diesen Worten begann der Forschungsreisende seine Ausführungen, »verdankt ihre Entstehung einer gewalttätigen Revolution, durch die flüssiges Magma aus dem Innern der Erde an die Oberfläche geschleudert wurde, wo es eine Kette von Inseln bildete, die als Landbrücke in vorgeschichtlicher Zeit den Norden mit dem Süden des Kontinents verband. Im Gegensatz zu ihrer unruhigen Vergangenheit, in der die Region von periodisch wiederkehrenden Erdbeben und Vulkanausbrüchen er-

schüttert wurde, ist die Kolonie heute ein Hort des Friedens, in dem Menschen aller Rassen und Hautfarben einträchtig zusammenleben und wo es, außer dem *homo sapiens,* kein reißendes Raubtier gibt. Vielleicht glaubte deshalb Christoph Kolumbus, als er vor bald dreihundert Jahren an dieser Küste landete, das Paradies auf Erden entdeckt zu haben, das nach den Angaben des Geographen Mandeville westlich der Säulen des Herkules im atlantischen Ozean liegt. Die Insel war damals von Mangusten und Manatis bevölkert, fetten Seekühen, die die spanischen Matrosen für Nixen oder Najaden hielten, weil sie ihre prall gefüllten Euter wie Brüste über die Wasseroberfläche streckten, während die landbewohnende Manguste, ein entfernter Verwandter der ägyptischen Pharaoratte, nicht mit der meeresbewohnenden Languste verwechselt werden darf, bei deren bloßer Erwähnung mir das Wasser im Munde zusammenläuft.«
Bei diesen Worten wischte sich der Forschungsreisende mit der Serviette einen Speichelfaden vom Kinn. »Manguste hin, Languste her«, fuhr er fort: »Nach der Ankunft der Europäer mußte die unzweckmäßige Flora und Fauna der Inseln einer zweckmäßigeren Ordnung weichen; Bergwälder und Savannen wurden gerodet und machten Kaffee- und Zuckerrohrplantagen Platz, und nachdem die Karibenindianer den Weg alles Irdischen gegangen waren, wurden sie durch aus Afrika importierte Negersklaven ersetzt, die in mehr als achtzig Rassen und Unterklassen zerfallen. Um es kurz zu machen: am besten für Feld- und Hausarbeit geeignet sind die Bambaras, am gefährlichsten die Mandingos, die sich die Zähne spitz zufeilen und Men-

schenfleisch fressen, am minderwertigsten aber sind die Mischlinge: Mulatten, Mestizen, Marabous, Saccatras, Griffes, Quarteronen und wie sie alle heißen, wobei als Faustregel gilt: je höher der Intelligenzgrad, desto verschlagener der Charakter, und umgekehrt je reinrassiger, desto dümmer. Sehen Sie selbst!« Und der Forschungsreisende deutete auf eine Gruppe von blauschwarzen Kongonegern, die wie Ochsen unter dem Joch apathisch vor sich hin stierten, auf einen Wink ihres Aufsehers aber fröhlich zu tanzen begannen, wobei sie ihre Hand- und Fußketten rhythmisch hin und her bewegten. »Immer wenn ich Neger tanzen sehe«, fügte der Reisende versonnen hinzu, nachdem er sich eine Träne von den Wimpern getupft hatte, »werde ich sentimental und möchte sie am liebsten aus ihren Ketten befreien, aber das ist eine gefährliche Humanitätsduselei, denn in Ketten zu tanzen ist die größte Kunst. Wir können uns solche Gefühle nicht leisten. Anstatt unsere Sklaven zu streicheln, müssen wir sie schlagen – zu ihrem eigenen Wohl. Die natürliche Auslese des uns zur Verfügung stehenden Menschenmaterials muß von den Kolonialbehörden bewußt gesteuert werden, wobei Träger unerwünschter Eigenschaften rücksichtslos auszumerzen sind. Mitleid wäre hier fehl am Platze, so wie die grausame Mutter Natur es uns täglich vorexerziert: die Ausrottung von Manati und Manguste, Biber und Bison ist im Großen Plan der Schöpfung ebenso vorgezeichnet wie der Untergang der letzten Mohikaner – wer wollte sich anmaßen, dem Rad der Geschichte in die Speichen zu greifen? Wir haben die Küstengewässer von Haien und die Flüsse und Seen von Krokodilen gesäubert, die früher ungeniert überall herumwatschelten, weil die Kaziken den Kaiman für heilig erklärten. Nur die in den Sumpfniederungen brütende Malariamücke trotzt vorläufig noch den von der Regierung angeordneten Maßnahmen, unter denen das Trockenlegen der Sümpfe an erster Stelle rangiert, sowie der Raubvogel Malfini, der irreparable Schäden in den Hühnerställen anrichtet und dem nur durch Zerstörung der Horste und Vernichtung der Brut beizukommen ist. Aber es ist nur noch eine Frage der Zeit, bevor auch dem letzten Schädling der Garaus gemacht wird und die Kolonie einer für alle ihre Bewohner glücklichen Zukunft entgegengeht!«

Als der Forschungsreisende seinen Vortrag beendet hatte, ergriff noch einmal der Admiral das Wort.

»Nach dem Gesetz des Königs«, sagte er streng, »ist das Absingen protestantischer Kirchenlieder im katholischen Frankreich außerhalb der dafür zugelassenen Bethäuser und Tempel verboten. Obwohl Unwissenheit nicht vor Strafe schützt, lasse ich in Anbetracht der besonderen Umstände Gnade vor Recht ergehen. Bei dem Schiffbruch, dessen Zeugen wir geworden sind, handelt es sich, juristisch gesehen, um höhere Gewalt. Anders ist es im Fall der Sklaven, denen das Gesetz nicht genehmigte Versammlungen und Volksbelustigungen mit Gesang und Tanz strikt untersagt. Nachsicht wäre hier fehl am Platze, da es sich bei ihnen strenggenommen um beweglichen Besitz handelt, nicht um Subjekte, sondern um Objekte, die keinerlei Rechte, sondern nur Pflichten haben. Deshalb lasse ich an dieser Stelle ein Exempel statuieren.«

Der Admiral befahl, die Trommel zu rühren und den Verstoß gegen das Verdikt des Königs mit fünfzig Peitschenhieben zu bestrafen. Dem Schiffsjungen Nanky, der als erster den verbotenen Gesang angestimmt hatte, wurde das Hemd vom Leib gerissen; dann wurde er auf den zur Bestrafung rebellischer Sklaven vorgesehenen Bock geschnallt. Ein vierschrötiger Mulatte, der freiwillig als Büttel amtierte und mit einer Flasche Zuckerrohrschnaps für seine Henkerdienste entlohnt wurde, ließ die neunschwänzige Katze auf den entblößten Rücken des Deliquenten niedersausen, wo die blutigen Striemen ein geometrisches Muster bildeten. Währenddessen zählte der Regimentsbuchhalter, ein des Lesens kundiger Freigelassener, jeden Peitschenhieb laut mit und trug anschließend die ordnungsgemäß erfolgte Bestrafung in ein Buch ein, das von Admiral d'Estaing gezeichnet und von Moreau de Saint-Méry gegengezeichnet wurde. Kurz vor Ende der peinlichen Prozedur, als der Büttel zum letzten Hieb ausholte, krachte ein Donnerschlag aus heiterem Himmel, ein Blitz fuhr in die zum Schlag erhobene neunschwänzige Katze, deren Riemen mit Stahlkugeln gespickt waren, und schwebte wie ein Elmsfeuer über den vor Entsetzen gesträubten Haaren des Henkers, der, wie von einer Axt gefällt, zu Boden fiel. Im gleichen Augenblick ging ein tropischer Regenguß nieder und spülte das vergossene Blut ins Hafenbecken. Vom Blitz geblendet und vom Donner betäubt, verloren die Deportierten die Besinnung und fielen reihenweise in Ohnmacht.

3

Als sie, vom kühlen Regen erfrischt, aus der Bewußtlosigkeit erwachten, trauten sie ihren Augen nicht. An Stelle der mit Disteln und Kakteen bewachsenen staubtrockenen Savanne dehnte sich ringsum eine mit blühenden Dornbüschen übersäte Wasserwüste, auf der es von Wildenten und Wasserhühnern wimmelte, zwischen denen rosa Flamingos herumstolzierten, das Ganze überwölbt von einem in allen Spektralfarben schillernden Regenbogen, durch den im gleichen Augenblick eine Taube hindurchflog, die, wie am Morgen nach der Sintflut, einen Olivenzweig im Schnabel trug. Die Schiffbrüchigen fielen auf die Knie und dankten dem Schöpfer für das sichtbare Zeichen der Gnade, mit dem er ihnen, nach der Rettung aus schwerster Not, eine bessere Zukunft signalisierte. Durch die Ruhepause wundersam erquickt, machten sie sich mit frischen Kräften an die Arbeit und begannen, nach den Plänen des Admirals eine Stadt zu bauen, die auf französisch Bombardopolis, auf deutsch aber Gnadenau heißen sollte.

Das Dickicht wurde gerodet, Dornbüsche und stachliges Unterholz niedergebrannt, Kakteen und Disteln, Nesseln und Schlingpflanzen wurden mit Stumpf und Stiel ausgegraben, Felsbrocken aus dem Weg geräumt, Feldsteine gesammelt und zu Mauern aufgeschichtet, um den Wind abzuhalten, der, je nachdem glühend heiß oder eiskalt, über die Ebene strich, die Erde zu Staubwolken aufwirbelte und alles mit feinem Sand überzog, der den Siedlern die Augen verklebte und morgens beim Aufwachen zwischen den Zähnen knirschte. Brunnen wurden gebohrt, Zisternen angelegt und Kanäle ausgeschachtet, um Regen auf die Felder zu leiten, der nur spärlich fiel und auf den heißen Steinen so rasch verdunstete, daß sich tagaus, tagein stets die gleiche in der Hitze flimmernde Savanne vor den Augen der Anwohner ausdehnte. Trotzdem ließen sie sich durch Rückschläge nicht entmutigen, schlugen Breschen durch das mannshoch wuchernde Dornengestrüpp, errichteten aus Lehmziegeln gemauerte, mit Palmstroh gedeckte Hütten, die sich um ein aus Schiffsbalken gezimmertes Haupthaus gruppierten, das als Kirche, Versammlungsraum und Vorratslager zugleich diente, und brachten das aus der Heimat mitgeführte Saatgut auf die Felder aus, das allen Anstrengungen zum Trotz auf dem kargen Boden nicht gedieh. Denn obwohl die Kolonisten jeden Tag von Sonnenaufgang bis Sonnenuntergang schufteten, keinen Fasten- und Feiertag und keinen Kirchgang versäumten, wurden ihre Gebete nicht erhört; ihr Fleiß trug keine Früchte, und an Stelle des erhofften Brots gab es nur Steine zu essen. All ihre Mühe und Arbeit waren umsonst und wurden von immer neuen, unvorhergesehenen Ereignissen durchkreuzt und zunichte gemacht. Das europäische Saatgut war für das subtropische Klima nicht geeignet oder durch unsachgemäße Lagerung während der Überfahrt feucht geworden und verschimmelt; das Korn verdorrte in der glühendheißen Sonne, oder es wurde von plötzlich einsetzendem Regen zusammen mit der urbar gemachten Erde ins Meer geschwemmt; was am Halm zurückblieb, fiel Heuschrecken zum Opfer, die in riesigen Schwärmen, Gewitterwolken gleich, in die Felder einfielen. Ratten

brachen in die Vorratskammern ein und fraßen die dort gespeicherten Ernteerträge auf; Termiten höhlten die Balken aus und brachten die Häuser zum Einsturz; Windhosen wirbelten Ställe mit brüllendem Vieh durch die Luft, Erdrutsche und Überschwemmungen machten Wege und Straßen unpassierbar und schnitten die Siedlung von der Außenwelt ab. Durch die Unachtsamkeit eines alten Negers, der seine brennende Tabakspfeife am Betstuhl ausklopfte, ging die Kirche in Flammen auf, und was der Sturm nicht dem Erdboden gleichgemacht hatte, fiel Feuersbrünsten zum Opfer; Hunger, Durst und ansteckende Krankheiten, allen voran das von Moskitos übertragene Gelbfieber, dezimierten das immer kleiner werdende Häuflein der Deportierten, das wie Schnee unter der Tropensonne unaufhaltsam dahinschmolz. Jeden Morgen wurde die Sterbeglocke geläutet; die Toten wurden so zahlreich, daß sie in Massengräbern beigesetzt werden mußten, auf deren Grund vom Meer ins Land eindringendes Brackwasser gurgelte, das Quellen und Brunnen mit Leichengift verseuchte.
Anstatt der versprochenen Negersklaven aus den Zuckersiedereien des Königs schickte der neue Marineminister eine Schiffsladung mit kriegsgefangenen Irokesen vom St. Lorenzstrom, die weder Französisch noch Englisch sprachen und weder durch Drohungen noch durch gute Worte zur Arbeit gezwungen werden konnten. Sie umringten im Halbkreis ihren Häuptling, der, das Gesicht mit dem Adlerprofil der untergehenden Sonne zugewandt, einen Klagegesang anstimmte, dessen monotonen Refrain die Umstehenden im Chor wiederholten. Die Kolonisten wälzten sich schweißge-

badet unter ihren Moskitonetzen, während das gräßliche Klagelied, mit dem der Häuptling sich und sein Volk in den Tod sang, die ganze Nacht hindurch in ihren Ohren widerhallte. Erst als sie sich am nächsten Morgen in der notdürftig wiederhergestellten Kirche versammelten, um für ihre roten Brüder zu beten, und gemeinsam das Lied »O Haupt voll Blut und Wunden« anstimmten, verstummte der Klagegesang, und die Irokesen, angeführt von ihrem Häuptling, der sich mit roter Erde bestrichen und Asche aufs Haupt gestreut hatte, betraten das Gotteshaus und fielen, einer nach dem andern, in den Choral mit ein. Wie sich auf Befragen herausstellte, hatten Missionare der Herrnhuter Brüdergemeinde sie zum Christentum bekehrt und ihnen evangelische Kirchenlieder beigebracht. »Mein Name ist Unkas«, sagte der Häuptling in akzentfreiem Deutsch, das er bei den Herrnhutern gelernt hatte, »und ich bin der Urenkel von Hiawatha, dem Vater der fünf Nationen, der mit den Stämmen der Seneca, Oneïda, Onóndaga, Cayúga und Mohawk den Irokesenbund gegründet hat; die Tuscaróra kamen erst später hinzu. Ich bin zusammen mit den Kriegern meines Stammes über das große Wasser ins Land der aufgehenden Sonne gekommen, um hier zu sterben. Vorher aber möchte ich meinen deutschen Brüdern eine Vision mitteilen, die ich während der Fahrt auf dem geflügelten Kanu des weißen Mannes im Schlaf erblickt habe. Im Traum sah ich Manitou, den großen Geist, in einem Regenbogen, der sich wie eine bunt schimmernde Riesenschlange über den donnernden Wassern der Niagarafälle wölbte, durch die ich in einem großen Kanu, das von Kriegern meines Stammes gerudert wurde, hinabschoß. Ich sah viele Menschen in allen Farben des Regenbogens, rote, gelbe, braune und schwarze, die den gleichen Weg gingen und über und unter mir von den donnernden Wassern in die Tiefe gerissen wurden. Am höchsten Punkt des Regenbogens schwebte ein Adler, der mit ausgebreiteten Schwingen in der Luft stillstand und dabei Worte sprach, deren Sinn mir erst später offenbar wurde, weil ich sie damals nicht verstand. Das Wasser, das zum Himmel aufsteigt, sagte der Donnervogel, fällt wieder auf die Erde herab; und das Wasser, das auf die Erde herabfällt, steigt wieder zum Himmel auf. Ugh, ich habe gesprochen.« Nach diesen Worten legte sich der Häuptling vor dem Altar zum Sterben nieder, während ihm der Pfarrer die Geschichte von Hiob aus dem Alten Testament vorlas. Sein Leichnam wurde mit einem Boot zu Wasser gelassen, wie dies sein letzter Wunsch gewesen war, und trieb mit der Flut ins offene Meer hinaus, während seine Stammesgenossen sich einer nach dem andern von den Klippen der Steilküste ins Meer stürzten; kein Irokese hat den kollektiven Selbstmord überlebt.

4

Hier endet unsere Geschichte, noch bevor sie richtig in Gang gekommen ist. In seiner *Description topographique, physique, civile, politique et historique de la partie française de l'île Saint-Domingue* zieht Moreau de Saint-Méry, der es wissen muß, weil er die Insel bald nach den geschilderten Ereignissen wieder besucht hat, eine erschreckende Bilanz: von den 1975 elsässischen Kolonisten, die im Dezember 1763 in Môle St. Nicolas an Land gingen, waren im April 1766 nur noch 676, also etwa ein Drittel, am Leben, deren Zahl sich bei der nächsten Volkszählung, im März 1770, auf 334 reduzierte. Die Kolonie fraß ihre Kinder: im Mai 1789, am Vorabend der Französischen Revolution, war in und um Bombardopolis kein einziger Elsässer mehr registriert; auf den Trümmern der Häuser grasten wilde Ziegen, und in den Ruinen der Kirche bellten streunende Hunde den Mond an. Was war geschehen? Es ist nicht ganz klar, ob die Seuche eine Folge der Hungersnot oder die Hungersnot eine Folge der Seuche war, aber als in Bombardopolis eine Fleckfieberepidemie ausbrach, zögerte der Gouverneur keinen Augenblick und stellte die Stadt unter Quarantäne. Um den Krankheitsherd einzudämmen, zog vor dem Stadttor eine Kompanie Soldaten auf, die nach zwei Wochen ausgewechselt werden mußten, weil sie sich beim Schwarzhandel oder bei verbotenen Kontakten durch die Ritzen der Palisaden mit der Seuche infiziert hatten. Auf Wachtürmen wurden Scharfschützen stationiert, die ohne Vorwarnung das Feuer eröffneten auf jeden, der sich den Palisaden näherte, um von einem Wachposten einen Schluck Wasser oder ein Stück Brot zu erbetteln. Gelang es trotzdem einem der Einwohner, den *cordon sanitaire* zu durchbrechen, wurde er mit Spürhunden gehetzt und von den Arbeitern der umliegenden Plantagen in Netzen oder Fallgruben gefangen; für die Ergreifung der Flüchtigen setzte der Gouverneur Geldprämien aus: Sklaven, die Ausbrecher einbrachten, bekamen die Freiheit geschenkt. Der

Ausreißer wurde mit einem Schild um den Hals, auf dem sein Name und sein Delikt verzeichnet stand, zum Stadttor geführt und mußte dort laut rufend Einlaß begehren; anschließend mußte er Spießruten laufen durch das Spalier der Soldaten, die für die Dauer seiner Abwesenheit keinen Sold erhalten hatten, und blieb blutverkrustet, von Fliegen überkrochen, in der Sonne liegen.

Die von ihrem Hinterland abgeschnürte Stadt verwandelte sich in ein Sterbelager, in dem sich Menschen, die nur noch Schatten ihrer selbst waren, ohne Hoffnung dahinschleppten. Als nach sechswöchiger Quarantäne der Belagerungszustand aufgehoben und das Stadttor geöffnet wurde, war in Bombardopolis niemand mehr am Leben; weder Kranke noch Gesunde hatten die vom Gouverneur verordnete Radikalkur überlebt. Nachdem sie die leerstehenden Häuser mit Kalk desinfiziert hatten, marschierten die Truppen ab und zogen mit klingendem Spiel in Cap Français ein, dessen Bürgermeister zu ihrem Empfang ein rauschendes Fest veranstaltete, bevor auch hier die Epidemie ausbrach. So endete ein bevölkerungspolitisches Experiment erster Ordnung, das in seiner Mischung aus Dilettantismus und Größenwahn die Völkermorde des zwanzigsten Jahrhunderts vorwegnimmt.

Die Einzelheiten der Geschichte sind frei erfunden, aber ihr Kern ist historisch verbürgt. Im Archiv des französischen Marineministeriums befindet sich eine Liste mit den Namen von zweitausend elsässischen Auswanderern, die nach ihrer Ankunft auf St. Domingue spurlos verschwunden sind, und Moreau de Saint-Méry hat dem Schicksal der irokesischen Kriegsgefangenen eine Fußnote gewidmet: weil sie sich der Arbeit auf den Zuckerrohrplantagen widersetzten, wurden sie auf Befehl des Gouverneurs in der Baie de la Gonave ertränkt.

5

Wir verlassen den Boden der historisch gesicherten Tatsachen und treten ins Reich der Märchen und Mutmaßungen ein. Die einzige Überlebende der Umsiedlungsaktion war, mündlicher Überlieferung nach, ein blondes Mädchen, das infolge der Hungersnot erblindet war; sein Name wird mit Kätchen oder Gretchen angegeben. Neben den Leichen seiner Eltern und Geschwister im Sand spielend, soll es von einem Raubvogel namens *Malfini*, der nach Beute spähend über der toten Stadt schwebte, in die Luft gehoben und auf dem Morne La Selle, dem höchsten Berg der Insel, abgesetzt worden sein, wo es auf Schlittschuhen Pirouetten dreht und melancholische Achten zieht; die einheimischen Führer, die meinen Urgroßvater, den preußischen Geologen Leopold von Buch, bei der Besteigung des Morne La Selle begleiteten, behaupten, zwar nicht die Eisprinzessin selbst, wohl aber die Schleifen und Schnörkel gesehen zu haben, die sie mit den Kufen ihrer Schlittschuhe ins Gletschereis geritzt hat. Das ist aber schon aus klimatischen Gründen unmöglich, denn obwohl der Morne La Selle über zweitausend Meter hoch ist, gibt es auf seinem Gipfel weder Eis noch Schnee.
Einer anderen, im Nordwesten von Haïti verbreiteten

Version zufolge, soll der Raubvogel das blinde Mädchen auf der Île de la Tortue abgesetzt haben, wo sie zur Königin der auf der Insel hausenden Freibeuter und Boukaniere aufgestiegen ist, oder auf der Île de la Gonave, wo die dort ansässigen entlaufenen Sklaven sie als weiße Göttin verehrten: ihr Urenkel, der Voodookönig Wirkus I., wurde in den zwanziger Jahren von dem amerikanischen Ethnologen William Seabrook interviewt.

In Wahrheit, sagt der Märchenerzähler auf dem Markt von Môle St. Nicolas, wo es außer Sand und Steinen nichts zu kaufen gibt, in Wahrheit war alles ganz anders. Das blonde Mädchen, das mit richtigem Namen Toni hieß, spielte Murmeln im Mondschein auf dem staubigen Kirchplatz, als ein Schatten auf es fiel. Es war der Schatten des schwarzen Schiffsjungen Nanky – andere sagen, es war der Sohn des Irokesenhäuptlings Unkas, der seinen toten Vater in einem Kanu aufs Meer hinausgerudert hatte. Der Knabe faßte sie an der Hand, und die beiden gingen durch das Stadttor, das in dieser Nacht offenstand, vorbei an schnarchenden Wachposten und schlafenden Hunden, die im Traum den Mond anbellten, kletterten behend über Wälle und Gräben, Fangeisen, die nicht zuschnappten, und Schlingen, die sich nicht zuzogen, sprangen leichtfüßig über mit Bambusspitzen gespickte Fallgruben hinweg, deren Blätterdach unter ihren Schritten bebte, ohne einzustürzen, und wie im Märchen von Dornröschen war alles vom Licht des Mondes umflossen, verwunschen und bewegungslos. Tagsüber schliefen sie im Dickicht einer Hecke, deren Dornen sie nicht stachen, und nachts wanderten sie über menschenleere Landstraßen, vorbei an verlassenen Gehöften, in denen Geister spukten, und verwunschenen Wegkreuzungen, an denen Zombies lauerten, die ihnen nichts Böses antaten. So gelangten sie nach sieben Tagen und Nächten über sieben Berge und durch sieben Täler an einen einsamen Ort, Savanne Isolée genannt, und wenn sie inzwischen nicht gestorben sind, dann leben sie dort noch heute.

»Krick krack«, sagt der Griot – so heißen in Haïti die Märchenerzähler, und mit diesen Worten beginnen und beenden sie ihre Geschichten. »Vielleicht haben die Eltern ihre Kinder in die Berge geschickt, weil sie nichts mehr zu beißen und zu brechen hatten. Das Leben war damals nicht leichter als in unseren Tagen. Gott vergelt's«, fügt er seufzend hinzu, wenn man ihm ein paar Kupfermünzen gibt oder Zigaretten als Lohn für seine Arbeit.

»Alles Unsinn«, sagt Pater Ferdy aus Wiebelskirchen im Saarland, der in den Bergen bei Port-de-Paix Waisenkinder betreut, denen es hier noch schlechter geht als anderswo in Haïti, »das Ganze ist nur ein dummer Aberglaube. In Wahrheit war alles ganz anders. Der liebe Gott hatte ein Einsehen mit den Kindern und schickte ihnen einen Regenbogen. Nanky nahm Toni an der Hand, und die beiden gingen in die Richtung, die ihnen der Regenbogen wies, und wenn kein Regenbogen zu sehen war, weil es aufgehört hatte zu regnen oder weil die Sonne sich hinter Wolken verbarg, blieben sie stehen und rührten sich nicht von der Stelle, so lange, bis der nächste erschien. Und der liebe Gott schickte ihnen einen Reigen von Regenbögen, die aus der Ferne betrachtet eine Brücke bildeten, ein himmlisches Viadukt, an dem die Kinder hochkletterten wie auf einer Jakobsleiter, bis sie an die Pforten des Paradieses gelangten, wo ihnen, schwebend in einer Wolke, im Zenit mehrerer einander überwölbender Regenbögen, die Heilige Jungfrau erschien, so wie sie von frommen Pilgern überall auf der Welt verehrt wird: als Mater Dolorosa im himmelblauen Kleid, mit blutendem Herzen, in dem ein mit Edelsteinen verzierter Dolch steckt, vergießt sie Tränen über das Leid der Welt, dem sie ihren Sohn opfert, der nackt auf ihrem Schoß liegt und nichts ahnt von dem mit Essig getränkten Schwamm, den rostigen Nägeln und der Lanzenspitze, die sich in sein Fleisch bohrt, während das Auge an der Spitze der Pyramide sich für immer schließt und der Leviathan, der als gefiederte Schlange am Himmel steht, die Welt umschlingt und in seiner Umarmung erdrückt.

IV. La Navidad

»... dunkle Reden von Ostindien und Amerika«

(Novalis: *Heinrich von Ofterdingen*)

I

Am Tag der Geburt unseres Herrn und Heilands Jesus Christus, im Jahr der Vertreibung der Mauren aus Kastilien, am 24. Dezember 1492, kurz vor Mitternacht, liefen die Karavellen *Niña* und *Santa Maria* in eine geräumige Bucht ein, die mit ihrem zwölf Faden tiefen, klaren Wasser einen natürlichen Hafen bildete, in dem nach den Worten des Kapitäns der Schiffe, Christoph Kolumbus, die gesamte spanische Flotte bequem hätte ankern können. Die Bucht befand sich an der Nordküste eines auf keiner Seekarte verzeichneten Kontinents, bei dem es sich auch um eine Insel handeln konnte, die von ihren Ureinwohnern Quisqueya oder Ayti, von den spanischen Seefahrern aber, wegen ihrer vermeintlichen Ähnlichkeit mit deren Heimat, Hispaniola, genannt wurde. An Bord der Schiffe befanden sich sechzig von Juan de la Cosa, dem Ausrüster der Flotte, angeheuerte andalusische und baskische Matrosen sowie der Protonotar Rodrigo de Escobedo und der Majordomus Pedro Gutiérrez, der den Befehl hatte, Kolumbus diskret zu überwachen und dem König über dessen Vorgehen Bericht zu erstatten. Diego de Arana, der Neffe des Admirals, übte die Polizeigewalt aus, und Luis de Torres, ein getaufter Jude, der Hebräisch, Arabisch und Chaldäisch sprach, fungierte als Dolmetscher. Außerdem befanden sich ein halbes Dutzend im Schiffsbauch angekettete Eingeborene an Bord, von denen die meisten, ebenso wie die aus Spanien mitgebrachten Hühner und Schweine, auf hoher See an Kummer oder Krankheiten verstarben. Einzig ein andalusischer Hengst, den Kolumbus zusammen mit einem Schreiben des Königs von Spanien dem Kaiser von China, Kublaikhan, in dessen Hauptstadt Khanbalu als Gastgeschenk überreichen wollte, hatte die Überfahrt überlebt; seit er beim ersten Landgang auf einer unbekannten Insel, die von ihren Ureinwohnern Guanahani und von den Spaniern San Salvador genannt wurde, in einen Seeigel getreten war, lahmte der Hengst.

2

Im Innern der durch ein felsiges Vorgebirge geschützten Bucht herrschte vollkommene Windstille; das mondbeschienene Meer, dessen Untiefen Kolumbus am Vortag von Lotsen hatte sondieren lassen, war glatt wie Öl. Der Admiral war rechtschaffen müde; seit vierundzwanzig Stunden hatte er kein Auge mehr zugetan, aus Ärger über die Unbotmäßigkeit des Kapitäns der *Pinta,* Alonso Pinzón, der sich, entgegen seinem ausdrücklichen Befehl, mit siebenundzwanzig Matrosen an Bord, vom Rest der Flotte entfernt hatte, um auf eigene Faust neue Länder zu entdecken und Gold zu suchen. Er übergab das Steuerruder seinem

Stellvertreter Juan de la Cosa und zog sich in seine Kajüte im Hinterkastell des Schiffes zurück, um den versäumten Schlaf nachzuholen. Obwohl er Anweisung hatte, bis zur nächsten Wachablösung auf seinem Posten zu bleiben und jede Stunde die Schiffsglocke zu läuten, überließ Juan de la Cosa das Ruder dem Schiffsjungen, legte sich auf eine Taurolle und schlummerte, einen mit Xeres gefüllten Weinschlauch im Arm, dessen Rundungen ihn an die Indianerin erinnerten, die ihm letzte Nacht Gesellschaft geleistet hatte, sofort ein. Nach Mitternacht – der Admiral war über seinen Seekarten eingenickt – riß ihn ein fürchterliches Krachen aus dem Schlaf, das in ein langgezogenes Knirschen überging, als werde der Kiel der *Santa Maria* über Sandpapier geschleift. Im Traum hatte Kolumbus das Goldland El Dorado oder Cibao erblickt, das nach Angaben des Kaziken Guacanagarí hinter den Bergen im Osten lag. Als das Flaggschiff der Flotte in den Hafen von El Dorado einlief, sah er mit Schrekken, daß das, was aus der Ferne wie Gold geglänzt hatte, in Wahrheit Eisen war. Ein Regen von Ankerketten und Faßdauben, Schiffsschrauben und Nägeln, Kochtöpfen und Pfannen verdunkelte die Luft; die Karavelle war am Magnetberg gestrandet. Kolumbus watete aus dem zerborstenen Wrack an Land, das Jesuskind auf dem Rücken, das wie ein Bleigewicht auf seinen Schultern lastete und ihm seine spitzen Fingernägel in den Nacken grub. Als er keuchend den Kopf wandte, blickte er in das grinsende Gesicht eines Dämons, der Züge des Kaziken Guacanagarí trug.

Der Admiral sprang mit einem Satz aus dem Bett. Als er aus dem Fenster seiner Kajüte nach draußen blickte,

sah er, wie sich die im Mondlicht glänzende Wasseroberfläche langsam der Bordwand zuneigte. Die um Mitternacht einsetzende Flut hatte die Karavelle auf die Küste zugetrieben und gegen eine Sandbank gedrückt. Er rüttelte den betrunkenen Steuermann wach und befahl ihm, zusammen mit dem Schiffsjungen das im Schlepptau der *Santa Maria* befindliche Boot zu besteigen und einen Anker auszuwerfen, um ein weiteres Abtreiben des Schiffes zu verhindern. Anstatt den ihm übertragenen Befehl auszuführen, kappte Juan de la Cosa das Tau und ruderte, von Panik erfaßt, in die Nacht hinaus, der Karavelle *Niña* entgegen, deren schwankende Schiffslaterne wie ein Irrlicht über den Wellen tanzte, das sich eher zu entfernen als zu nähern schien. Als der Steuermann, mühsam gegen die Strömung ankämpfend, endlich die Karavelle erreicht hatte, weigerte sich der wachhabende Posten, ihm ein Tau zuzuwerfen, weil er auf Befragen das Kennwort nicht anzugeben vermochte, und zwang ihn durch Musketenschüsse zur Umkehr.
Inzwischen hatte der Admiral seinen Neffen Diego de Arana und den Majordomus Pedro Gutiérrez geweckt und beide auf dem noch verbliebenen Beiboot an Land geschickt, um den Kaziken Guacanagarí von dem Vorgefallenen zu unterrichten und um schnelle Hilfe zu bitten. Stunden vergingen, ehe der Kazike, der mit seinem Gefolge ins Landesinnere gezogen war, um hier mit einer seiner Lieblingsfrauen die Nacht zu verbringen, durch Signalfeuer alarmiert, endlich an der Küste eintraf. Nachdem die Matrosen der *Santa Maria* die im Schiffsbauch gelagerten Fässer und Kisten auf Deck gestapelt hatten, um ein Kentern der Karavelle zu ver-

hindern, befahl ihnen der Admiral mit dem Ruf: »Rette sich, wer kann!«, über Bord zu springen und durch die rasch ansteigende Flut an Land zu schwimmen. Kolumbus blieb allein auf dem sinkenden Schiff zurück und peilte bei strömendem Regen, zuerst bis zu den Knien und später bis zu den Hüften im Salzwasser, mit dem Astrolabium den zwischen tintenfarbenen Wolken hervorblinkenden Morgenstern an, um den Ort der Havarie zu bestimmen und künftige Seefahrer vor der tückischen Untiefe zu warnen. Die Dämmerung brach an, aber es dauerte noch einmal eine Ewigkeit, bis die Morgenröte, die am östlichen Horizont ihre ersten Strahlen aufwarf, die Gipfel der Berge überwunden und die Schatten der Nacht verscheucht hatte. Die aufgehende Sonne wölbte einen Regenbogen über Land und Meer, der wie ein künstliches Viadukt die der Küste vorgelagerten Inseln mit den Bergen im Landesinnern verband, ein glückverheißendes Omen, bei dessen Anblick der Admiral eine Stadt zu gründen beschloß, die zur Erinnerung an diesen Tag *La Navidad* heißen sollte. Und er gelobte, als Dank an die Jungfrau Maria, die seine Gebete erhört und ihn aus Seenot errettet hatte, mit dem Gold, das er mit Gottes Hilfe in den neuentdeckten Ländern finden würde, einen Kreuzzug zu finanzieren, um die heiligen Stätten der Christenheit aus der Gewalt der Ungläubigen zu befreien. Im gleichen Augenblick schloß der Himmel seine Schleusen, als habe er das Gelübde des Kolumbus befriedigt zur Kenntnis genommen, und am Eingang der Bucht, über der sich noch immer der Regenbogen wölbte, erschien eine Armada von Kanus, angeführt vom prächtig geschmückten Boot des Kaziken, der sich weinend dem Admiral zu Füßen warf und ihn flehentlich um Verzeihung bat, als habe *er* den Untergang der *Santa Maria* verschuldet. Kolumbus reichte dem Kaziken freundlich die Hand und half ihm, sich aus seiner knienden Stellung zu erheben. Nachdem die Eingeborenen die auf Deck gestapelten Kisten und Fässer unter Aufsicht des Admirals an Land gebracht hatten, erteilte Kolumbus den Befehl, das Wrack der *Santa Maria* von Bord der Karavelle *Niña* aus unter Beschuß zu nehmen, um dem Kaziken die Überlegenheit der spanischen Waffen handgreiflich vor Augen zu führen. Zwei Feldschlangen wurden mit Pulver und Blei geladen, die Bombarde schußfertig gemacht, und das Hinterkastell des schief aus dem Wasser ragenden Schiffes zerbarst mit einer dumpfen Detonation, die ein klaffendes Loch in die Bordwand riß und einen Regen von Holz, Sand und Steinen auf die indianischen Krieger niedergehen ließ, die sich furchtsam zu Boden warfen; nur der Kazike, der beim Donnern der Kanonen blaß geworden war unter seiner kupferroten Haut, bewahrte mühsam seine königliche Haltung.

3

Als die Eingeborenen sich von ihrem Schrecken erholt hatten, wies Kolumbus sie an, die auf dem Wasser treibenden Schiffsplanken an Land zu bringen und zum Bau einer Kirche zu verwenden, von der aus die Lehre Christi ihren Siegeszug durch die neue Welt antreten sollte. Auf Befehl des Kaziken, den der Admiral sich mit Glasperlen und rotem Samt gewogen machte, legten sich die Indianer mächtig ins Zeug und errichteten, durch Peitschenhiebe zu größerer Arbeitsleistung angespornt, innerhalb weniger Tage einen zweigeschossigen Turm, der mit Schießscharten versehen und mit einem Holzkreuz gekrönt wurde. Im Innern der von einem Erdwall umschlossenen Anlage, halb Kirche, halb Festung, die durch einen Wassergraben und unübersteigbare Palisaden vor Überraschungsangriffen geschützt war, wurden Fässer mit Wein und Kisten mit Munition gestapelt, mit deren Hilfe die Bewohner von *La Navidad* einer mehrwöchigen Belagerung trotzen konnten. Nachdem er sie mit einem ausreichenden Vorrat an Stockfisch und Pökelfleisch, Schiffszwieback und Oliven versehen hatte, ließ der Admiral die Besatzung der *Santa Maria* zum Appell antreten und im Namen der Heiligen Jungfrau bezeugen, daß sie sich freiwillig entschlossen hätten, in dem von ihm entdeckten Land zu bleiben, bei dem es sich um Ostindien, das Reich des Großen Khans, und nicht etwa um einen unbekannten Kontinent oder eine Insel handele. Im Beisein des Protonotars Rodrigo de Escobedo, der eine Urkunde darüber aufsetzte, verpflichteten sie sich, alles Gold, das sie innerhalb eines Jahres entdekken oder im Tauschhandel von den Eingeborenen erwerben würden, zu gleichen Teilen dem König von Spanien und dessen Stellvertreter, dem Vizekönig von Indien und Admiral des ozeanischen Meeres Don Cristobal Colón, auszuhändigen; zum Schluß mußten alle mit der Bibel in der Hand Diego de Arana, den Kolumbus zu seinem Statthalter, und Pedro Gutiérrez, den er zu seinem Schatzmeister ernannte, unbedingten

Gehorsam schwören. Als Krönung der Zeremonie ließ der Admiral mehrere Musketen abfeuern und schenkte dem Kaziken, zum Zeichen seiner Freundschaft, den andalusischen Hengst, der sich, durch den Lärm scheu geworden, auf die Hinterbeine erhob und mit den Vorderhufen durch die Luft ruderte, wobei er so laut wieherte, daß der Kazike vor Schreck sein aus Gold getriebenes Zepter fallen ließ. An Stelle des Zepters, das er als Tribut konfiszierte, drückte Kolumbus dem Kaziken ein hölzernes Kreuz in die Hand und ermahnte ihn, die Gebote Gottes und die Gesetze des Königs zu befolgen und die seiner Obhut anvertrauten Christen mit allem Lebensnotwendigen zu versorgen. Dann schiffte er sich auf der Karavelle *Pinta* ein mit dem Versprechen, nach Ablauf eines Jahres mit Nachschub an Lebensmitteln und Freiwilligen aus Kastilien zurückzukehren.

4

Was danach geschah, steht in keinem Geschichtsbuch und keiner Chronik verzeichnet, auch nicht im Bordbuch des Kolumbus, das an dieser Stelle abbricht. Ich habe das Geschehen so rekonstruiert, wie es aus Briefen seines jüngsten Sohns Fernando und aus den Schriften seines Beichtvaters und ersten Biographen, Bartolomé de las Casas, bruchstückhaft überliefert worden ist. Beide stimmen darin überein, daß, nachdem die Lebensmittelvorräte aufgebraucht waren – was nicht durch unsachgemäße Lagerung im feuchtheißen Klima verdarb, wurde von Ratten gefressen, die vom Wrack der *Santa Maria* an Land geschwommen waren –, unter den Siedlern Streit ausbrach. Sie zogen in marodierenden Horden plündernd und brandschatzend auf der Insel umher. Was den Spaniern nicht freiwillig gegeben wurde, nahmen sie sich mit Gewalt, wobei ihre Gier nach Gold noch von der Eifersucht übertroffen wurde, mit der sie, bis aufs Messer und bis aufs Blut, um die indianischen Konkubinen stritten, die sie aus ihren Dörfern verschleppt und mit glühenden Eisen gebrandmarkt hatten. Im Streit um Frauen und Gold spalteten sich die Bewohner von *La Navidad* in feindliche Lager, von denen das eine Diego de Arana, das andere Pedro Gutiérrez botmäßig war; beide riefen den Kaziken um Beistand an, um mit Hilfe seiner Krieger die Fehde zu ihren Gunsten zu entscheiden. Der Kazike beschloß, keine der rivalisierenden Parteien zu unterstützen, sondern dem Admiral die Treue zu halten und, seiner letzten Worte eingedenk, das Kreuz um Rat zu fragen, das Kolumbus ihm zum Abschied geschenkt hatte. Das Kreuz, dessen Orakel von indianischen Priestern gedeutet und in die Sprache der Arrawak übersetzt wurde, sagte, die Krieger des Kaziken sollten den feuerspeienden Gott anbeten, den die bärtigen Männer in ihren geflügelten Kanus übers Meer gebracht hätten; sie sollten die Fremden, die gegen ihren rechtmäßigen Herrn, den König von Kastilien, rebelliert hätten, gefangennehmen, ihre Hütten dem Erdboden gleichmachen und aus dem Schutt eine Pyramide errichten, auf deren oberster Plattform die Gefangenen geopfert werden sollten. So geschah es.

5

Da kein Augenzeuge die Eroberung der Stadt überlebt hat, um ihre Geschichte zu erzählen, und da das von Kolumbus erbaute Fort bis auf einige geschwärzte Balken keine Spuren im Erdreich hinterlassen hat, bin ich auf Mutmaßungen angewiesen. Wahrscheinlich haben die Arrawak im Morgengrauen angegriffen, nachdem sie ihre nackten Leiber mit roter Erde bestrichen und die Nacht hindurch zum Lärm der Kriegstrommeln gesungen und getanzt hatten. Ein Hagel von Steinen und ein Regen von Feuerpfeilen ging auf die mit Palmstroh gedeckten Hütten nieder, deren Bewohner in ihren Hängematten lagen oder in den Armen ihrer Konkubinen ihren Rausch ausschliefen, und der Rauch der brennenden Stadt verdunkelte das Licht der aufgehenden Sonne, das die Schatten der Berge überwand. Erst nach mehrstündiger Belagerung, gegen Mittag, ergaben sich die Verteidiger der feindlichen Übermacht und stolperten mit erhobenen Armen, hustend und rußgeschwärzt, ins Freie. Anstatt ihren sinnlosen Bruderzwist zu beenden, warfen sich die Gefolgsleute des Pedro Gutiérrez und des Diego de Arana den Siegern zu Füßen und forderten sie auf, die Anhänger der jeweils anderen Partei mit dem Tode zu bestrafen. Die Streithähne wurden mit Hanfseilen aneinander gefesselt und in langen Kolonnen an dem Kaziken vorbeigetrieben, der mit unbewegtem Gesicht, das Kreuz in der erhobenen Hand, über sie zu Gericht saß. Je nachdem, auf welche Seite der Schatten des Kreuzes fiel, entschied sich das Schicksal der Gefangenen. Die Gefolgsleute des Diego de Arana wurden mit glühenden Eisen ge-

brandmarkt, wie die Spanier es den Indianern vorexerziert hatten, und deren Kriegern als Konkubinen zugeteilt, während die Anhänger des Pedro Gutiérrez aus dem Schutt der Häuser eine Pyramide errichten mußten, auf deren oberster Plattform der Kazike, umgeben von seinen Würdenträgern und Priestern, mit dem Kreuz in der Hand Platz nahm.
Trotz des Sieges, den sie über die Spanier errungen hatten, wagte sich keiner der Krieger in die Nähe des andalusischen Hengstes, in dessen Kruppe ein abgebrochener Pfeil stak; rosa Schaum troff ihm aus dem Maul, seine Flanken zitterten. Selbst durch gutes Zureden des Reitknechts, dessen Fesseln der Kazike lösen ließ, war der Hengst nicht zum Aufstehen zu bewegen. Das kranke Pferd wurde mit Tauen auf die Plattform der Pyramide gehievt. Dort wurde es mit Quetzalfedern, Jade und Gold geschmückt, wie das sprechende Kreuz es befahl, und mit gerösteten Maiskolben und gebratenen Papageien gefüttert. Der sterbende Hengst würdigte die Opfergaben keines Blickes und rührte die Speisen nicht an. Erst als die zum Tode verurteilten Spanier zum Klang der Kriegstrommel auf der Plattform der Pyramide zu tanzen begannen, wieherte er leise, aber es war zu spät: selbst das warme Blut eines Geopferten, dem der Priester das zuckende Herz aus der Brust riß, vermochte ihn nicht mehr zum Leben erwecken. Das tote Tier fing an zu stinken und lockte Wolken von Fliegen an – ein böses Omen, das die Priester in Bestürzung versetzte. Das Kreuz befahl, die Siegesfeiern zu beenden und die Kriegsgefangenen zusammen mit dem Kadaver des Hengstes lebendig zu begraben, was auch geschah. Um die Gei-

ster der Verstorbenen zu versöhnen, wurde der Grabhügel mit süßem Mais bepflanzt.

6

Als Kolumbus ein Jahr später nach Hispaniola zurückkehrte, fand er, außer einem mit Maisstauden bewachsenen Erdhügel, keine Spur von den Bewohnern der mit so großen Hoffnungen gegründeten Kolonie. Der Kazike war krank und weigerte sich, ihn zu empfangen; auf Befragen ließ er ausrichten, das Fort sei von menschenfressenden Kariben-Indianern überfallen und dem Erdboden gleichgemacht worden; bei der Verfolgung der Angreifer habe ihn ein Giftpfeil am Arm verletzt. Als Kolumbus sich gewaltsam Zutritt zu dem Kaziken verschaffte und ihm den Verband vom Arm riß, fand er keine Spur einer Verwundung. Erst unter der Folter gestand der Häuptling, was sich nach der Abreise des Admirals zugetragen hatte. Zur Strafe für ihre Treulosigkeit verurteilte Kolumbus, den der König zum Gouverneur von Hispaniola ernannt hatte, die Arrawak-Indianer zur Zwangsarbeit in den Gold- und Silberminen von Cibao, wo sie sich innerhalb einer Generation zu Tode schufteten. Der letzte Ureinwohner der Insel starb dreißig Jahre nach der Ankunft der Karavellen des Kolumbus.
Zweihundertfünfzig Jahre später – inzwischen war der Westteil von Hispaniola in französischen Besitz übergegangen – fanden aus Afrika verschleppte Sklaven beim Ausschachten des Bewässerungsgrabens einer Zuckerrohrplantage in der Nähe von Cap Français den

verrosteten Anker der *Santa Maria*, der noch heute im Nationalmuseum von Port-au-Prince zu sehen ist. Nicht weit davon entfernt wurde Mitte der sechziger Jahre ein Massengrab entdeckt, das außer Pferdeknochen die Skelettreste von neununddreißig Personen enthielt, die aufgrund von Münzfunden in die Regierungszeit Isabellas der Katholischen datiert werden konnten.

Epilog

»Are U Xe Oher Tzih ...«
»Aqui acaban las historias ...«
(Popol Vuh)

I

Dies ist die Kunde, wie alles gewesen ist, hier wird berichtet, erzählt und offenbart, wie alles sich von Anbeginn zugetragen hat, der Ursprung und Anfang von allem, was geschah; hier wird mit Worten geschildert, erklärt und enthüllt, was im Dunkeln verborgen lag, wie die vier Himmelsrichtungen bestimmt und die vier Eckpfeiler gesetzt wurden, wie die Schnur gespannt und ausgemessen wurde die Weite des Himmels und der Erde, und wie Kukumatz und BalÀm, der Meister der grünen Schüssel und der Meister der blauen Schale, das Herz des Himmels und der Erde geformt haben.
Dies ist die früheste Kunde, das erste Wort. Noch war kein Mensch da, kein Tier. Berge und Schluchten gab es nicht. Kein Gras und keinen Baum. Keine Vögel und keine Fische, keine Schlange und keinen Jaguar. Nur der Himmel war da. Nichts tönte, nichts regte sich, kein Laut brach das Schweigen der Welt. Noch gab es nichts Aufrechtes. Nichts ragte in die Höhe. Alles ruhte und schlief. Finster und stumm war die Nacht, unter der die Welt begraben lag. Da kamen Kukumatz und BalÀm zusammen, die gefiederte Schlange und der Jaguar. Flüsternd sprachen sie miteinander und berieten sich. »Licht!«, sagte Kukumatz, und sogleich erschien das Licht. Seine erste Erscheinung war

der Blitz, die zweite der Donner, und seine dritte Erscheinung war die Dämmerung, bevor der Tag anbricht. Noch gab es keine Sonne, keinen Mond. »Erde!« sagte BalÀm, und sogleich erhoben sich Berge aus dem Wasser, und auf den Bergen wuchsen Bäume, von denen Schlingpflanzen und Orchideen herabhingen. Danach schufen sie die Bewohner des Waldes, die Wächter der Berge und Wälder schufen sie: den Hirsch, den Tapir, den Jaguar und den Papagei. Und als Wächter der Schlingpflanzen schufen sie Schlangen, und als Wächter der Orchideen Kolibris. Und sie wiesen einem jeglichen seine Wohnung zu, dem Wild und den Vögeln: »Du, Hirsch, sollst an den Ufern der Flüsse und in den Wäldern wohnen. Im Gebüsch sollst du stehen und im hohen Gras. Auf vier Beinen sollst du dich aufrechthalten.« Und so geschah es. Dann wiesen sie den Vögeln ihre Wohnstatt zu: »Auf den Zweigen der Bäume sollt ihr nisten, dort sollt ihr eure Nester bauen und eure Eier ausbrüten.« So sprachen Kukumatz und BalÀm zu den Vögeln. Und den Schlangen wiesen sie die Schlingpflanzen als Wohnung zu. Es sagten nämlich die Erzeuger: »Nichts regt sich unter den Bäumen? Das ist nicht gut. Auch die Schlingpflanzen sollen ihre Wächter haben.« Und nachdem sie ihr Werk vollendet hatten, sagten Kukumatz und BalÀm zu allen Geschöpfen: »Ihr sollt reden und schreien, ein jeglicher nach seiner Art. Ruft, pfeift, trillert, singt! Lobt und verehrt uns!« Darauf erhob sich ein Gebrüll unter dem Himmel. Die Schlange zischte, der Jaguar fauchte, der Hirsch röhrte und der Papagei kollerte. Nur die Fische im Wasser blieben stumm. Denn sie konnten weder singen noch sprechen.

Kukumatz und BalÀm kamen wieder zusammen und berieten erneut miteinander. »Es ist nicht gut«, sagte Kukumatz, »daß die Tiere nicht wie Menschen reden können.« Und BalÀm sagte: »Laß uns einen Menschen machen.«
Und sie formten einen Menschen aus Ton, aus feuchter Erde kneteten sie ihn. Und sie sahen, daß er nicht fest war, er war zu weich, er war ohne Bewegung und ohne Kraft, er konnte nicht aufrecht gehen, sein Kopf sank kraftlos zur Seite, er konnte nicht sprechen und war ohne Verstand. Er fiel ins Wasser, löste sich auf und schwand dahin. »Es ist nicht gut«, sagten Kukumatz und BalÀm. Und sie verwarfen den Menschen, den sie geschaffen hatten.
Darauf schnitzten sie Wesen aus Holz. Diese Wesen sahen aus wie Menschen, sie sprachen wie Menschen, aber sie waren aus Holz. Sie hatten kein Herz und keinen Verstand, weder Blut noch Fleisch. Nichts Flüssiges war in ihnen. Trocken waren ihre Augen, trocken ihr Mund, trocken war ihr Fleisch, und ihre Gesichter waren starr und ausdruckslos. Knirschend bewegten sie sich, und wenn sie aneinander stießen, zerbrachen sie.
Und weil sie ihre Erzeuger nicht lobten, die sie aus dem Holz der Bäume geschnitzt hatten, wurden sie getötet und bestraft. Das Herz des Himmels verfinsterte sich, und schwarzer Regen fiel, Nachtregen, Blutregen. Glühendes Harz troff herab und versengte sie. Stöcke und Steine erhoben sich und schlugen ihnen ins Gesicht. Wasserkrüge, Teller, Schalen und Schüsseln, sogar die schweren Mahlsteine erhoben sich und prügelten auf sie ein. Und die Mahlsteine sagten: »Ihr habt

uns geschunden und gequält. Mit harten Körnern habt ihr uns die Gesichter zerrieben. Wir haben euch genug Tribut bezahlt. Jetzt sollt ihr uns kennenlernen. Zermahlen werden wir euch, zu Staub zerreiben wir eure Knochen und euer Fleisch.« Also sprachen die Mahlsteine. Und die Schalen und Schüsseln sagten: »Schmerzen und Leiden habt ihr uns zugefügt. Auf glühenden Kohlen habt ihr uns gemartert und gequält, mit Feuer und Rauch habt ihr uns verrußt und verbrannt. Dafür rächen wir uns jetzt!«
Und die Hunde bellten und sagten: »Warum habt ihr uns nichts zu fressen gegeben? Immer, wenn wir um Essen bettelten, habt ihr uns mit Stöcken geschlagen und mit Fußtritten verjagt. Jetzt sollt ihr die Zähne in unseren Mäulern kennenlernen!« So geschah es. Die Mahlsteine zermahlten sie zu Staub. Die Schalen und Schüsseln verschmorten sie zu Asche. Und die Hunde zerbissen ihre Knochen und fraßen ihr Fleisch. Das war die Strafe dafür, daß sie den Göttern nicht gedankt und kein Loblied ihnen zu Ehren gesungen hatten.
Und Kukumatz und BalÀm kamen zum dritten Mal zusammen. Es war nicht gut, sagten sie, es war nur ein Versuch, ein Entwurf.
Und sie schufen Menschen aus Mais. Diese Wesen redeten wie Menschen und sahen aus wie Menschen. Sie hatten Glubschaugen und Knollennasen, gelbe Gesichter und grünes Haar. Sie gründeten Städte, rodeten Wälder und besäten ihre Felder mit Mais. Und sie wurden so zahlreich, daß sie den ganzen Erdkreis bevölkerten. Da sagten die Tiere des Waldes: »Es ist nicht gut, daß die Menschen die Wälder zerstören und uns aus unseren Wohnungen vertreiben.« Und die Tie-

re des Waldes fielen in die Felder ein, töteten die Maismenschen und bissen ihnen die Köpfe ab. Da ließen Kukumatz und BalÀm brennende Pfeile vom Himmel regnen, und sie jagten die Tiere in die Wälder zurück und lehrten die Maismenschen, das Fleisch der Tiere zu essen. Seitdem sind die Tiere des Waldes den Menschen untertan. Und zur Strafe dafür, daß sie die Tiere zu ihrem frevelhaften Tun angestiftet hatten, wurden die Dämonen des Waldes, Einskojote und Siebenpapagei, in Affen verwandelt und in die Wipfel der Bäume verbannt. Dort sitzen sie noch heute und erheben ein klägliches Geschrei, jedesmal wenn sie einen Menschen auf zwei Beinen vorbeigehen sehen. Und die Maismenschen sangen Loblieder zu Ehren von Kukumatz und BalÀm, die ihnen den Mais geschenkt und die Tiere des Waldes untertan gemacht hatten; und sie bauten eine Tempelpyramide, auf deren Plattform sie die Herzen ihrer Feinde verbrannten und mit abgeschlagenen Köpfen Ball spielten. Und der süße Rauch, der von der Plattform der Pyramide in den Himmel stieg, war Kukumatz und BalÀm ein Wohlgefallen. Sie verwandelten das Blut der Geopferten in Sterne, die nachts am Firmament strahlten, ihre Herzen in Sonnen, die jeden Morgen neu im Osten auferstanden, und ihre Köpfe in Monde, die sich jeden Abend wie in die Luft geschleuderte Bälle in den Himmel hoben. So lernten die Maismenschen von den Göttern die Kunst, die Zeit zu messen und die Tage zu zählen vom Anbeginn der Welt. Und es war gut so.

Kukumatz und BalÀm spannten an den vier Pfosten des Himmels ihre Hängematten auf und ruhten sich aus von der Erschaffung der Welt; die Affen lärmten in den Bäumen, der Papagei kollerte, die Schlange zischte und der Jaguar fauchte, während die Menschen säten und ernteten, Ball spielten mit abgeschlagenen Köpfen und die Herzen ihrer Feinde verbrannten. So vergingen vierzig mal vierzigtausend Tage, an denen jeden Morgen die Sonne aufging und jeden Abend der zu- oder abnehmende Mond am Himmel stand, bis die Schale der Zeit ausgelaufen war. Und hier beginnt eine andere Geschichte.

2

Am Tag 8 Ahau, 4 Katûn, 13 Baktûn nach Erschaffung der Welt stiegen die göttlichen Zwillinge Kukumatz und BalÀm vom Himmel herab. Sie rollten ihre Hängematten ein, auf denen sie vierzig mal vierzigtausend Tage lang geruht hatten, schnürten die heiligen Bündel, in denen sie grüne Jade, blauen Lapislazuli, Kakaobohnen und Quetzalfedern verwahrten, und bestiegen ein Schiff, mit dem sie, der untergehenden Sonne folgend, gen Westen in See stachen. Vergebens versammelten sich die Maismenschen am Ufer und baten die göttlichen Zwillinge, sie nicht zu verlassen; vergebens warf der Herr der Menschen sich ihnen zu Füßen und flehte sie an, zu bleiben. Weder durch Opfer noch durch Bitten oder Gebete ließen Kukumatz und BalÀm sich umstimmen. Sie bestiegen ihr Schiff, und während die Sonne blutrot im westlichen Meer versank, verschwanden sie in der Dunkelheit, dem Schattenland, das die Dämonen Eulengeist und Fledermausgott in ewiger Nacht regieren; kein Sterblicher ist je lebend von dort zurückgekehrt. Und als Kukumatz und BalÀm mit der aufgehenden Sonne aus dem Totenreich zurückkamen, hatten die göttlichen Zwillinge sich in Dämonen verwandelt mit feuerroten Bärten und totenblasser Haut, furchterregend anzuschauen. An Stelle ihrer leuchtend bunten Mäntel aus Quetzalfedern und Jaguarfell trugen sie Brustpanzer und Harnische wie Gürteltiere und Schildkröten, und an Stelle der Messer und Äxte aus Jade und Obsidian schwangen sie Lanzen und Schwerter, die härter waren und schärfer schnitten als Feuerstein. Und anstatt auf einer mit Federn geschmückten Sänfte oder einem mit Fellen gepolsterten Thron ritten sie auf Hirschen ohne Geweih, deren Hufe Feuer sprühten, und anstatt der goldenen Götterbilder trugen sie ein hölzernes Kreuz vor sich her, das Furcht und Schrecken verbreitete, denn die Priester hatten den Maismenschen prophezeit, die Holzmenschen würden wiederkommen, um sich an ihnen zu rächen. Und so geschah es. Sie verwüsteten die Felder, verbrannten die Häuser und plünderten die Paläste, sie drangen ins Allerheiligste der Tempel ein und stürzten die Priester von den Plattformen der Pyramiden herab. Sie töteten jeden, der sich ihnen in den Weg stellte, mit ihren Waffen, und anstatt sich mit den Herzen der Geopferten zu begnügen, wie dies die alten Götter getan hatten, verwandelten sie das vergossene Blut zu GOLD, das sie in ihren Schatzkammern horteten und auf ihre Schiffe verluden. Ihre Blutgier und ihr Golddurst waren unersättlich, sie verlangten immer mehr, und erst als der Herr der Menschen die Zimmer seines Palastes vom Fußboden bis zur

Decke mit Gold gefüllt hatte, hatten die Dämonen Mitleid mit ihm und töteten den Herrn der Menschen, so wie sie ihren eigenen Gott am Kreuz geopfert hatten.

Hier endet unsere Geschichte. Es gibt nichts mehr zu erzählen. Die alte Kunde ist vergessen. Das Buch des Rates ist unsichtbar. Dies wurde geschrieben in der Zeit nach dem Ende der Zeit. Das Leben der Maismenschen ist erloschen. Alles ist zu Ende. *Ri Quizibal.*

Inhalt

Die im zweiten Buch zitierten und paraphrasierten Briefe von und an Georg Weerth sind der 1989 im Campus Verlag Frankfurt/Main – New York erschienenen Gesamtausgabe von Weerths Korrespondenz entnommen.